Du même auteur:

La belle mortelle de Samson (Vampires Scanguards - Tome 1)
La provocatrice d'Amaury (Vampires Scanguards - Tome 2)
La partenaire de Gabriel (Vampires Scanguards - Tome 3)
L'enchantement d'Yvette (Vampires Scanguards - Tome 4)
La rédemption de Zane (Vampires Scanguards – Tome 5)
L'éternel amour de Quinn (Vampires Scanguards – Tome 6)
Les désirs d'Oliver (Vampires Scanguards – Tome 7)
Le choix de Thomas (Vampires Scanguards – Tome 8)
Discrète morsure (Vampires Scanguards – Tome 8 1/2)
L'identité de Cain (Vampires Scanguards – Tome 9)
Le retour de Luther (Vampires Scanguards – Tome 10)
La promesse de Blake (Vampires Scanguards – Tome 11)
Fatidiques retrouvailles (Vampires Scanguards – Tome 11 ½)
L'espoir de John (Vampires Scanguards – Tome 12)

Séduisant (Le Club des éternels célibataires – Tome 1)
Attirant (Le Club des éternels célibataires – Tome 2)
Envoûtant (Le Club des éternels célibataires – Tome 3)
Torride (Le Club des éternels célibataires – Tome 4)
Attrayant (Le Club des éternels célibataires – Tome 5)

L'Enchantement d'Yvette

(Les Vampires Scanguards – Tome 4)

Tina Folsom

Traduit de l'américain

Titre original: Yvette's Haven
Copyright © 2011 Tina Folsom

© Tina Folsom 2013, pour la présente traduction

Illustration de couverture: For the Muse Designs
Photos de couverture: bigstockphoto.com
Photo de l'Auteure : Marti Corn Photography

Pour Mark

Prologue

Haven fut le premier à entendre le cri alarmant de sa mère. Il attrapa immédiatement son petit frère Wesley par le col de son polo, le faisant couiner de mécontentement.

— Laisse-moi, Hav'. Je veux jouer.

Haven ignora l'objection de son frère de huit ans et lui plaqua une main contre sa bouche.

— Tais-toi, ordonna-t-il en gardant la voix basse.

Bien que se trouvant dans la salle de séjour avec son frère, il pouvait très bien sentir la peur lancinante de sa mère dans ce cri paniqué qui provenait de la cuisine, là où elle mélangeait des potions.

— Il y a quelqu'un dans la maison. Ferme-la ! dit-il à son frère en lui jetant un regard grave.

Apeuré, Wesley écarquilla les yeux, mais hocha la tête. Haven retira sa main de la bouche de son cadet, lequel tint parole et garda le silence.

Ayant prévu qu'un tel événement pût se produire, leur mère les y avait préparés en leur imposant un protocole très strict : ils devaient se cacher et rester silencieux. Mais bien que soucieux d'obéir à sa mère, Haven eut les entrailles déchirées par le cri qu'elle venait de pousser. Ne pas l'aider aurait été lâche. Il était grand pour son âge, presque autant qu'un homme. Leur père, en les abandonnant un peu moins d'un an auparavant, l'avait forcé à grandir vite. A présent, c'était lui l'homme de la maison. Et c'était à lui d'aider sa mère.

— Va chercher Katie et cachez-vous sous l'escalier.

Leur sœur, encore bébé, dormait dans la chambre du rez-de-chaussée plutôt que dans la nursery du premier pour qu'on pût l'entendre à son réveil. Il restait deux heures avant son prochain repas. Avec un peu de chance, elle ne se réveillerait pas avant.

Wesley partit en courant dans le couloir. En chaussettes, il ne fit aucun bruit sur le parquet. Haven prit son courage à deux mains et se dirigea vers la porte de la cuisine.

— Tu sais que tu dois sacrifier l'un d'entre eux. Alors, lequel ? demanda une voix masculine dans la cuisine.

Il était impossible de ne pas remarquer toute la malveillance contenue dans la voix de cet homme. Tel un serpent, un frisson glacé parcourut la colonne vertébrale d'Haven.

— Jamais ! répondit sa mère.

Un flash blanc accompagna ses mots. Haven savait que si elle utilisait sa magie de manière aussi ouverte sur l'intrus, cela signifiait que ce dernier était un être surnaturel et non un humain.

Merde !

Sa mère n'aurait eu aucun problème à affronter un cambrioleur, mais là, c'était différent. Et voilà pourquoi elle avait besoin de son aide, qu'elle le lui eût interdit ou non. Elle le punirait plus tard si elle le désirait, mais il n'allait tout de même pas rester caché comme une espèce de fouine invertébrée. Wesley était assez grand pour s'occuper seul de Katie, mais Haven était assez âgé – onze ans pour être précis – pour aider sa mère à venir à bout d'un agresseur.

Haven avança et, par l'embrasure de la porte, jeta un œil dans la cuisine inondée de lumière. Horrifié, il recula.

Merde et merde !

Cela ne faisait aucun doute, l'agresseur de sa mère était un vampire, le sommet de la chaîne alimentaire. Ses canines s'étaient allongées – apparaissant entre ses lèvres – alors que ses yeux étaient aussi rouges que les feux arrière d'une voiture dans la nuit. Les vampires n'étaient pas immunisés contre la sorcellerie, mais la mère d'Haven n'était cependant qu'une sorcière lambda qui n'avait d'autre pouvoir que ses potions et sortilèges. Contrairement à ses pairs, elle n'avait jamais maîtrisé l'un ou l'autre des quatre éléments : l'eau, l'air, le feu et la terre. Elle était presque sans défense.

Le vampire, grand et mince, lui avait agrippé le cou, tandis que les lèvres de la pauvre femme continuaient de remuer, comme si elle tentait de jeter un sort. Mais aucun son ne s'échappait de sa gorge. Elle se débattait sous cette emprise, ses yeux jetant des regards sur les côtés, cherchant désespérément un moyen de s'échapper. Mais il n'y avait pas d'issue. A défaut de pouvoir prononcer une incantation, elle n'avait aucune possibilité de se libérer de son assaillant. Et quand bien même elle aurait pu…

Haven savait ce qu'il devait faire. Rassemblant tout son courage, il poussa la porte et se précipita vers le comptoir de la cuisine où tout un tas d'ustensiles étaient rassemblés dans une cruche en terre cuite. Il attrapa une cuillère en bois et la cassa en deux.

Au son produit par le bois brisé, le vampire tourna la tête vers lui et, irrité, lui montra ses canines. Tel un avertissement, un grognement s'échappa de sa gorge.

— Grossière erreur, petit. Grossière erreur.

Mais jamais personne ne l'appelait *petit* sans avoir à en payer le prix.

Sa mère lâcha un gargouillis étouffé. Elle cligna des yeux dans sa direction, tentant visiblement, malgré sa détresse évidente, de lui adresser un message. Elle voulait qu'il se sauvât. Il le comprit très bien, mais refusa. Il n'était pas lâche. Comment pouvait-elle imaginer qu'il l'abandonnât aux mains de ce monstre ?

— Lâche ma mère ! ordonna-t-il au vampire en levant la main qui tenait le pieu improvisé.

Haven chargea l'agresseur en lâchant un cri de guerrier, comme il l'avait vu faire dans les westerns qu'il adorait regarder à la télévision. Il allait atteindre le suceur de sang lorsque ce dernier lâcha sa mère et la poussa contre la cuisinière. Au son émis par l'impact du dos de la pauvre femme contre la porte en métal du four, la fureur s'empara d'Haven. D'un mouvement si rapide qu'il ne put le suivre des yeux, le vampire se jeta sur lui et lui attrapa le poignet, le maintenant immobile.

Haven serra la mâchoire et jeta un coup de pied dans les tibias de l'ennemi. Sans aucun effet. Un grognement s'échappa de la bouche de ce dernier. Derrière lui, Haven surprit sa mère en train de se lever, des gémissements de douleur émanant de sa bouche. Mais la détermination se lisait sur son visage. Elle marmonna alors une incantation :

— La nuit amène le jour, le jour amène la nuit, aide les faibles, et…

L'agresseur tordit le poignet d'Haven, le forçant à lâcher le pieu. Celui-ci tomba au sol et roula au loin. Hors de portée. Le vampire relâcha ensuite le jeune homme, se retourna et sortit un couteau de sa veste.

— Espèce de stupide sorcière ! siffla-t-il, j'allais te laisser vivre.

Résolue, la mère d'Haven continuait à prononcer son sortilège.

— … les puissants, et leur donne…

Haven se jeta sur le dos du vampire, essayant de lui retirer le couteau des mains. Mais son opposant lui enfonça le coude dans les muscles mous de son ventre peu entraîné et l'envoya valser au sol. Lorsque celui-ci leva les yeux, il ne vit que le mouvement du poignet du vampire qui lâchait le couteau destiné à sa cible.

Un cri de stupeur interrompit les incantations de sa mère. Le couteau venait de l'atteindre dans la poitrine. Alors qu'elle s'écroulait au sol, le sang souillant son tablier blanc, Haven tenta de s'approcher, mais l'ennemi l'en empêcha.

— Haven, articula difficilement sa mère, souviens-toi… d'aimer…

— Non ! Enfoiré ! cria Haven. Je vais te tuer !

Mais il n'eut pas le temps de faire quoi que ce soit, les pleurs d'un bébé se faisant entendre dans toute la maison. Katie.

Le vampire tourna la tête vers le couloir. Un sourire reflétant une semi-satisfaction s'esquissa alors sur sa bouche. Cela ne changea cependant rien à sa laideur.

— Bien plus facile, avança-t-il, comme si j'allais me laisser embêter par les caprices d'un pénible petit garçon.

— Non ! cria Haven, réalisant que le vampire parlait de Katie.

Ce dernier avait dit que tout ce dont il avait besoin, c'était de l'un d'entre eux.

L'agresseur sortit de la cuisine et se dirigea vers le fond du couloir. Haven lui courut après, attrapant au passage un balai appuyé contre le mur. Il en cassa le manche sur ses genoux et en empoigna la plus petite moitié, comme il l'aurait fait d'un pieu.

Il atteignit la cachette sous les escaliers quelques secondes après le suceur de sang et entendit les pleurs de Katie se mêler aux cris paniqués de Wesley.

— A l'aide ! Haven, maman ! Aidez-moi !

D'une main, le vampire arracha la petite boule qu'était Katie des bras de Wesley et la serra contre sa poitrine. De sa main libre, il repoussa alors le petit garçon, tandis que ce dernier tentait de l'atteindre à l'estomac avec des coups de poing bien futiles. Cela ne faisait absolument aucun mal à la créature.

— Arrête, petit idiot !

Ni Wesley ni Haven n'obéirent à ses ordres. Le pieu en main, Haven bondit plutôt sur l'enfoiré. Ce dernier fut cependant trop rapide. Alors que, d'un bras, il maintenait Katie en l'air, il se retourna et souleva l'autre bras afin de se protéger de l'arme d'Haven, geste qui envoya Wesley s'écraser contre le mur. Malgré une détermination sans bornes à sauver sa sœur, Haven ne faisait pas le poids face à cette créature surnaturelle.

Le vampire le poussa contre le mur, et il en eut le souffle coupé. La douleur qui s'empara de lui, telle une vague, lui rappela qu'il n'était qu'un humain, dépourvu des compétences nécessaires pour vaincre un puissant suceur de sang.

— Je ne veux pas te faire de mal. Je ne veux que l'un d'entre vous.

Une lueur mystérieuse voila les yeux du vampire, comme s'il regrettait ce qu'il était en train de faire.

— Question de balance, ajouta-t-il.

Une seconde plus tard, il était parti. La porte d'entrée resta grande ouverte, laissant la pénombre envahir la maison dévastée. Le froid et le brouillard s'emparèrent des lieux que la chaleur et l'amour habitaient toujours quelques minutes auparavant.

— Maman, aide-nous, gémit Wesley.

Haven parcourut en rampant les quelques mètres qui le séparaient de son frère. Comment pouvait-il apprendre à Wes ce qui était arrivé à leur mère ? Et Katie ? Qu'allait-il arriver à Katie ?

— Maman ne peut pas nous aider, murmura Haven à son frère, ignorant, du mieux qu'il le pouvait, la douleur qui irradiait dans ses côtes.

Ce n'était rien comparé à la douleur qu'il ressentait dans son cœur. Il regarda Wesley et vit alors, aux larmes qui coulaient sur ses joues, qu'il avait compris. Haven, quant à lui, fut incapable de pleurer. Il laissa plutôt son cœur s'emplir de haine. Une haine envers tout ce qui se rapportait à la magie, au surnaturel ; envers tout ce qui n'était pas humain. Car, même s'il ne connaissait ni les intentions du vampire ni la raison pour laquelle ce dernier avait tué sa mère, Haven soupçonnait que cela eût à voir avec la magie. Il ne pouvait y avoir d'autre explication. Le vampire n'était pas venu pour leur dérober des objets de valeur. *Question de balance,* avait-il dit. De quelle balance s'agissait-il ?

Haven regarda son frère et lui serra la main.

— Je vais le retrouver et le tuer, lui et tous les vampires qui se mettront sur mon chemin. Et on ramènera Katie. Je te le promets.

Et il ne s'arrêterait pas avant d'avoir tenu parole.

1

San Francisco, 22 ans plus tard.

Il s'agissait d'un piège. Un piège d'une ampleur qu'Haven n'aurait pu imaginer.

Après avoir reçu un *SMS* de Wesley le priant de le rencontrer dans un entrepôt vide d'un des quartiers les plus malfamés de la ville, il avait fait des recherches sur le voisinage et en était arrivé à la conclusion qu'au moins un ou deux assaillants l'y attendaient. Du gâteau, avait-il pensé.

Ce n'était pas la première fois qu'il venait aider son petit frère à se sortir des griffes cupides d'un usurier ou d'un arnaqueur avec lequel il s'était embrouillé. Peu importe la somme demandée pour le relâcher, personne ne verrait le moindre centime. Son pistolet bien dissimulé le garantissait.

La porte de l'entrepôt n'était pas verrouillée. Il la poussa et se faufila à l'intérieur, inhalant l'odeur de renfermé du bâtiment. Celle-ci se mêlait étrangement à une mixture faite d'herbes, rappelant Chinatown et ses effluves et parfums exotiques. Le long couloir qui s'ouvrait devant lui était sombre, et l'unique ampoule qui pendait au plafond était recouverte de poussière et de toiles d'araignées. Rien n'invitait à entrer dans cet endroit.

L'exploration du lieu prit fin lorsqu'un vent frais se fit fortement sentir. L'instant suivant, cette vague d'air saisit le mètre quatre-vingt et les cent kilos de muscles d'Haven et le plaqua contre le mur. Quoique fort et entraîné aux différentes sortes de combats à mains nues, il ne pouvait rien contre cette force invisible.

Merde !

Cette fois, il n'avait pas affaire à quelque criminel des bas-fonds.

Haven était loin d'apprécier cette sensation d'impuissance qui s'étendait à tout son corps, tandis que l'assaut continuait. En tant que chasseur de primes froid comme l'acier, la vulnérabilité ne faisait pas partie de son vocabulaire. Et cela n'allait pas changer maintenant. Faire table rase des *V* était bel et bien son objectif : vampires, vermine, vautours. La vulnérabilité n'avait donc pas sa place non plus. Il la laissait aux gens du *Larousse* ; ils faisaient, quant à eux, probablement usage de ce mot.

S'il sortait vivant de ce pétrin, il se jura de botter les fesses de son frère, non sans tout d'abord en profiter pour lui flanquer une bonne frousse.

— Je vois que tu as eu mon message, dit calmement une voix féminine.

L'instant d'après, elle se montra. Elle était belle : de longs cheveux roux tombaient en cascades autour de son visage et sur ses épaules. Ses pommettes étaient saillantes, sa peau pâle et ses lèvres charnues. A première vue, Haven comprit dans quel piège Wesley était tombé : cette femme correspondait en tous points au fantasme masculin. Elle lui avait court-circuité le cerveau de façon à ce qu'il réfléchît avec son entrejambes. Quant à Haven, il ne s'était jamais autorisé à ce que cela lui arrivât, et il n'était pas aussi facile à manipuler que son petit frère. Non, lui, il était dur comme le fer, et d'une façon ou d'une autre, il réussissait à échapper à ces situations.

Haven serra les dents en confrontant les yeux bleus glacés de la beauté diabolique.

— Qu'as-tu fait de mon frère, sorcière ?

Elle ne s'était pas présentée, il semblait donc approprié de l'appeler par sa *profession* plutôt que par son nom. Et il était plus que certain de ladite profession. La force dont elle avait fait preuve dépassait l'entendement pour un scientifique. Il s'agissait de magie. Et il était capable de la reconnaître lorsqu'elle lui bottait les fesses.

— Tu en parles comme s'il s'agissait d'un gros mot.

— Ça ne l'est pas ?

Elle secoua la tête, manifestement en désaccord avec lui, ses boucles cuivrées rebondissant sur ses épaules.

— Mon nom est Bess. Je m'attendais à plus de respect de la part d'un fils de sorcière. Ne respectes-tu pas la sorcellerie de ta mère ?

Le souvenir de sa mère lui retourna les entrailles. Il tenta de l'ignorer, tout comme les émotions qui l'envahissaient, celles qu'il avait voulu repousser depuis sa mort brutale. Il n'allait pas permettre à cette satanée sorcière de l'affaiblir en évoquant des choses qui devaient rester cachées.

— Laisse ma mère en-dehors de ça. Où est mon frère et que veux-tu ?

— Ton attitude de *bad boy* et de chasseur de primes ne marche pas avec moi. Laisse ça à la porte et entre.

Haven la dévisagea et serra la mâchoire.

— A moins que tu ne souhaites pas revoir ton frère. Je peux très bien le laisser moisir, attaché là.

Soudain, la pression sur sa poitrine disparut, et il put se dégager du mur. Il se débarrassa de cette sensation de claustrophobie et porta la main à sa veste. L'idée de la tuer était bien présente dans son esprit, mais sans savoir au préalable où son frère se trouvait dans l'entrepôt, il ne pouvait laisser ses balles faire leur travail.

— Et retire ta main de ce pistolet.

Pas besoin d'être une sorcière pour comprendre ce que sa main tentait d'atteindre. Haven grommela.

— Qu'on en finisse. Où est Wesley ?

Bess passa dans une pièce relativement spacieuse, une sorte de salon. Il la suivit. Plusieurs meubles dépareillés occupaient l'espace. Des tapis recouvraient le sol en ciment, tandis que des tentures d'un velours épais pendaient aux fenêtres. Une étagère pleine de vieux livres et des pots remplis d'herbes peu ragoûtantes et de morceaux d'animaux venaient peaufiner le tout, lui conférant manifestement une apparence gothique. Pas vraiment les goûts d'Haven en matière de décoration.

Au cours de ces huit dernières années passées en tant que chasseur de primes travaillant pour différents garants de cautions judiciaires, Haven avait connu son lot d'étrangetés. Plus rien ne pouvait le surprendre. Abstraction faite de cela, les choix de Bess en matière de décoration n'auraient, toutefois, pas pu l'étonner. Cette dernière avait raison ; il était le fils d'une sorcière, et en tant que tel, il avait déjà été confronté à tout cela. Bien plus, en fait, que ce qu'il avait toujours voulu voir… ou savoir.

Haven refoula les souvenirs.

— Où est Wesley ?

La sorcière s'assit sur l'un des canapés recouverts et lui désigna un fauteuil.

— En sécurité. Assieds-toi.

— Je ne suis pas ton chien.

Sorcière ou pas, il n'allait pas se laisser commander.

— Non, mais tu peux en devenir un, si tu veux.

Grognant de mécontentement, il se laissa tomber sur son siège, soulevant un nuage de poussière autour de lui.

— Je suis assis.

La sorcière dévora son corps des yeux. Une vague d'inconfort s'empara alors de lui. Il n'aimait pas être observé de la sorte, comme s'il était une bête de foire. Ou pire, un rat de laboratoire.

— Ton frère ne te ressemble pas du tout. Il semble plus… gentil. Pas comme…

— Je suis sûr que tu ne m'as pas invité pour un cours de psycho. En plus, je n'aime pas le genre d'invitations que tu envoies.

Pourquoi n'avait-il pas deviné que ce n'était pas son frère qui lui avait envoyé ce message ? Peut-être parce qu'il provenait de son téléphone portable, et que le style semblait vraiment être le sien : un appel au secours criblé de fautes d'orthographe. Son frère ne savait pas épeler un seul mot correctement, et Haven n'avait donc pas remis en question l'authenticité du message.

— Tu serais venu si j'avais envoyé une lettre pleine de politesses ? De toute façon, trêve de plaisanteries, il faut qu'on discute, toi et moi.

Haven sourcilla. Il ne voulait pas avoir affaire aux sorcières. Bien que sa mère en fût une, ni son frère ni lui-même n'avaient hérité de ses pouvoirs. Cela ne l'avait jamais dérangé, car il n'avait jamais éprouvé le moindre désir d'agir à distance par le biais de la magie. Il aimait, en effet, se trouver à proximité de ses victimes afin de lire la peur dans leurs yeux, alors qu'elles réalisaient qu'il avait gagné. Et ses victimes avaient toujours été des vampires – non pas qu'il eût quoi que ce soit contre l'idée d'ajouter une sorcière à son tableau de chasse. Quiconque menaçait sa famille devrait avoir affaire à lui. De façon plutôt fatale.

— Qu'est-ce que tu veux en échange de mon frère ?

— T'es un rapide. Ta profession étant peu orthodoxe, tout ce que je te demande, c'est un jour de plus au boulot.

Il détestait que l'on jouât avec lui. Ce jeu du chat et de la souris qu'elle entretenait était le pire de tous.

— Crache.

— Il y a une fille, une jeune actrice. Je voudrais que tu me la ramènes.

— Vu la façon dont tu m'as traîné ici, je ne vois pas pourquoi tu ne peux pas le faire toi-même.

Bess serra les lèvres.

— Ah, mais c'est là tout le problème. Tu vois, la fille a un garde du corps.

La sorcière fit un geste de la main.

— Un truc en rapport avec les paparazzis.

Elle leva les yeux au ciel, son dédain pour les célébrités apparaissant clairement dans le bleu froid de son regard.

— Et tu ne peux pas te charger de lui ? Tu as utilisé tes pouvoirs pour m'immobiliser. Le gars est fait de quoi ? D'acier ?

Quelque chose sentait mauvais, et il ne s'agissait pas de l'encens qui brûlait dans la pièce et qui le privait d'oxygène.

— Malheureusement, le garde du corps est un vampire.

Haven dressa l'oreille. La discussion devenait soudainement intéressante. Intrigué par les mots de la sorcière, il se pencha en avant sur son siège.

— Je vois que j'ai toute ton attention, maintenant. Tu pourrais faire d'une pierre deux coups : libérer ton frère en me ramenant la fille, et en bonus, tuer un vampire. C'est une situation gagnant-gagnant.

Gagnant-gagnant, mais pour qui ?

— Es-tu en train de me dire que tu ne peux pas venir à bout d'un misérable vampire ?

Haven savait que la sorcellerie fonctionnait aussi bien sur les vampires que sur les humains. Et après ce qu'elle venait de lui faire subir, il ne faisait aucun doute qu'elle fût assez forte pour combattre un vampire par le biais de sorts et potions. D'autant plus qu'elle possédait la faculté de maîtriser un élément en particulier : l'air. Il l'avait bien senti lorsqu'elle l'avait utilisé sur son corps. Mieux valait ne pas se frotter à une sorcière qui savait contrôler les éléments.

— Je pourrais, si j'arrivais à m'en approcher. Mais les vampires sentent les sorcières de loin. Je n'ai jamais réussi à être assez près d'eux pour utiliser ma magie. C'est pour ça que j'ai besoin d'un humain. Tu seras capable de l'approcher sans éveiller de soupçons.

Elle plongea la main dans la poche de son gilet et en sortit une petite fiole remplie d'un liquide violet.

— Dès que tu seras assez près, tu casseras la fiole, et les vapeurs endormiront le vampire pendant quelques secondes. Alors, tu sauras ce qu'il te restera à faire.

Lui enfoncer un pieu dans le cœur.

Haven sourit malgré lui. Bien qu'il n'aimât pas l'idée de répondre aux ordres d'une sorcière qui retenait son frère captif, il était cependant séduit par celle de vaincre un vampire de plus. Depuis la mort de sa mère, il avait cherché celui qui l'avait tuée et qui avait kidnappé sa sœur, encore bébé. Il ne l'avait toujours pas retrouvé, mais avait, depuis lors, tué nombre de vampires.

Cependant, l'idée de remettre une humaine innocente à la sorcière le rendait mal à l'aise.

— Qui est la fille ?

La sorcière balaya la question d'un geste de la main.

— Personne.

Haven secoua la tête.

— Qu'est-ce que tu lui veux ? Si c'est *seulement* une actrice, comme tu le dis, pourquoi t'intéresses-tu à elle ?

Bess ne lui disait pas tout. Peut-être valait-il mieux ne pas trop en savoir, et juste accepter la mission pour libérer son frère des pattes de la sorcière. Mais il lui restait une once de conscience.

— Ça ne te regarde pas, répliqua-t-elle en se levant. Ramène-moi la fille ou j'écrase ton frère.

— Et où est mon cher frère ? demanda-t-il nonchalamment.

Dès qu'il saurait où elle le retenait, il pourrait élaborer un plan pour le sortir de là sans faire le sale boulot qu'elle attendait de lui.

— Même si je te dis où il se trouve, tu ne pourras pas le libérer. Un champ de protection encercle sa cellule et tu ne pourras pas passer.

Si Haven savait une chose à propos de la sorcellerie, c'était qu'à la mort d'une sorcière, les sorts et les champs de protection disparaissaient avec elle. *Voilà* un point sur lequel il pouvait travailler.

— Il est donc ici, avança-t-il en étudiant le visage de Bess, scrutant le moindre signe qui pourrait confirmer ses dires.

Il n'était pas un excellent joueur de poker pour rien.

Elle haussa son sourcil gauche dans une direction qu'il suivit. Il avait à peine remarqué la porte à côté de l'étagère. Lorsqu'il regarda de nouveau la sorcière, il nota qu'elle pinçait légèrement les lèvres.

Haven fit un signe de tête en direction de la porte.

— Je vois.

— Ça ne t'aidera pas. Il est trop bien gardé. Tu n'y arriveras pas.

Il n'avait pas à le faire. Si la sorcière mourait, il n'y aurait plus de champ de protection.

— Bien, alors on va le faire à ta façon.

Il se leva, puis se tourna légèrement en essayant de cacher le mouvement de sa main droite. Il était rapide comme l'éclair et avait gagné nombre de duels. Autant dire que Bess était déjà morte.

Haven glissa la main dans sa veste, et ses doigts agrippèrent la crosse du revolver qu'il sortait de son étui.

— Aïe ! cria-t-il en lâchant l'arme.

Celle-ci tomba sur le sol en un bruit sourd. Choqué, il regarda la peau rougie de sa paume. Son arme était devenue brûlante, telle de la braise dans sa main.

Putain !

— Il vaut mieux que tu apprennes, dès à présent, qu'on ne plaisante pas avec moi. Alors, soit tu fais ce que je dis, soit ton frère meurt.

Haven la dévisagea et lut de l'impatience dans ses yeux. Il réprima sa propre colère et s'efforça de se calmer. Perdre la tête n'aiderait pas Wesley. Il fallait mettre sa fierté et ses scrupules de côté. Seul son frère lui importait. C'était tout ce qu'il lui restait de sa famille.

Pour le moment, il devait garder la tête froide.

— Tu gagnes. Dis-moi son nom, et où je peux la trouver…

2

Dans le cabinet de consultation de Maya, Yvette remua derrière le rideau et enleva la robe de chambre en papier. Elle détestait ces examens médicaux, mais n'avait d'autre choix que de s'y plier afin d'obtenir ce qu'elle désirait.

— Ça confirme ce que disait le laboratoire, expliqua Maya depuis son bureau. Il n'y a rien qui cloche avec ton utérus et tes trompes.

— Et les ovules ? demanda Yvette en se glissant dans son pantalon en cuir ultra serré.

Elle prit une profonde inspiration pour le boutonner avant d'introduire ses doigts de pied dans ses chaussures noires à talons. La plupart des femmes se seraient cassé la cheville plus d'une fois si elles avaient dû marcher avec des talons aussi fins, mais Yvette se sentait forte en les portant. Un coup bien placé avec ces derniers pouvait sérieusement faire mal à tout agresseur.

— Aussi frais et viables que le jour où tu es devenue vampire.

Yvette enfila son top noir, puis passa le rideau en regardant Maya qui feuilletait le rapport du laboratoire. Au cours des derniers mois, elle avait subi toute une batterie de tests afin d'aider Maya à comprendre pourquoi les femmes vampires étaient stériles et, éventuellement, à trouver un remède à ce problème. Leur relation avait été un peu difficile au départ, mais Yvette ne pouvait nier le dévouement dont Maya faisait preuve envers le projet.

Lorsque Maya avait été transformée en vampire contre sa propre volonté, Gabriel, le patron d'Yvette, était tombé follement amoureux d'elle. Yvette qui, à l'époque, avait des vues sur lui, avait été profondément blessée par le fait que Maya, laquelle était apparue de façon si inattendue, eût ravi, en moins d'une semaine, le cœur de celui pour qui elle éprouvait des sentiments. Mais il ne restait plus rien de leurs désaccords passés. Maya, qui était médecin avant d'être transformée, était devenue une championne de la cause qu'elle défendait : trouver une solution à l'infertilité des femmes vampires. Cependant, aucun test n'avait, jusqu'à présent, produit les résultats escomptés. Pas un seul n'avait permis de trouver la cause de cette infertilité.

— Dans ce cas, je ne comprends pas. J'étais toujours partie de l'idée que mes ovules étaient morts au moment de ma transformation. S'ils sont intacts, alors pourquoi ne suis-je pas tombée enceinte ?

Elle avait eu nombre de rapports non protégés lors des dernières décennies. Pas uniquement avec des vampires ; avec des humains également.

Maya lui fit signe de s'asseoir dans le fauteuil devant son bureau. Ce qu'elle fit.

— Tu veux dire, mis à part le fait que tu n'aies pas eu de relation avec un homme depuis qu'on s'est rencontrées ?

Cette remarque fit hérisser les poils d'Yvette, même si elle avait décidé de faire une pause de *ce côté-là* durant les derniers mois. Mais cela ne regardait Maya en rien. C'était facile à dire pour elle : elle avait un homme qui l'aimait et qui avait toujours envie d'elle, de jour comme de nuit. Alors que tout ce qu'Yvette récoltait, c'étaient des coups d'une nuit ; insatisfaisants ! Et ces derniers mois, elle ne s'était même pas donné la peine d'en rechercher.

— Ce n'est pas la question. J'ai eu beaucoup de partenaires virils qui, et ça je le sais, avaient mis d'autres femmes enceintes. Ça a juste un peu ralenti dernièrement.

De qui se moquait-elle ? Elle n'avait posé les yeux sur personne depuis que Gabriel était devenu le partenaire de Maya. Non pas qu'elle fût jalouse ou quoi que ce soit – ces deux-là étant vraiment faits l'un pour l'autre – mais elle évitait les hommes de peur de tomber de nouveau amoureuse du mauvais.

— Ecoute, Yvette… nous n'en sommes qu'au début. Je ne veux pas que tu te décourages. Regarde plutôt ce qu'on a déjà découvert. Ton utérus est identique à celui d'une humaine, ce qui veut dire que la transformation n'a pas d'impact à ce niveau. C'est une bonne chose. Tes trompes de Fallope sont claires et non-obstruées, et tes ovaires contiennent des ovules viables. Le laboratoire l'a confirmé.

Yvette lança un regard plein d'espoir à Maya.

— Et comment ça s'est passé avec le don de sperme ?

— Eh bien, bonnes nouvelles, en fait.

Maya farfouilla dans ses papiers et en sortit une feuille.

— Voilà les derniers résultats. Le sperme a fécondé tes ovules dans l'éprouvette. Donc il y a…

— Mais mon corps rejettera l'œuf. C'est ça ?

Tout comme pour les autres fausses couches. Yvette chassa ces mauvais souvenirs. Elle ne voulait plus y penser. Personne ne savait quoi que ce soit sur son passé, et il n'y avait aucune raison pour que cela changeât maintenant. Si Maya avait été au courant des fausses couches qu'elle avait faites en tant qu'humaine, elle n'aurait jamais essayé de l'aider. Elle l'aurait considérée comme une cause perdue et aurait arrêté de perdre son temps dans ce projet futile. Mais nonobstant ces obstacles, Yvette ne pouvait se résoudre à abandonner.

Maya ne saurait jamais rien de tout cela, mais Yvette se souvenait de tout : la douleur, la déception, et son cœur brisé. Elle avait été mariée. Robert avait souhaité avoir une famille avec elle, des enfants, un chien et un chat ; une clôture blanche autour de leur jardin… Mais ce qu'il avait récolté, c'était une femme qui ne pouvait garder en vie ce qui se trouvait en elle. La première grossesse avait bien démarré. Robert avait été extatique et avait annoncé la bonne nouvelle à tout le monde. Chaque jour, il lui avait ramené des fleurs et des cadeaux. Mais soudainement, en plein milieu du premier trimestre, elle s'était mise à saigner. Elle avait fait une fausse couche. Robert avait été déçu, mais s'était dit qu'ils essaieraient de nouveau.

A ce moment-là, il l'avait soutenue. En tant que mari, il l'avait réconfortée. Yvette était retombée enceinte six mois plus tard, mais avait dû revivre la même chose. Au cours du troisième mois, elle avait perdu le bébé. Cette fois, Robert n'avait pas été aussi compréhensif. Il l'avait accusée de mettre délibérément ses grossesses en péril.

C'était tout à fait grotesque, mais pas assez pour l'empêcher de la quitter. Elle n'avait pas assez d'importance à ses yeux. Tout ce qu'il voulait, c'était un enfant qu'elle ne pouvait lui donner. Aussi avait-il cessé de l'aimer. Pour éviter que cette situation ne se répétât, elle avait gardé les hommes à distance. Pour qu'aucun homme n'eût plus la moindre raison de la quitter, elle savait qu'elle serait obligée de donner au prochain tout ce qu'il désirerait. Peu importe qu'il fût humain ou vampire.

— Yvette ?

Yvette leva les yeux et vit le regard inquiet de Maya.

— Il te faut être patiente. Tu es en pleine forme, et il n'y a aucune raison apparente pour que tu ne puisses pas avoir d'enfant. Je dois seulement comprendre ce qui se passe dans le corps d'une femme vampire lors de la conception.

Yvette se leva et se passa la main dans ses cheveux courts et noirs de jais, faussement négligés.

— Je sais. C'est juste que… Bon, je ne suis pas très patiente.

Et Dieu sait qu'elle se sentait coupable de cacher ainsi son passé médical à Maya, mais elle ne pouvait divulguer ces informations. Ni la douleur qui y était associée. Personne n'avait besoin de savoir qu'en tant que femme, elle ne valait rien. Cela lui suffisait de devoir faire face à cette glaciale vérité chaque jour. Et cette vérité, c'était qu'elle n'était pas une femme assez complète pour donner à un homme tout ce qu'il voulait. Ni en tant qu'humaine, et peut-être encore moins en tant que vampire.

— Je ferai tout ce que je peux.

— Merci.

Elle fit un dernier hochement de tête en direction de Maya, se dirigea vers la porte, puis monta l'escalier menant au rez-de-chaussée de la maison victorienne, soulagée de laisser le cabinet médical derrière elle.

Après être devenus partenaires, Gabriel et Maya avaient acheté une grande et vieille demeure victorienne sur Nob Hill, pas très loin de chez Samson. Ah… Samson… Le fondateur de Scanguards. Encore un autre qui avait trouvé amour et bonheur avec une humaine. Une femme qui attendait leur premier enfant. Une vague de jalousie transperça Yvette comme un coup de poignard. Ce n'était pas d'un enfant dont elle mourait d'envie, mais de l'amour d'un homme. Et comment un homme pouvait-il l'aimer à vie si elle ne pouvait lui donner tout ce qu'il voulait ? Si elle ne pouvait satisfaire le moindre de ses besoins ?

— Pile la personne que je voulais voir, l'accueillit Gabriel lorsqu'elle atteignit l'entrée.

Yvette regarda son patron. Comme souvent, il portait un pantalon noir et une chemise blanche. Ses longs cheveux de jais étaient attachés simplement, en queue de cheval. Il n'essayait même pas de cacher la longue cicatrice qu'il portait au visage et qui s'étendait de l'oreille gauche au menton. Elle lui conférait un regard dangereux. Et pourtant, par-dessous, il était aussi beau et bon qu'on pouvait l'imaginer. Ce qui ne pouvait être dit de l'homme qui se tenait à ses côtés : Zane.

Tout comme elle, Zane était un des gardes du corps employés par Scanguards, la société de sécurité de Samson Woodford. Zane était aussi grand que Gabriel, mais sa tête était rasée et, à l'exception d'une seule fois, Yvette ne se souvenait pas de l'avoir jamais vu sourire ou rire. Dire que Zane était brutal et violent était un euphémisme, mais en même temps, il faisait partie de la famille, comme le reste des vampires qui travaillaient pour Scanguards. Ils étaient la seule famille qu'elle connaissait. Et la seule qu'elle aurait probablement.

—Qu'est-ce que je peux faire pour toi, Gabriel ?

— Tout va bien ? demanda-t-il en indiquant de la tête le sous-sol, cabinet médical de Maya.

Un frisson parcourut la colonne vertébrale d'Yvette.

— Bien sûr, pourquoi ce ne serait pas le cas ?

— Bien, bien.

— Ecoute, Gabriel, je ne pense pas qu'on ait besoin d'impliquer Yvette, interrompit Zane en tapant du pied impatiemment au sol.

Gabriel le coupa d'un signe furtif de la main.

— On en a déjà parlé. Tu n'utiliseras pas le contrôle de l'esprit sur cette cliente. Je ne le permettrai pas. Si elle a peur de toi, alors on mettra quelqu'un d'autre à sa disposition.

Yvette haussa un sourcil. Un client que Zane protégeait avait peur de lui ou, si elle avait bien entendu, *une cliente* ? Eh bien, c'était loin d'être une première.

— Tu as une mission à me proposer ?

— Oui, l'agent d'une jeune actrice nous a contactés pour qu'on la protège lors de sa promotion dans la région. Elle a reçu des menaces. A la base, j'avais mis Zane sur l'affaire, mais apparemment, il l'intimide.

— On se demande pourquoi, marmonna Yvette dans sa barbe.

Zane lui jeta un regard furieux qui n'augura rien de bon pour son avenir immédiat.

— Je pourrais facilement l'influencer, et elle ne se rendra même pas compte qu'elle ne peut pas m'encadrer, proposa Zane.

Yvette savait que son collègue ne se souciait guère de savoir s'il était apprécié ou pas – ce qui était plus souvent le cas, d'ailleurs – mais son ego surdimensionné en avait pris un coup parce qu'on venait de lui retirer la mission. Zane n'était pas du genre à abandonner. On pouvait dire nombre de mauvaises choses à son sujet – bon sang, Yvette avait toute une litanie à lui reprocher à l'instant-même – mais elle devait reconnaître qu'il était loyal et on ne peut plus déterminé.

— Tu n'utiliseras pas le contrôle de l'esprit sur elle. On n'en a pas besoin. Yvette peut prendre ta place, et je t'enverrai sur une autre mission.

— Ça me va, répondit Yvette. Je devrais savoir autre chose ?

Elle ignora le grognement de Zane.

— Son nom est Kimberly. Elle est jeune, la vingtaine, une actrice qui commence à percer. Son dernier film vient de sortir en salle, et ça marche du tonnerre. Du coup, il y a des tarés qui pensent être amoureux d'elle. Fais gaffe à ceux qui la suivent et garde les paparazzis à distance. Elle n'a pas encore l'habitude d'avoir toute cette attention sur elle.

— Pas de problème. Je commence quand ?

— Demain soir. Il y a une fête pour la première, au Fairmont. Je t'enverrai un résumé sur ton iPhone. Bonne chance.

— Ça marche. On voit ça demain.

Yvette se dirigea vers la porte. Les chatouillis qu'elle ressentait dans sa nuque lui firent comprendre que Zane la suivait.

— Je dégage, grogna Zane.

— Zane, l'avertit Gabriel.

Un seul mot suffit pour faire entendre la lourde réprimande.

— Quoi ? demanda ce dernier tout en continuant à marcher.

— Mes ordres sont clairs ?

Après une réponse qui s'apparentait plus à un grognement qu'à autre chose, Zane s'arrêta à côté d'Yvette et attrapa la poignée. Yvette fut plus rapide et ouvrit la porte avant de s'arrêter net. Là, sur les marches, se tenait un labrador blanc. Dès qu'il la vit, il se leva et remua la queue.

— Ton chien ? demanda Zane par-dessus son épaule.

— Non. Ça fait quatre mois qu'il me suit. Je ne sais pas ce qu'il veut.

Ce n'était pas tout à fait vrai. Oui, le chien n'avait cessé de la suivre depuis que ses collègues et elle avaient sauvé Maya des griffes d'un mauvais vampire plusieurs mois auparavant. Ce qu'elle ne révélait pas, c'était qu'elle avait commencé à le nourrir.

— On dirait que c'est le tien, fit observer Zane.

Logique. Depuis qu'elle avait laissé le chien entrer dans la maison sur Telegraph Hill, la bête pensait vraiment lui appartenir.

— C'est quoi son nom ? continua Zane, imperturbable et appréciant manifestement le malaise d'Yvette.

— Chien.

En entendant son nom, les oreilles du chien se dressèrent, et sa queue se mit à remuer encore plus vite. Mince, il en était même à l'écouter.

— Ouais, il est clairement à toi. Amuse-toi bien.

Et Zane s'en alla dans la pénombre de la rue déserte, disparaissant dans le noir.

Yvette regarda le chien dont les yeux intelligents semblaient lui poser une question. Il pencha la tête sur le côté. On aurait dit qu'il souriait. Les chiens pouvaient-ils sourire ?

Elle abdiqua.

— Ok, on rentre à la maison.

3

Yvette entendit la trappe de la porte pour chiens claquer contre le chambranle en bois. Elle ouvrit les yeux. Avoir fait installer une porte qui permettait au chien d'aller dans le jardin lorsqu'il le désirait avait été une excellente idée, mais également la pire. A présent, cet idiot pensait *vraiment* qu'il était chez lui. Elle ne savait comment s'en débarrasser. Il avait même entrepris d'aboyer contre le pauvre facteur qui osait s'aventurer sur son territoire.

—Hé, chien, lui dit-elle lorsqu'il sauta sur le lit.

Elle n'allait certainement pas commettre l'erreur de lui donner un nom. Si elle le faisait, il ne partirait jamais.

— C'est déjà le coucher du soleil ?

Elle avait lancé cette question de façon machinale. Le chien n'allait certes pas lui répondre, et elle n'avait de toute façon pas besoin de lui pour le savoir. Son propre corps lui avait déjà prouvé que le soleil s'était couché sur l'Océan Pacifique, et qu'il était temps de se préparer pour sa mission.

Yvette s'étira, puis posa ses mains sur la tête. Comme chaque nuit à son réveil, ses courts cheveux ébouriffés, que tout le monde connaissait, avaient disparu. De longues tresses noires s'y étaient substituées. Durant son sommeil réparateur, ses cheveux repoussaient jusqu'à atteindre la longueur qu'ils avaient au jour de sa transformation. Au début, elle les avait gardés longs. Ensuite, au cours des ans, elle avait décidé qu'elle n'aimait plus ce look. Elle trouvait que cela faisait trop féminin, trop vulnérable.

Elle se dirigea vers la salle de bain et attrapa les ciseaux abandonnés dans le vanity-case. Au fil du temps, elle avait appris à se couper les cheveux, même sans miroir. Elle attrapa une mèche de sa main gauche et la coupa avec la droite. Au lieu de jeter les cheveux coupés dans la poubelle, elle les mit dans un sac plastique sur lequel *Hôpital St Jude – Département d'oncologie* était inscrit. Les cheveux longs, c'était pour quelqu'un d'autre. Personnellement, en ce qui la concernait, elle n'en avait rien à faire.

Lorsqu'elle fut soulagée du poids de ses cheveux, elle sentit, par la même occasion, la douleur du passé s'envoler. C'était la même chose à chaque réveil. Ses cheveux longs lui rappelaient sa vie en tant qu'humaine. Ils lui rappelaient Robert, l'homme qui enfouissait sa tête dans ses longues tresses lorsqu'ils avaient fait l'amour. Les traits de son visage n'étaient, à présent, plus aussi précis dans son esprit ; leur séparation ayant eu lieu de nombreuses années auparavant. Il y avait presque cinquante ans de cela. Alors que le souvenir de ce visage s'effaçait lentement de sa mémoire, le désir d'un enfant, quant à lui, demeurait. Ou plutôt l'idée qu'elle s'en faisait.

Yvette posa la main sur son ventre plat. Quand elle était humaine, une vie y avait grandi, deux fois plutôt qu'une. Elle s'était alors sentie femme. Une femme capable de donner à son mari ce qu'il désirait par-dessus tout. Durant ces brèves périodes de grossesse, elle avait ressenti tout l'amour qu'on lui vouait. Pas uniquement celui de son mari, mais également celui de l'enfant qui l'avait habitée.

Tarée. Yvette secoua la tête et continua à se couper les cheveux. La perte du second bébé l'avait dévastée, et Robert n'avait pas été là pour la réconforter. Il l'avait même accusée. Pendant un an, elle avait vécu dans une sorte de transe, avalant toutes les drogues qui lui tombaient sous la main. L'engourdissement que lui avaient procuré ces produits illicites l'avait empêchée de se suicider. Mais une nuit, elle s'était réveillée chez un inconnu, complètement stone. Il lui avait demandé si elle souhaitait vivre pour toujours et jouir du sexe sans conséquences. *Bien sûr*, avait-elle plaisanté, toujours en plein trip.

Elle s'était d'abord débattue lorsqu'il avait voulu la mordre, mais par la suite, elle avait accepté l'idée que la mort pût l'emporter, espérant que la prochaine vie fût meilleure. Elle n'avait réalisé ce qui lui était arrivé qu'à son réveil. L'inconnu avait fait d'elle un vampire – un vampire *stérile*. Ce qu'elle avait dû accepter dans toute sa brutalité.

En tant qu'humaine, elle aurait peut-être eu une autre chance d'enfanter et de rendre un homme heureux, mais en tant que vampire, c'était sans espoir. Et les hommes étaient des hommes, qu'ils fussent vampires ou humains. Ils se la tapaient et elle se les tapait. Mais au bout du compte, même son maître lui avait indiqué la sortie. *Trop collante*, avait-il dit. *Trop en manque d'affection.*

Plus maintenant. A présent, elle était aussi forte qu'un vampire mâle, et personne ne pouvait dire le contraire. La femme vulnérable qui se cachait en elle était morte aux yeux du monde.

~ ~ ~

Tout comme Gabriel l'avait mentionné, la fille qu'Yvette devait protéger était jeune. Ce qu'il avait omis de dire, c'était que Kimberly était également très belle. Yvette ressentit un soupçon de jalousie dès qu'elle posa les yeux sur sa cliente. Cette fille avait tout : une carrière excitante, la beauté à l'état pur et un corps capable de donner la vie.

Voilà qui était cruel. Yvette n'avait nullement besoin qu'on lui rappelât sans cesse ce qu'elle ne pouvait avoir. Aussi regretta-t-elle de ne pas avoir poussé Gabriel à autoriser le contrôle de l'esprit sur cette fille afin qu'elle en oubliât son dégoût pour Zane. Yvette aurait préféré devoir protéger un riche businessman en surpoids, avec une coupe de cheveux horrible, une odeur corporelle désagréable et un gosier énorme.

Elle se consola à tout le moins en se disant que Kimberly serait de retour à Los Angeles dans une semaine pour commencer le tournage de son prochain film.

— Là, c'est beaucoup mieux, déblatéra la fille. Franchement, l'autre gars… Zane ou je ne sais trop quoi, il était vraiment bizarre. Je ne l'aimais pas du tout. La façon dont il me regardait, je vous le dis… Il me rendait nerveuse. Et je ne suis pas de nature nerveuse. En général. La seule fois où j'ai été nerveuse, vraiment nerveuse, c'est quand j'ai dû auditionner pour…

Yvette ne prêta plus attention au monologue de Kimberly et garda les yeux rivés sur la vitre teintée de la limousine. Génial ! Non seulement Kimberly avait tout pour elle, mais en plus, elle parlait constamment. Yvette espéra que la fille n'eût pas escompté son écoute et sa participation au papotage. Contrainte à endurer cela, elle se jura de faire en sorte que Gabriel ajoutât un gros bonus à son salaire.

— … alors je lui ai dit : *qu'on avait ce jeu, à l'orphelinat…*

Yvette répondit par un faux sourire et hocha la tête, comme si elle suivait vraiment la conversation, alors que dans les faits, elle regardait à l'extérieur, examinant les alentours. La limousine était coincée dans un embouteillage sur California Street, en direction de l'hôtel Fairmont.

— … pensait que j'avais à peine dix-neuf ans, alors qu'en fait, j'en ai presque vingt-deux, mais ce n'était pas grave parce qu'ils voulaient quelqu'un de mature pour le rôle…

Une cascade d'eau n'aurait pu produire un plus fort débit de mots à la minute. Yvette lui jeta un autre regard en coin. Perchée sur le confortable siège en cuir, Kimberly portait une robe de soirée rose. Elle lui seyait à merveille. Ses boucles blondes comme le blé tombaient sur ses épaules nues avec un naturel parfait. Seule la légère senteur de produits chimiques, que les narines sensibles d'Yvette pouvaient percevoir, indiquait que Kimberly n'était pas une vraie blonde.

Pour la première fois depuis longtemps, Yvette portait une robe. L'idée l'avait rebutée, mais Kimberly avait insisté. Sa cliente pensait qu'on la remarquerait trop si elle se montrait en tailleur. Elle passerait presque pour un membre de la CIA.

Yvette avait donc farfouillé dans son armoire et avait fini par trouver une petite robe noire qui ferait l'affaire. C'était une vieille robe avec un décolleté plongeant et un dos complètement ouvert. Si quelqu'un y prêtait attention, on voyait clairement qu'il s'agissait d'une pièce vintage. Ce n'était pourtant pas une pièce cataloguée vintage lorsqu'elle l'avait achetée, dans les années 60. D'ailleurs, elle ne savait trop pourquoi elle avait gardé cette chose inutile pendant près de cinquante ans. Elle aurait dû la donner à l'Armée du Salut depuis bien longtemps.

Yvette n'avait revêtu ni robe ni jupe depuis plusieurs décennies. Elle préférait les pantalons en cuir. Pourvue d'un vêtement de cuir et des talons qu'elle portait à présent, elle était toujours prête pour la bagarre. Mais avec ce dos complètement dégagé, dans cette robe noire – seule couleur dans laquelle elle se sentait vraiment à l'aise – elle éprouvait tout de même de l'inconfort. Pour satisfaire sa cliente, elle agissait comme s'il lui était naturel de porter des robes, alors qu'en fait, cela la faisait se sentir vulnérable. Aux yeux de tous. Mais le chauffeur interrompit ses pensées.

— M'dame, j'ai bien peur qu'on ne puisse pas aller plus loin. Le tramway est en panne et bloque la rue.

Instantanément en alerte, Yvette jeta un œil par les vitres teintées et observa la rue, à l'affût d'un danger immédiat.

— Attendez ici, ordonna-t-elle à Kimberly avant de sortir de la voiture.

Elle regarda le haut de la rue et nota que l'intersection suivante était bloquée par le tramway venant de Powell Street. Rien ne semblait sortir de l'ordinaire. Elle s'était vite faite à l'idée que les vieux tramways tombaient en panne de temps à autre.

L'hôtel Fairmont ne se trouvait qu'à un pâté de maisons de là. En regardant des deux côtés de la rue et en scannant rapidement les passants, elle en vint à la conclusion que tout semblait normal. Le trafic sur les trottoirs était fluide. Yvette passa la tête dans la voiture.

— On va y aller à pied. Ça va aller.

— Vous êtes certaine ? demanda Kimberly qui, pour la première fois, avait la voix vaguement teintée d'inquiétude.

Yvette lui offrit sa main et la sortit de la voiture.

— Oui, j'en suis sûre. Allons-y. Vous ne voulez pas être en retard à votre propre fête.

Elle claqua la portière et tapa sur la vitre du côté passager tout en maintenant son autre main sur l'actrice. Le chauffeur baissa la vitre immédiatement.

— Je vous appelle quand nous sommes prêtes à partir.

La colline était escarpée, mais Yvette savait que l'hôtel disposait d'une entrée latérale située à mi-chemin, et elles l'atteignirent en quelques secondes. Elle préférait les entrées latérales, car c'était la meilleure façon d'échapper à l'attention. L'entrée principale de l'hôtel était probablement pleine de fans et de photographes.

— Par ici, dit-elle en poussant Kimberly à travers une porte latérale qui donnait sur un long couloir étroit. Celui-ci débouchait sur un hall d'entrée gigantesque qui attestait de l'âge de cet hôtel construit au début du dix-neuvième siècle.

Yvette balaya les environs du regard. Des serveurs, des serveuses et des gens bien habillés déambulaient. Elle remarqua les regards tournés vers Kimberly et comprit qu'on l'avait reconnue. Alors qu'elles s'avançaient, Yvette perçut les murmures de la foule.

Lorsqu'elle trouva la salle de réception où se tenait la fête privée, elle remarqua l'homme de la sécurité à l'entrée. Soulagée, elle soupira. Au moins la production avait-elle fait appel à plus de renforts afin de filtrer les invités et vérifier les papiers d'identité.

Yvette dégaina son badge de Scanguards.

L'homme hocha la tête, puis sourit à Kimberly.

— Mademoiselle Fairfax, puis-je simplement dire combien j'ai aimé votre film. Vous êtes si talentueuse. Pensez-vous que je pourrais avoir un autographe ?

Il porta la main à la poche de sa veste, mettant immédiatement Yvette en alerte. Elle prit position, prête au combat ; prête à lui sauter dessus. Mais lorsqu'il sortit une photo de Kimberly, Yvette se décontracta d'un coup.

— Bien sûr, répondit Kimberly d'une voix mielleuse avant de signer la photo et de se tourner vers la porte.

La salle contenait une centaine d'invités. A première vue, on n'avait pas lésiné sur les dépenses. La pièce était décorée de photos issues de scènes du film, ainsi que de Kimberly et de son partenaire masculin à l'écran – un gamin d'une vingtaine d'années bien trop beau pour être réel. Il y avait des fontaines de champagne tout autour de la pièce.

Des serveurs circulaient, plateaux de hors-d'œuvre et de boissons en main. Yvette déclina l'offre d'une boisson au moment même où Kimberly prenait une coupe de champagne sur l'un des plateaux.

— Vous n'en voulez pas ?

— Vous oubliez que je travaille.

De toute façon, le champagne n'était pas sa boisson préférée. Certes, elle pouvait ingérer des liquides lorsqu'il le fallait, mais elle préférait quelque chose de plus sombre et de plus riche.

— Oui, mais soyez discrète. Je ne veux pas que les gens sachent que j'ai un garde du corps. Ça fait un peu désespéré. Ils risquent de penser que je suis hautaine, alors que je veux être perçue comme quelqu'un d'accessible. On doit m'aimer.

Yvette se retint de lever les yeux au ciel et haussa les épaules.

— Qu'ils pensent ce qu'ils veulent. Je suis là pour vous protéger.

— Je vous en suis reconnaissante, vraiment, mais j'ai besoin d'un peu d'air.

Yvette ravala la remarque qui lui brûlait les lèvres.

— Bien.

Elle pouvait l'observer à distance. Grâce à son acuité auditive et visuelle, elle pouvait aisément percevoir la moindre des conversations tenue dans la pièce, de même que scanner toute personne qui s'approcherait de Kimberly. Dès lors, lorsque sa cliente se dirigea vers des amis pour les saluer, Yvette ne la suivit pas. Elle se plaça plutôt sur le côté afin d'observer, avec plus de recul, ce qui se passait dans la salle.

L'élégance des gens présents était à couper le souffle. Chacun d'entre eux s'était surpassé, comme lors d'une cérémonie des Oscars. Pour la première fois, Yvette éprouvait de la reconnaissance envers Kimberly. Celle-ci avait, en effet, insisté pour qu'elle portât une robe. Et en comparant sa robe à celles des autres femmes dans la pièce, elle se rendit compte qu'elle se fondait dans la masse. Au moins, personne ne pourrait la remarquer.

Doucement, ses yeux scrutèrent l'assemblée, cherchant le moindre signe d'un danger imminent pour Kimberly. Soudain, quelqu'un attira son attention. Elle tourna la tête. Cet homme qui venait d'entrer : il regardait à présent tout autour, comme s'il cherchait quelqu'un qui n'avait pas sa place à la fête. Même s'il portait un costume élégant, il semblait être là contre sa volonté. Il avait l'air plus coriace que beau, et sa large carrure laissait émaner de sa personne une certaine force ; une certaine puissance. Ce n'était manifestement pas un acteur.

Ses cheveux noirs étaient un peu plus longs que ne l'exigeait la mode actuelle, et sa chemise n'était pas entièrement boutonnée, même s'il semblait avoir porté une cravate au préalable. Cravate qui se trouvait, en fait, dans la poche de sa veste. Il n'était pas producteur non plus, car le port d'une cravate ne l'aurait alors pas dérangé.

Son visage, son cou et ses mains étaient bronzés. Même la peau exposée au niveau du col de sa chemise était hâlée, ce qui indiquait qu'il passait un certain temps à l'extérieur. Il n'était pas employé de bureau, et manifestement, encore moins comptable. Yvette le balaya du regard une fois de plus avant de s'intéresser à ses mains. Des cicatrices. En grand nombre : coupures, bleus, brûlures. Un cascadeur, peut-être. Et pourtant, cela ne collait pas vraiment non plus.

Le long métrage de Kimberly était un film d'action – elle y jouait le rôle de la demoiselle en détresse – et plus d'une scène avait nécessité le recours à un cascadeur pour doubler le héros. Yvette avait bâillé tout au long de la projection et avait été bien heureuse de voir arriver la fin de ce film sans intérêt. Cet homme pouvait facilement être la doublure de la star masculine. Il semblait toutefois impossible qu'on l'eût fait passer pour le jeune héros du film et qu'on fût parvenu à camoufler son corps musclé. Il avait au moins dix ans de plus – la trentaine – et semblait bien plus mature que l'acteur principal. Yvette se dit que les effets spéciaux et autres coupes de cheveux pouvaient cependant faire croire n'importe quoi aux spectateurs. Dans tous les cas, elle se devait de se renseigner plus amplement à son sujet afin de vérifier ses hypothèses. Il en allait simplement de la sécurité de Kimberly, bien sûr… et non de son inexplicable curiosité à l'égard de cet homme.

Lorsqu'elle leva les yeux pour étudier son visage, le regard bleu de ce dernier l'accueillit. Depuis combien de temps l'observait-il ?

4

Haven inspira profondément. Cette femme était splendide. C'était probablement une actrice, même s'il ne l'avait jamais vue dans un film. Que pouvait-elle bien faire d'autre avec ce teint de porcelaine et ces cheveux courts rejetés en arrière, illuminant son visage parfait ? Ses pommettes saillantes mettaient ses yeux verts en valeur, tout comme ses lèvres si généreuses qui ne demandaient qu'à être embrassées. Il sentit son sexe frémir à l'idée que la bouche de cette dernière pût…

Haven tenta de se débarrasser de la vision érotique qui lui traversait l'esprit. Il n'était pas comme son frère qui s'amourachait, sans réfléchir, de la première petite beauté venue. Mais pendant que ses yeux étudiaient le corps parfait de l'inconnue – appréciant les courbes cachées sous sa robe noire – il se demanda pourquoi il blâmait toujours son frère d'avoir une telle faiblesse. Il ressentait exactement ce genre de vulnérabilité à cet instant précis.

Il se sentit tout à coup vraiment à l'étroit dans le pantalon trop serré de ce costume qu'il avait loué au bas de la rue. N'ayant aucunement l'intention de porter un tel accoutrement une prochaine fois, il aurait été inutile d'en acheter un. Mais, tandis qu'il essayait de se concentrer sur ses vêtements plutôt inhabituels, ses yeux retournèrent immédiatement sur la beauté qui se trouvait de l'autre côté de la pièce et qui le faisait pulser d'envie.

Manifestement, ce n'était que ça : du désir. Sa vie était devenue trop solitaire au fil des ans – se concentrant uniquement sur la chasse aux vampires et la recherche de sa sœur – et cela faisait bien longtemps qu'il ne s'était accordé la présence d'une femme. Il n'aimait pas qu'elles pussent le distraire. Il n'avait pas de temps à perdre avec l'amour et une famille, car tout ce qu'il voulait, c'était réunir la famille qu'il avait perdue.

Il ne devait accorder aucune importance à cette inconnue qui ne fuyait nullement son regard intense et qui lui inspirait toutes sortes de désirs. Aucun de ceux-ci n'était d'ailleurs approprié dans une salle de bal peuplée d'une centaine d'invités. Les images qui défilaient dans son esprit convenaient davantage à un placard sombre, au fond d'un couloir, où il pourrait plaquer l'inconnue contre un mur et la prendre jusqu'à parfait soulagement, après complète satisfaction de son envie. Mais il savait déjà qu'elle ne serait pas un simple coup. Peut-être fallait-il l'avoir sous lui plusieurs heures durant pour parvenir à se débarrasser de cette sensation. Et si elle était bonne ? Pourquoi pas la nuit entière, dans ce cas ? Mais avant, il fallait penser au boulot. Cela ne l'empêchait toutefois pas d'aller la voir pour lui demander son numéro.

Avant de changer d'avis, Haven s'approcha d'elle et s'arrêta à un mètre de distance. A sa grande surprise, elle ne s'en alla pas. Au contraire, elle resta campée où elle était : signe d'une femme confiante. Et pourquoi ne le serait-elle pas ? Pourvue d'un tel corps, elle pouvait mettre tous les hommes ici présents à ses pieds et se les faire lécher.

— Je m'appelle Haven.

Il enclencha sa fonction charme et commença à compter. Trente secondes et il aurait son numéro. Et pas un faux.

— C'est un nom bizarre.

Il huma son odeur. Elle n'avait pas mis de parfum. Sa peau semblait tout simplement sentir l'orange. Il ne connaissait aucun parfum sur le marché qui offrait cette senteur.

— Ma mère aimait les trucs étranges.

Elle hocha la tête, comme si elle savait ce qu'il voulait dire.

— Vous travailliez sur le film ? lui demanda-t-elle ensuite.

Pensait-elle qu'il pût être un gros producteur susceptible de donner un coup de pouce à sa carrière ? Il ne lui donnerait pas satisfaction de ce côté-là. Non, lorsqu'elle succomberait à son toucher, ce serait pour *lui* et non pas pour *ce* qu'il était.

— Cascadeur, mentit-il.

Ce métier n'était pas assez valorisant aux yeux d'une femme comme elle, mais il pouvait toutefois justifier le physique baraqué d'Haven. La profession de chasseur de primes n'était finalement pas si différente de celle de cascadeur. Le danger était tout simplement plus proche et plus personnel. La différence principale se situait au niveau de la sécurité. Lui, il travaillait sans filet. Aucune ambulance ne l'attendait en cas de blessure. Aucune équipe ne se tenait à proximité pour lui venir en aide si nécessaire.

Elle lui sourit d'un air satisfait, tout en dévorant son corps du regard. Et Dieu qu'il apprécia la façon dont elle s'était simultanément léché les lèvres.

— Je m'en doutais.

La température montait, non ?

— Et vous ?

— Je ne suis pas cascadeuse, répondit-elle, volontairement à côté de la question.

Mais cela lui était égal. Il se préoccupait peu de ce qu'elle était. Tout ce à quoi il pensait, c'était à l'endroit *où* elle se trouverait très bientôt : sous lui.

— Je m'en doutais.

Il jeta un regard appréciateur à son corps, s'attardant sur ses seins. Lorsqu'il replongea ses yeux dans les siens, il comprit clairement qu'à la manière dont il avait examiné ses courbes, elle avait perçu son petit manège. Et pourtant, elle ne le regarda pas avec dégoût. Encore moins ne se détourna-t-elle de lui.

— Vous pensez que vous avez ce qu'il faut ?

Les mots roulèrent sur ses lèvres d'une manière séduisante. De sa langue rose, elle humecta ses lèvres.

— Beaucoup ont essayé. Aucun n'a réussi, ajouta-t-elle.

Bon sang, la vue de cette langue lui faisait des choses ! La température de son corps monta en flèche de plusieurs degrés. Il tira sur le col de sa chemise, réalisant qu'il avait déjà enlevé sa cravate. Il ne pouvait également enlever sa chemise !

— Je suis prêt à tenter le coup.

Ce fut au tour d'Yvette de scruter son corps. La façon dont elle posa le regard sur son entrejambes ne lui échappa pas. Pas plus que la manière dont elle sembla percevoir son érection grandissante. Et il n'allait pas la lui cacher. Autant lui faire comprendre, dès le départ, ce dans quoi elle se lançait.

— Ça pourrait le faire.

Il n'avait jamais rencontré une femme aussi ouverte à ses propositions. Ou ne faisait-elle que répondre à son offre ? Peu importait. La seule chose qui comptait, c'était la négociation des termes de leur corps-à-corps. Le *peut-être* avait déjà été confirmé. Il s'agissait maintenant de déterminer le *quand* et le *où*. Et le *pour combien de temps*.

Haven s'approcha et se colla à elle. Une goutte de sueur coula le long de son cou et disparut sous sa chemise. Pouvait-elle ressentir la chaleur de son corps comme il ressentait la sienne ? Il pencha la tête vers son oreille.

— Oh, et bien plus d'une fois, je le promets.

Il pouvait à peine contenir son désir de la plaquer contre la surface plane la plus proche, de relever sa robe, libérer son sexe chaud et plonger en elle.

— Ne faites pas de promesses que vous ne pourrez tenir.

Le son de cette voix rauque à son oreille lui sembla délicieux. Bon sang, elle l'excitait avec une facilité déconcertante.

— Dites où et quand, répliqua-t-il, se contenant à peine.

Quelques secondes de plus et on les arrêtait tous les deux pour trouble sur la voie publique. Ou Dieu seul sait comment la police appellerait leur méfait.

— A la façon que vous avez d'haleter, je dirais immédiatement, mais dans ce cas, vous n'auriez pas à imaginer ce que ça pourrait être de me baiser, hum ? Et je n'aurais pas l'opportunité non plus d'imaginer ce que vous faites pendant que vous vous l'imaginez... en attendant que ça se passe ! Donc, voici.

Elle mit sa carte de visite dans sa poche.

— Appelez-moi seulement une fois que vous aurez réglé ce problème dans votre pantalon, afin de pouvoir tenir plus de dix secondes quand on s'enverra en l'air.

Un instant plus tard, il était seul. Elle s'était volatilisée dans la foule. Ahuri par ce qu'elle avait dit, il ne pouvait que l'applaudir. Elle avait pris le contrôle de la situation, alors qu'il aurait dû le faire lui-même. Et bien qu'il ne pût tolérer les femmes autoritaires, son érection ne cessait de grandir. Elle lui botterait les fesses probablement plus d'une fois, mais il ne renoncerait pas au défi qu'elle venait de lui lancer.

Haven porta la main à la poche de sa veste et sortit la carte qu'elle lui avait donnée.

Yvette. Puis un numéro local. C'était tout. Pas d'adresse. Rien.

Cette femme était classe.

~ ~ ~

Yvette fit mine de s'éventer, tandis qu'elle observait sa cliente. Durant la durée de son échange avec Haven, elle n'avait pas oublié sa mission une seule seconde. Cela ne l'avait pas empêchée d'en être tout excitée. Elle avait essayé de se la jouer cool en se glissant dans la peau de la séductrice – rôle qu'elle connaissait si bien. Cette attitude s'était révélée utile pour garder les hommes à distance. La plupart d'entre eux étaient intimidés par sa personnalité dominante, et c'était tout ce qu'elle recherchait.

Mais pas Haven. Lui, il était prêt à relever le défi. Et *elle,* l'était-elle ? Mais oui, elle avait eu une relation sexuelle quelques mois plus tôt – bien qu'incapable de se rappeler le nom du gars. A quoi servaient les coups d'une nuit ? Et c'était exactement ce que serait Haven, un coup d'une nuit. Il valait mieux faire ça dans un endroit impersonnel. Certainement pas chez elle et, si elle pouvait choisir, pas dans un lit non plus.

Un coup rapide sur une table conviendrait tout à fait. Rien de plus intime. Permettre à un homme comme lui de se rapprocher davantage était dangereux. Oui, il était humain, et elle pouvait prendre le dessus facilement. Même son attitude de cascadeur, de mauvais garçon, n'était pas un problème pour elle. Non, le défi… C'était ses yeux bleus qui tentaient désespérément de lire en elle. Et lorsqu'il s'était approché pour murmurer à son oreille, son odeur l'avait enveloppée d'un désir qu'elle ne pouvait expliquer.

Elle devrait être prudente avec cet homme. Avant qu'il ne s'approchât de trop près.

Yvette éprouva une certaine reconnaissance lorsque son attention fut soudainement attirée par l'homme qui parlait à Kimberly. Il venait juste de poser une main sur le bras de la fille. Un mauvais geste. Tout en approchant, elle inspira profondément et ressentit une bouffée de chaleur. Kimberly était mal à l'aise. Il était temps d'agir.

— Kimberly, quelqu'un vous demande, dit Yvette en la prenant par le bras.

Puis, elle se tourna vers l'homme costaud, lui adressant un sourire tout en battant des cils. L'homme rougit.

— Je vous prie de nous excuser un moment.

Avant que l'homme ne pût protester, elle poussa Kimberly dans un coin de la salle.

— C'était qui ?

Yvette avait besoin de savoir s'il pouvait représenter *la* menace envers Kimberly ; celle-là même contre laquelle ils essayaient de protéger la jeune fille.

Kimberly fit un geste dédaigneux de la main.

— Oh, c'est Charles, le neveu du producteur. Il est d'un ennui mortel. Si vous n'étiez pas venue à ma rescousse, je serais morte d'ennui. Vraiment ! dit-elle avant de se remettre à papoter.

— J'arrivais à peine à placer un mot.

Bienvenue au club.

— C'est énervant, hein ?

Yvette fit tout son possible pour ne pas paraître sarcastique.

— Vous n'avez *pas* idée. Mais enfin, qu'est-ce que les gens s'imaginent ? Ils n'écoutent pas. Ils parlent constamment comme s'ils étaient les personnes les plus importantes au monde. C'est lassant. Vous pouvez vous imaginer coincée avec quelqu'un comme ça plus de dix minutes ? J'ai bien cru que ma dernière heure était arrivée.

Pauvre petite fille riche.

— Dieu merci, je suis là pour vous venir en aide, répliqua Yvette tout en essayant de ne pas lever les yeux au ciel.

Zane n'aurait jamais pu tenir toute une soirée comme ça, sans avoir envie de tuer quelqu'un. Elle le soupçonnait d'avoir consciemment intimidé Kimberly afin de se voir assigner une autre mission. Peut-être avait-il même utilisé le contrôle de l'esprit sur elle pour la persuader de demander quelqu'un d'autre. Et Gabriel était tombé dans le piège en l'envoyant, *elle*. Bon sang, Zane était un enfoiré sacrément intelligent.

— J'ai besoin d'un autre verre. Vous en voulez un ?

— Je suis toujours en service, vous vous souvenez ? dit Yvette en esquissant un sourire.

Elle avait d'autres choses en tête que de passer les deux heures suivantes à servir de babysitter à une enfant gâtée à qui on n'avait jamais dit de se taire. Posséder la faculté de se couper des conversations ininterrompues des gens autour d'elle constituait sa seule consolation. Son côté vampire prendrait le dessus et l'alerterait sur ce qu'elle avait besoin de savoir. L'autre partie de son cerveau était donc libre pour toute sorte de divertissement. Et se souvenir d'Haven était le seul divertissement auquel elle pouvait penser pour le moment ! Se souvenir de son allure, de ses sentiments, de son odeur. Et l'imaginer sur elle, nu et haletant, la priant de le soulager.

5

Qui que fût l'enfoiré de vampire qui protégeait Kimberly Fairfax, il était doué. Haven n'avait pas encore réussi à le repérer. C'était une autre raison pour laquelle il détestait les vampires. Leur trop grande furtivité !

Peu importait. Haven savait que Kimberly finirait par partir avec son garde du corps à ses côtés. Il était prêt à l'affronter. Un pieu se cachait dans la poche intérieure de sa veste, tandis que la potion de la sorcière était à portée de main dans sa poche droite. Et au cas où, il avait emmené autre chose pour se défendre : une solide chaîne en argent avec des poids à chaque extrémité. Il l'avait mise dans son autre poche. Si tout le reste échouait, il pouvait toujours la lancer autour du cou du vampire. Le métal lui brûlerait la peau et le distrairait temporairement en le rendant impuissant, ce qui donnerait assez de temps à Haven pour dégainer le pieu ou la potion.

Après des années de chasse aux vampires et de recherches pour retrouver sa sœur, il avait appris nombre de choses quant aux suceurs de sang – en particulier sur la façon de les tuer ou de les blesser. Leur peau brûlait et se dissolvait au contact de l'argent, et ils avaient beau essayer, ils ne pouvaient briser le métal. Ni son frère ni lui n'avaient hérité de la capacité de leur mère de reconnaître les vampires à l'aura qui les entourait. Les repérer était donc une tâche difficile.

Malgré son manque de pouvoir, Haven se sentait fier d'avoir éliminé deux douzaines de vampires au fil des ans. Aucun de ces meurtres ne l'avait rapproché de sa sœur, ni du criminel qui l'avait enlevée mais, néanmoins, il leur avait pris la vie. De toute façon, ils étaient déjà morts ! Comme il *détestait* ces créatures qui se servaient des humains sans se sentir concernés le moins du monde, sans aucune pitié ! Il n'avait donc pas à faire preuve de compassion à leur égard non plus. Et il était, de ce fait, devenu impitoyable lorsqu'il en tuait. Chaque fois qu'il en réduisait un à l'état de poussière, son désir de vengeance s'atténuait quelque peu, mais cela ne durait jamais très longtemps.

Haven se confortait dans l'idée qu'une fois qu'il aurait retrouvé sa sœur, il serait en paix avec lui-même et reprendrait une vie normale. Mais pour le moment, il était mu par cet esprit de vengeance.

Attendant dans la pénombre d'une entrée, Haven faisait passer le temps comme il le pouvait. Le bruit d'une porte que l'on ouvrait lui fit tourner la tête. Kimberly, aux boucles blondes, était difficile à louper dans sa robe rose. Elle sortait de l'immeuble et marchait, dans le noir, avec une autre personne. Haven avait pris soin de casser le réverbère à l'aide d'une pierre afin qu'il fît assez sombre.

Malgré l'obscurité, il reconnut le visage de cette personne. Il en eut le souffle coupé de stupéfaction. Yvette était aux côtés de Kimberly. Etait-ce une coïncidence ? Ces deux-là avaient peut-être travaillé ensemble sur le film. Il étira le cou pour tenter d'apercevoir le garde du corps, mais personne d'autre ne sortit. Le bruit de la porte qui se referma derrière les deux femmes fit écho contre les murs. Les battements de cœur d'Haven résonnèrent de la même manière.

Haven jura en silence, alors qu'il les regardait s'approcher d'une limousine noire. Maintenant qu'il les observait avec attention, il pouvait voir la façon dont Yvette scannait les alentours ; la façon dont elle écoutait à peine les bavardages de Kimberly, se concentrant de préférence sur chaque entrée et chaque passant.

Sous la robe sexy qui lui allait comme une seconde peau, son corps musclé était tendu et en alerte. Il remarqua à quel point les muscles de ses bras étaient contractés. Avait-elle déjà senti sa présence ?

Merde ! Ce n'était pas ce à quoi il s'était attendu. La sorcière s'était-elle trompée ? Etait-il possible que la fille ne fût finalement pas protégée par un vampire ?

Il avait parlé à Yvette dans la salle de bal, et rien dans son comportement n'avait suggéré qu'elle fût autre chose qu'une belle femme. Il avait senti la chaleur émanant de son corps, chaleur qui avait fait augmenter la sienne. Comment avait-il pu réagir de la sorte si elle était un vampire ? Tout ce qu'il avait toujours ressenti pour ces derniers, c'était du dégoût et de la haine. Son corps ne pouvait s'être trompé. Une réaction semblable était impossible face à une telle créature.

Mais, plus il l'observait, plus il décelait les signes distinctifs des vampires : la fluidité de la grâce avec laquelle Yvette descendait la rue ; ses yeux aiguisés qui semblaient enregistrer tout ce qui se passait aux alentours ; la façon dont elle repérait chaque son. Elle venait juste d'en faire la démonstration en haussant la tête en direction d'une fenêtre que quelqu'un refermait. Oh oui, elle était en alerte. Et cela ne pouvait signifier qu'une chose : elle était bel et bien le garde du corps de Kimberly. Elle devait être le vampire dont la sorcière avait parlé.

Et bon sang, qu'il éprouvait du regret à l'idée de ce qu'il avait à faire ! Si elle était un garde du corps vampire, alors elle devait mourir, qu'il y eût attirance ou non. Il n'était pas censé ressentir les scrupules qui commençaient à le ronger. Jamais auparavant il n'avait eu le moindre doute quant à ses devoirs. Sa mission avait toujours été très claire : tuer chaque vampire qui croiserait sa route jusqu'à ce qu'il eût retrouvé celui qui lui avait volé sa sœur.

Il ravala ses scrupules inappropriés, essayant de les enfouir au plus profond de sa mémoire. Il sortit ensuite de l'entrée où il s'était caché et marcha lentement en direction des deux femmes. Feignant un sourire, il leva la main en guise de bonjour.

— Mademoiselle Fairfax, un autographe, s'il vous plaît.

Le visage d'Yvette ne laissa transparaître que très brièvement un sentiment de surprise lorsqu'elle le reconnut, avant de replonger dans l'indifférence et le professionnalisme. Le ventre d'Haven se noua. Il se força à repenser au jour où sa mère avait été tuée, sachant que sa haine envers les vampires pourrait l'aider à accomplir sa tâche et à oublier l'autre image qu'il avait perçue d'Yvette : celle d'une femme sensuelle prête à le revoir pour un face-à-face torride.

Kimberly sourit à pleines dents, tandis qu'elle s'arrêtait pour permettre à Haven de s'approcher. Yvette se pencha pour lui dire quelque chose à l'oreille. Haven ne capta que la fin de la phrase.

— … cascadeur du film ?

Lorsque Kimberly lança un regard confus à son chaperon tout en secouant la tête, il sut que son heure était venue. Yvette allait comprendre qu'il n'appartenait pas à l'équipe du film et qu'il avait menti. La réaction ne se fit pas attendre longtemps. Il se trouvait à peine à quelques mètres lorsqu'Yvette lança l'ordre.

— Dans la voiture, Kimberly ! Tout de suite !

Mais Kimberly ne bougea pas. Elle regarda simplement son garde du corps avec confusion, une nouvelle fois.

— Mais il veut juste un autographe. Vous ne devriez pas être aussi rude avec…

Yvette la poussa sur le côté, en direction de la limousine, prête à l'attaque.

— TOUT DE SUITE, Kimberly !

Yvette se jeta ensuite sur lui. Haven eut à peine le temps de réagir. La sensuelle séductrice qu'il avait rencontrée plus tôt s'était évaporée, substituée par une machine de guerre. S'il avait eu le moindre doute quant à sa condition de vampire, il en était à présent certain. Aucune femme ne pouvait être aussi forte.

D'un coup, Yvette le projeta au sol, et il atterrit violemment sur le dos. Mais cela ne le troubla pas et, tout en se retournant, il captura les jambes de son adversaire entre les siennes afin de la renverser à son tour sur l'asphalte. Le problème, c'était qu'il avait sous-estimé son agilité. Telle une gazelle, elle bondit sur ses pieds et lui asséna un coup sur le flanc, alors qu'il tentait de se relever. Ses prises de karaté étaient précises et gracieuses. Tandis qu'elle frappait plus en hauteur, la couture de sa robe lâcha sur quelques centimètres, lui offrant plus d'amplitude au niveau de ses mouvements. Bon sang, il ne pouvait qu'admirer la façon dont elle se battait avec ces belles et puissantes jambes.

Dans le fond, il entendit Kimberly crier. S'il ne se dépêchait pas, la fille appellerait à l'aide et attirerait l'attention.

Haven porta la main à sa poche intérieure et en sortit le pieu.

Yvette plissa les yeux, alors qu'ils se faisaient face, tournant en rond.

— Je t'aurais laissé m'empaler avec autre chose que ça.

Ses mots le prirent au dépourvu. Elle aimait la bagarre. Salope.

— Il n'est pas question que je me salisse de la sorte.

Son entrejambes démentit aussitôt ses dires.

Il lut de la colère dans ses yeux, mais également autre chose. Sa remarque l'avait-elle blessée ? Haven se débarrassa de cette pensée ridicule. Comme si les vampires ressentaient quoi que ce soit. Ils n'étaient que des enfoirés sans cœur… et des salopes.

Yvette attaqua, avec plus de force cette fois. Ils se rendaient coup pour coup. Les frappes basses de cette dernière fonctionnaient à merveille et, malheureusement, il ne parvenait pas à s'approcher suffisamment pour la blesser avec le pieu.

Un autre coup douloureux dans le ventre et il s'accroupit. Elle le propulsa contre la voiture. Haven serra le poing contre son estomac pour lutter contre la nausée. Sa main sentit alors la petite fiole que la sorcière lui avait donnée. Il la sortit de sa poche et se retourna au moment où Yvette l'attrapait par le cou.

— Prends-toi ça, suceuse de sang ! lâcha-t-il en jetant la fiole au sol.

Celle-ci atterrit sur sa chaussure et se brisa.

Instantanément, une vapeur rose en émana. Yvette tourna la tête pour voir ce qui était en train de se passer, mais ses mouvements ralentissaient déjà.

— Merde ! Kimberly ! cria-t-elle, ses yeux cherchant de droite à gauche.

La fille se trouvait à peine à quelques mètres d'eux ; figée sur place, là où la bagarre avait commencé. Dans un effort perceptible, Yvette lâcha Haven et s'approcha de l'actrice, lui agrippant le poignet avant de s'évanouir au sol, emportant la jeune femme avec elle.

— Yvette ! cria la fille.

Bien. Maintenant la starlette devenait hystérique. Dieu seul sait à quel point Haven détestait ça!

— Ferme-la !

Les cris de la fille s'affaiblirent, alors qu'elle secouait Yvette pour la réveiller.

Haven baissa les yeux vers cette dernière qui gisait au sol, inconsciente. Il savait qu'elle n'était pas morte. A présent, il était temps de la tuer. Il agrippa fermement le pieu et fit rouler le morceau de bois entre ses doigts. Il s'agenouilla ensuite à côté du vampire et la retourna sur le dos. Mais il aurait dû s'en abstenir. Lui enfoncer le pieu dans le dos aurait été préférable.

Le coup que lui porta Kimberly le prit par surprise.

— Laisse-la tranquille !

Haven lui lança un regard exaspéré tout en lui agrippant la cheville. Elle en perdit l'équilibre, tomba contre la voiture derrière elle et heurta Yvette, laquelle lui tenait toujours le poignet.

— Qu'est-ce que tu ne comprends pas dans *ferme-la* ?

En réponse à sa menace implicite, les yeux de l'actrice adoptèrent l'expression d'une biche apeurée.

— Aïe !

Bon, la fille savait au moins jouer la comédie. Mais Dieu qu'il n'aimait pas faire peur aux innocents ! Si sa mère avait été vivante, elle l'aurait puni pour ça.

Haven reporta son attention sur Yvette, toujours inconsciente. Quand il la dévisagea, il scruta les traits parfaits de la femme qui l'avait séduit effrontément dans la salle de bal quelques heures auparavant ; les lèvres rouges de cette même femme qui lui avait lancé un défi ; les glorieuses courbes des seins de celle qui lui avait si ouvertement proposé une nuit pour le plaisir de la chair.

Pour la première fois, alors qu'il tenait le pieu, sa main se mit à trembler. Il n'avait jamais éprouvé la moindre réticence à tuer un vampire. Pourquoi ne pouvait-il donc se résoudre à abaisser sa main et lui enfoncer le pieu dans le cœur ?

Au lieu de cela, il se leva et observa Kimberly en train de se redresser contre le coffre de la voiture, effrayée, en pleurs. Haven regarda autour de lui. Ils étaient toujours seuls dans l'allée et la portière du côté conducteur de la limousine était grande ouverte, comme si le chauffeur s'était enfui au milieu de la bagarre. Encore mieux.

— Allons-y. Tu viens avec moi ! ordonna-t-il.

Il attrapa la fille par le bras et tenta de la tirer vers l'avant de la voiture. Mais elle montra de la résistance.

— J'ai dit qu'on partait.

— Je ne peux pas, répliqua Kimberly.

Haven se retourna et la vit tenter de se libérer des mains d'Yvette. Elle ne pouvait toutefois dégager son poignet de l'emprise des doigts de cette dernière. Il s'arrêta et prit la main du vampire. En vain. Les doigts d'Yvette s'étaient refermés comme un étau sur le poignet de l'actrice, avant de se pétrifier comme de la pierre.

— Merde !

— Qu'est-ce qui se passe ? cria Kimberly. A l'aide ! Aidez-moi !

Désespérée, elle examina l'allée du regard, mais celle-ci était déserte. Haven était certain que cela ne durerait pas. Il devait prendre la poudre d'escampette, et vite.

— Monte dans la voiture, tout de suite ! Et pas un mot de plus !

Il détestait ce qu'il se devait à présent de faire. S'il avait pu laisser Yvette là où elle se trouvait, au moins aurait-il pu occulter ce chapitre de sa vie, mais les circonstances étaient ce qu'elles étaient. Deux options se présentaient à lui ; aucune ne le tentait. L'une d'elles avait déjà échoué : pour une quelconque raison, il ne pouvait lui enfoncer le pieu dans le cœur. Ce qui ne laissait donc place qu'à l'autre option.

Haven escorta la jeune fille à la voiture après avoir soulevé le corps inanimé d'Yvette, la portant dans ses bras. Il la plaça à l'arrière de la limousine, tandis que Kimberly montait à bord. Il espérait juste qu'elle ne se réveillât pas pendant le trajet. Dans le cas contraire, il devrait reconsidérer la première solution. Bien sûr, si elle demeurait inconsciente jusqu'à leur arrivée chez la sorcière, il devrait à nouveau la prendre dans ses bras et sentir son corps contre le sien. Ce qui déboucherait sur un autre problème : celui que son cerveau, contrairement à son attribut, voulait éviter à tout prix !

— Un cri de plus et tu finis comme elle.

Effrayée, Kimberly hocha la tête, un bras enroulé autour de sa taille et l'autre tendu vers Yvette.

— Pourquoi est-ce qu'elle ne me lâche pas ?

Haven n'en était pas certain, mais il pensait que cela eût à voir avec ses pouvoirs de vampire.

— Je suis désolé de t'annoncer ça comme ça, ma belle, mais ton garde du corps est un vampire.

6

— Espèce d'idiot ! Tu aurais dû la tuer immédiatement ! lança Bess, sa bouche se tordant en une affreuse grimace.

Haven était de retour dans la maison improvisée de la sorcière, de retour parmi les odeurs dégoûtantes et autres signes distinctifs de sa sorcellerie.

— Devant la fille ? demanda-t-il, sachant qu'il s'agissait là d'une pauvre excuse.

Mais il ne pouvait laisser Bess comprendre qu'il avait des scrupules à tuer Yvette. Si seulement il ne l'avait pas rencontrée ou s'il ne lui avait pas parlé lors de la soirée… il n'aurait développé aucun problème de conscience à son sujet. Mais maintenant ? Bon sang, comment pourrait-il parvenir à la tuer, à présent ?

— Elle s'en remettra. Fais-le tant qu'elle est toujours inconsciente.

Haven secoua la tête désespérément, à la recherche d'une autre excuse.

— On ne sait pas ce qui peut arriver. Sa main est scellée à celle de la fille. Et si ça avait des conséquences sur Kimberly ? Si ça la blessait ou la tuait ? Je suppose que tu veux la fille vivante…

— Hum.

Le visage de la sorcière se tordit, de profondes lignes se creusant sur son front. Bien, elle soupesait une telle possibilité. L'argument d'Haven était certes farfelu, mais Bess était peut-être trop superstitieuse pour prendre le moindre risque. Quant à lui, il ne voulait certainement pas se salir les mains davantage. Pas même avec le sang d'un vampire. Cela lui suffisait d'avoir ramené les deux filles chez la sorcière. Une fois qu'il aurait récupéré son frère, ils trouveraient tous deux un moyen de libérer l'innocente jeune fille avant que Bess ne lui fît du mal. Et Yvette ? Il ne savait que faire d'elle. D'ailleurs, il ne devait même pas penser à elle.

— Bien, reconnut-elle finalement.

Haven soupira, soulagé. Un obstacle de franchi. Il fallait maintenant passer au suivant.

— Bon, tu as tout ce que tu veux.

— En effet.

— Alors maintenant, redonne-moi mon frère, et tu n'entendras plus parler de nous.

Enfin du moins jusqu'à ce qu'on trouve un moyen de libérer Kimberly de tes sales pattes.

Elle lui sourit.

— Comme tu l'as dit, j'ai maintenant tout ce que je veux.

Son discours posé lui fit dresser l'oreille. Quelque chose clochait. Le doute s'immisça en lui et lui donna la chair de poule.

— Kimberly, ton frère et toi. Les trois.

Haven déglutit. Il n'aimait pas le tour que prenait la conversation.

— Tu m'as donné ta parole.

— J'ai menti.

Il fit un pas vers elle, prêt à l'étrangler. Elle leva la main en l'air, érigeant de la sorte un bouclier invisible entre eux afin de maintenir Haven à sa place. Bon Dieu qu'il détestait les sorcières ! Avec un vampire, il pouvait au moins se battre d'égal à égal. Cette fois-ci, il n'avait prévu aucune défense. Il avait juste pensé libérer son frère et revenir plus tard avec lui, telle une équipe renforcée. L'un d'eux l'aurait distraite pendant que l'autre serait passé à l'attaque. Seul, il savait qu'il n'avait aucune chance. Il était impuissant face à la magie, encore plus en tant que fils de sorcière.

— Redonne-moi mon frère et laisse-nous partir !

— Désolée, je ne peux pas faire ça. J'ai besoin de vous trois.

Il détestait qu'on lui dît quoi faire.

— Espèce de salope !

Elle balaya son injure d'un geste de la main.

— Appelle-moi comme tu veux. Ce que tu penses m'est bien égal.

— Qu'est-ce que tu nous veux ?

En mettant le doigt sur ce qui se tramait, il pourrait peut-être trouver un moyen de s'échapper vivant, avec son frère.

— Oh, j'en dirais un peu trop, non ? Je ne suis pas d'humeur à me confesser aujourd'hui. Mais je te suis reconnaissante pour ce que tu as fait, donc j'accepte de te laisser le pieu quand je t'enfermerai avec le vampire.

Merde et merde !

Dès qu'Yvette se réveillerait, elle se jetterait sur lui, et il n'aurait d'autre choix que de la tuer.

— Tu ne peux pas faire ça !

— Vraiment ? Regarde.

— Ecoute, cette salope va me tuer.

Ça, il en était certain. Puis il avança une supposition.

— Et j'imagine que tu me veux vivant.

C'était, du moins, ce qu'il espérait. Si ce n'était pas le cas, Bess ne l'aurait-elle déjà pas tué ?

— En effet, mais en tant que gros chasseur de primes et de vampires, je compte sur ton génie. Tu vas peut-être devoir tuer le vampire avant qu'elle ne te tue.

Espèce de sorcière manipulatrice !

L'amener à exécuter le sale boulot à sa place, voilà ce qu'elle était en train de faire. En l'enfermant avec Yvette, elle le forçait à tuer cette salope de vampire. Pour autant qu'il voulût sauver sa peau avant qu'Yvette ne se décidât à ne faire qu'une bouchée de lui. Maintenant, il détestait Bess davantage.

— J'ai fait tout ce que tu voulais.

— Je suis désolée. Tu veux que je te remercie ? Alors voilà : merci !

Elle exerça ensuite encore un peu plus de pouvoir sur lui, le plaquant contre le mur.

— Il est temps de rejoindre tes amis.

Moins d'une minute plus tard, elle le poussait de force dans une vaste pièce à peine meublée. Trois lits agrémentés de quelques coussins et couvertures étaient alignés contre un mur. Dans un autre coin, se trouvaient un frigidaire, une table et quelques chaises. Dans l'angle opposé, une porte était ouverte, laissant apercevoir des toilettes rudimentaires ainsi qu'un petit lavabo.

Kimberly était allongée sur un lit, Yvette sur celui d'à côté, la main toujours accrochée au poignet de l'actrice. Elle demeurait inconsciente. Kimberly, elle, était recroquevillée et pleurait. Il balaya la pièce du regard.

— Où est Wesley ? cria-t-il.

— Tu le verras quand j'en aurai fini avec lui, répondit Bess depuis le palier, alors qu'elle refermait déjà la porte.

Kimberly bondit et se plaqua contre le mur derrière elle.

— Vous !

Il haussa les épaules.

— Eh bien ma chérie, on dirait que maintenant, on est dans le même bateau !

Et c'était lui qui les avait tous livrés aux mains de cette sorcière démoniaque. Ce qui voulait dire que la responsabilité de les faire sortir lui incombait.

— Espèce d'enfoiré ! Vous m'avez kidnappée. Dégagez ! Je ne veux pas vous voir ici. Laissez-moi seule !

Lasse, Kimberly tourna la tête vers Yvette.

— Je ne peux pas. Je suis retenu ici, tout comme vous.

— C'est un piège ! Qu'est-ce que vous voulez ? De l'argent ?

Il ignora sa question.

— Ecoutez, il va falloir qu'on collabore pour sortir d'ici.

Kimberly secoua la tête.

— Pourquoi je devrais vous faire confiance ? C'est vous qui m'avez amenée ici en premier lieu. Vous nous avez agressées et avez assommé mon garde du corps.

— Votre garde du corps est un vampire.

Elle regarda de nouveau Yvette.

— Ouais, vous avez déjà dit ça dans la voiture. J'ai entendu. Mais pas la peine d'essayer de me faire perdre les pédales. Je ne suis pas une blonde écervelée, vous savez. Je ne suis même pas blonde. Les vampires n'existent pas, alors je ne sais pas à quoi vous jouez. Maintenant, je veux rentrer chez moi.

Haven soupira. La tâche s'annonçait difficile.

— C'est ce qu'on veut tous. Mais ce n'est pas près d'arriver. Alors écoutez plutôt ceci…

~ ~ ~

Puisque personne ne venait lui ouvrir, Zane utilisa sa clé pour entrer chez Gabriel. Apparemment, la sonnette n'avait toujours pas été réparée. A part quelques voix étouffées provenant du sous-sol où Maya avait aménagé son cabinet médical quelques mois auparavant, la maison était silencieuse.

Il détestait faire intrusion de la sorte, mais les nouvelles qu'il apportait étaient urgentes.

Il descendit les marches à pas de loup. C'était devenu une habitude. Lorsqu'il se rendait chez son patron, il demeurait silencieux, comme s'il chassait sa proie. Etrange la façon qu'avaient certaines habitudes de s'ancrer ainsi, si fortement qu'on ne pouvait s'en défaire. Il savait que cela effrayait ses collègues. Mais bon, chacun sa réputation.

A présent, Zane pouvait clairement distinguer les voix. Celles-ci provenaient de la salle d'examen.

— Non, ça c'est le pied et ça, c'est le cordon ombilical, expliqua Maya.

Super ! Delilah et Samson étaient donc présents pour l'échographie. Il aurait dû s'en douter. Delilah en était à sept mois de grossesse, et lorsqu'il l'avait vue la semaine précédente, elle semblait être sur le point d'accoucher.

— Elle a l'air grande, fit remarquer Samson.

— Elle l'est. Et vous pourriez me dire comment vous savez que c'est une fille ? Je ne me souviens pas vous avoir révélé le sexe, dit Maya.

Le sourire dans la voix de Delilah fut évident lorsqu'elle répondit.

— Elle me parle. Je crois qu'elle a un don.

— Télépathie ? demanda Maya.

— Je crois.

— Félicitations ! Ça va te simplifier les choses. Toutes les autres mères t'envieront de pouvoir comprendre ta fille alors qu'elle ne parlera pas encore. Je suppose qu'elle ne t'a pas dit quand elle serait prête à venir, si ? Je crois que tu vas accoucher plus tôt qu'une humaine. Tous les signes sont là.

— Ce n'est pas plus mal, répondit Delilah.

— Je sais que c'est difficile pour toi, dit Samson.

La voix de ce dernier était réconfortante. Zane secoua la tête. Il n'arrivait pas à comprendre comment tous ces vampires, à la base si virils, devenaient de véritables lavettes une fois qu'ils s'étaient adonné au mélange des sangs. Quelle horreur ! Hors de question que cela lui arrivât.

— Je ne m'inquiète pas pour moi, mais pour toi, ajouta Delilah. Tu te nourris à peine ces derniers temps.

Delilah avait raison. Ces derniers jours, Samson semblait aller un peu moins bien. Zane soupçonnait qu'il eût diminué sa dose de sang. En tant que vampire uni à sa partenaire humaine, il ne pouvait que boire le sang de cette dernière, mais il semblait vouloir être attentif à la grossesse de son épouse. C'était différent pour les vampires unis entre eux, tels Maya et Gabriel. Alors qu'ils pouvaient se nourrir l'un de l'autre, un des partenaires devait cependant continuer à boire du sang humain pour conserver les forces du couple.

— Je vais bien, ma douce.

Avant que le ton mielleux de la scène ne le rendît malade, Zane frappa à la porte, puis entra.

— Désolé d'entrer comme ça…

Samson recouvrit immédiatement le ventre nu de Delilah à l'aide d'une couverture et se leva pour empêcher Zane de voir sa femme.

— T'as intérêt à avoir une bonne raison d'être ici.

Les vampires et leur possessivité envers leurs partenaires… Bon sang qu'il détestait ça.

— C'est le cas. Où est Gabriel ?

— Avec le maire, répondit Maya, alors qu'elle éteignait l'échographe et rangeait ses instruments.

— Il faut l'appeler. On a un problème.

— Qu'est-ce qui se passe ?

Samson était passé en mode pro, et malgré sa fatigue évidente, une lueur de détermination perçait dans ses yeux noisette.

— Yvette n'a pas appelé.

— Tu as essayé de la joindre ?

— Pas de réponse.

— Portable ?

— Répondeur.

— Vois avec Thomas s'il peut activer le GPS de sa puce.

Zane n'était pas un novice. Il avait déjà appelé Thomas en venant chez Gabriel.

— Il est déjà sur le coup.

— Bien.

— Sa cliente n'est pas revenue à l'hôtel non plus.

— Donc, elles sont probablement toujours ensemble.

Samson se passa une main dans ses cheveux bruns. Pendant un instant, Zane se perdit dans ses pensées. Cela lui manquait de ne pas avoir de cheveux à ébouriffer. Lorsqu'il était humain, on lui avait rasé la tête pour certaines expériences et, au moment où on l'avait transformé en vampire, ses cheveux n'avaient pas eu le temps de repousser. Il était donc un éternel Yul Brynner. Et oui, parfois la vie était bien pourrie!

— La limousine qu'elles devaient prendre après la fête a également disparu.

— Tu crois que le chauffeur les a kidnappées ?

— Je n'écarterais pas cette possibilité.

— Voyons si on peut localiser la limousine, dit Samson. Essayons de déterminer si elle est équipée d'un antivol et si on peut la retrouver. Si non, envoie les gars passer la ville au peigne fin. Je vais parler à Gabriel pour qu'il lance les recherches. Ça ne ressemble pas à Yvette de ne pas répondre. Il y a quelque chose qui ne va pas.

— Je suis d'accord.

Zane ne supportait pas cette petite salope prétentieuse d'Yvette, mais elle était de sa famille, la seule qu'il avait. Et il remuerait ciel et terre pour en garder tous les membres. Il ne la perdrait pas. Il avait dû voir sa première famille périr dans des circonstances horribles. Cela l'avait profondément blessé, et soixante-cinq ans plus tard, la douleur était toujours bien présente.

— Je vais faire un tour chez elle en attendant.

7

La première chose qu'Yvette sentit lorsqu'elle se réveilla fut ses cheveux longs qui lui caressaient le cou et les épaules. Elle avait manifestement été inconsciente pendant plus de deux heures, temps minimum nécessaire à la repousse de ses cheveux. La deuxième chose qu'elle remarqua fut sa main : celle-ci était accrochée au poignet de quelqu'un.

Quelque peu prise de vertiges, elle se força à ouvrir les yeux et se leva brusquement, lâchant le poignet de Kimberly dès sa seconde inspiration. Ce mouvement furtif lui troubla la vue, et elle eut besoin d'une seconde supplémentaire pour se reprendre. Le sang qui fusait dans ses veines, aussi bruyamment qu'un train de marchandises, masquait tout autre bruit de la pièce.

Yvette prit une autre inspiration pour remplir ses poumons, mais son cerveau ne pouvait supporter les odeurs qui l'agressaient. Probablement un effet secondaire de ce qui l'avait assommée.

Elle regarda Kimberly qui recula immédiatement, effrayée et intimidée.

Ses yeux étaient-ils rouges ou ses canines avaient-elles poussé ? Elle se passa la langue sur les dents et réalisa, à son plus grand soulagement, que ce n'était pas le cas. Par contre, comment expliquer ses longs cheveux à la jeune femme ?

— Ça va, Kimberly ? Il t'a fait mal ?

La fille secoua la tête.

— Vous êtes un vampire. Je ne voulais pas le croire.

L'effroi se lisait dans ses yeux embués de larmes.

Merde ! Comment avait-elle deviné ? Le cerveau d'Yvette commença à bouillonner, tandis qu'elle tentait de rassembler tous les souvenirs qu'elle avait de la bagarre avec Haven. Avait-elle montré ses canines durant l'assaut ? Yvette secoua la tête, puis baissa les yeux vers le poignet de Kimberly, à l'endroit où sa main gauche avait laissé une empreinte rouge. Mécanisme de survie : un vampire pouvait verrouiller ses mains autour d'un objet s'il désirait garder son emprise sur ce dernier. Il pouvait même le geler sur place s'il y mettait toute l'énergie nécessaire. Et s'il était assommé par une force inconnue, cela lui garantissait de ne pas être emmené dans un autre endroit. Dans le cas présent, cette faculté avait permis à Yvette de rester avec sa cliente. Elle ne savait trop comment expliquer cela à Kimberly.

— Je suis désolée, je ne voulais pas te blesser. Mais il *fallait* que je te protège.

Kimberly continuait de secouer la tête, comme si le déni allait changer quoi que ce soit à la situation. La réalité n'était pas belle, mais Yvette ne pensait pas pouvoir y remédier. La fille en avait déjà trop vu, il valait mieux mettre les choses au clair tout de suite. Ou peut-être fallait-il lui effacer la mémoire immédiatement, lui faisant oublier ce qu'elle l'avait vu ? Elle envisagerait uniquement cette option si Kimberly ne pouvait faire face à la vérité.

— Ecoute-moi. Je suis toujours là pour te protéger, peu importe. On se fout de ce que je suis. Je ne te ferai aucun mal.

Kimberly renifla. Sa personnalité toute pimpante s'était-elle donc évaporée ? Yvette aurait préféré que le moulin à parole reprenne du service. Cela l'aurait au moins convaincue que sa cliente allait bien. Elle inspira profondément, essayant de trouver une façon de lui faire comprendre qu'elle ne représentait pas une menace. Soudain, ses narines remarquèrent une odeur bien trop familière.

Yvette bondit du lit de camp et se jeta sur la personne qui se tenait appuyée contre le mur, à gauche. C'était Haven, l'espèce d'enfoiré qui l'avait agressée. Elle le plaqua contre le béton et le maîtrisa.

— Je vais te tuer, enfoiré !

La mâchoire serrée, il lui répondit.

— On est dans le même putain de bateau.

Elle ne prêta pas attention à ses mots. C'était un lâche et un menteur, et elle avait vraiment le don pour les débusquer. Les canines d'Yvette commencèrent à la démanger, et elle ne fit aucun effort pour le cacher. Alors qu'elles s'allongeaient, elle adressa un grognement à Haven. Ce qu'elle lut dans ses yeux n'était pas de la peur… mais bien une lueur de défi… nette et excitante.

— Laisse-nous partir, et maintenant !

— Impossible ! Je suis prisonnier, tout comme vous ! Alors, dégage !

Les sourcils d'Yvette ne firent plus qu'un lorsqu'elle les fronça. Mais putain, de quoi parlait-il ?

Sans relâcher sa poigne, elle balaya la pièce du regard. Elle avait été trop étourdie pour le faire plus tôt, mais mieux valait tard que jamais. Il y avait une porte, ainsi qu'une fenêtre. Aucune des deux ne semblait constituer un obstacle en soi. Une autre porte était ouverte de l'autre côté de la pièce ; Yvette y repéra un WC.

Pouvait-il avoir dit la vérité ? Yvette se débarrassa d'une telle idée. Non, c'était un menteur.

— Ça ne te dérange pas trop si j'ai du mal à te croire ? répliqua-t-elle… Que je sache, c'est toi qui nous as agressées la dernière fois.

— Il dit la vérité, répondit Kimberly derrière elle.

Yvette la regarda, essayant de déterminer si celle-ci était, ou non, en état de choc. Quel genre d'absurdités Haven lui avait-il fait avaler tandis qu'elle était inconsciente ? Elle plissa les yeux en se retournant vers l'enfoiré.

— Je devrais te tuer maintenant, là, tout de suite. Et tu sais pourquoi je ne vais pas le faire ?

— Parce que tu veux toujours ce qu'il y a dans mon froc ?

Comment osait-il ? Elle le gifla.

— Tu restes vivant parce que je ne veux pas que Kimberly soit témoin d'une telle horreur, mais à la seconde où elle sera en sécurité, toi tu seras foutu.

Il haussa les épaules, impassible.

— Je me doutais que tu m'en voudrais…

Yvette ignora son commentaire.

— On est où ?

— Dans un entrepôt des environs de San Francisco.

— Où exactement ?

Elle pressa davantage son bras contre la poitrine d'Haven, expulsant l'air de ses poumons.

— Au sud de San Francisco, à la sortie de la route 101.

— Et on est arrivés ici comment ?

Visiblement, Haven cherchait de l'air. Pour avoir une réponse à sa question, elle le relâcha une seconde. Après l'avoir laissé reprendre son souffle, elle le cogna dans les parties avec son genou, mais à son grand étonnement, il l'en empêcha en basculant les hanches sur le côté. Elle ne put atteindre que sa cuisse. Elle était plus lente que d'ordinaire, fait qu'elle attribuait au produit qui l'avait assommée. Mais, récupérant son odorat petit à petit, elle était sûre qu'il en serait de même pour ses autres sens.

Une vague de colère l'envahit.

— Comment ?

— J'ai pris la limousine.

— Et le chauffeur ? Il est où ? Tu l'as tué ?

— Non ! Il s'est enfui, je crois.

Enfin une bonne nouvelle. Ses collègues le rechercheraient une fois qu'ils se rendraient compte de leur disparition. Et avec un peu de chance, il leur dirait ce qui s'était passé. Retrouver la trace de la limousine ne serait pas trop difficile non plus. Elle était certaine que la voiture était pourvue d'un appareil anti-vol qui mènerait ses collègues pile à l'endroit où elle se trouvait.

— Où est la limousine, là ?

Les muscles d'Haven se froissèrent, alors qu'il tentait de dégager ses épaules. Mais comme elle le maintenait toujours fermement contre le mur, il ne pouvait bouger.

— Je l'ai garée à l'extérieur.

Les choses semblaient aller de mieux en mieux.

— Il est quelle heure ?

Haven la regarda, surpris.

— Trois heures.

— Du jour ou de la nuit ?

Quelle que fût la véritable nature des vapeurs qu'elle avait reniflées, elles avaient manifestement bousillé sa notion du temps. La réponse tardant à venir, Yvette frappa Haven au tibia. En réalité, elle aurait voulu l'atteindre un peu plus haut, à un endroit plus sensible.

Il serra les dents.

— Chienne !

— J'ai demandé, nuit ou…

— Nuit.

Yvette le relâcha. Une seconde de plus et elle allait se frotter à lui comme une chatte en chaleur. L'odeur qu'il dégageait était purement masculine et sexuelle. Comment une femme vampire pouvait-elle contrôler ses pulsions, alors qu'elle se trouvait aussi près d'un homme comme lui ? Plus vite Kimberly et elle s'enfuiraient, mieux cela vaudrait. D'accord, ses collègues viendraient à sa rescousse et seraient là dans quelques heures, mais elle ne disposait pas d'autant de temps. Il fallait partir avant de le regretter.

Elle se moquait de ce qui arriverait à Haven. Mais une question resterait alors sans réponse.

— Pourquoi tu es là avec nous ?

Haven défroissa sa chemise et sa veste, puis la regarda.

— J'avais un boulot à faire.

— Ce n'est pas une réponse. Si tu es ici avec nous, qui nous retient captifs ?

Haven fit un pas vers elle, plaçant son corps si alléchant bien trop près du sien. Ondulant comme des flammes, la chaleur corporelle de cet homme bondit de sa peau et atterrit sur la sienne. L'intensité était telle que cela la brûla.

—La personne qui voulait que je kidnappe Kimberly m'a bien eu. Voilà la réponse. Contente, maintenant ?

Enervé de la sorte, il était encore plus sexy que lorsqu'elle avait joué avec lui pendant la fête. Pathétique !

— Un chasseur de primes… Dégueulasse.

— Tu ne vaux pas mieux que moi.

— Je ne kidnappe pas les gens pour de l'argent ! Bien fait pour toi si ton patron t'a joué un tour. Maintenant, n'attends pas que je t'aide.

Haven sentit son sang bouillir. Yvette lui tapait sur le système encore plus facilement que son petit frère et ça, c'était énorme. Mais il ne la laisserait pas faire.

— J'ai bien peur qu'on échoue si on ne fait pas équipe.

Elle le regarda avec dédain.

— Ton objectif était de kidnapper Kimberly. On dirait que c'est bon, tu y es arrivé. Maintenant c'est à mon tour, et mon boulot, c'est de la libérer. Alors, c'est exactement ce que je vais faire.

— Et on peut savoir comment puisqu'on est enfermés ici ?

Elle indiqua la porte.

— Tu crois vraiment qu'une pauvre petite porte comme ça va m'arrêter ?

Il se devait de lui dire ce à quoi ils étaient confrontés. Ce n'en était que trop juste.

— Ecoute, il n'y a aucun moyen de…

— Espèce de minable incompétent ! cria-t-elle en se retournant.

Finalement, peut-être valait-il mieux qu'elle le découvrît par elle-même ! Elle avait manifestement besoin d'une bonne leçon. Et personne ne pouvait le traiter d'incompétent. Encore moins de minable. Surtout pas une femme – ou plutôt une femme *vampire* – qui pouvait le rendre dur comme de la pierre en se tenant à peine à quelques mètres de lui.

— Vas-y donc.

Il se sentait soudainement d'humeur sarcastique. Il était paré à ce qu'Yvette le fît bien rire.

Sans qu'aucune des deux femmes pût remarquer quoi que ce soit, Haven replaça son attribut dans une position plus confortable et se mit à observer le dos nu d'Yvette. Bon sang, cette robe lui allait comme une seconde peau, et la couture qui avait lâché sur le côté exposait sa jambe depuis la cheville jusqu'en haut de la cuisse. Un parfait spectacle pour son regard affamé. Elle avait des jambes toniques et fortes, pas trop musclées et parfaitement dessinées. Bref, des jambes idéales qui lui envelopperaient les hanches lorsqu'ils… Il grogna de manière inaudible en secouant la tête. De telles pensées ne l'aideraient pas à vaincre son érection.

Mais il lui était impossible de ne pas la regarder. Elle le fascinait. Et à présent, il y avait quelque chose de différent chez elle. Tandis qu'elle dormait, il avait pu voir ses cheveux pousser. Ils lui tombaient maintenant en cascade sur le dos, formant une épaisse crinière. Alors qu'il l'avait trouvée très attirante avec ses cheveux courts et en bataille, la façon qu'avaient ses longs cheveux de caresser son visage et ses épaules le fascinait complètement. Il ne savait trop pourquoi ses cheveux avaient poussé de la sorte et se dit que cela devait être une caractéristique propre aux vampires. Mais il n'en avait rien à faire. Oui, tout à fait. Cela lui était complètement égal.

A l'instar de Kimberly, Haven observa Yvette, tandis qu'elle s'approchait de la porte. Elle la testa avec sa main, renifla un je ne sais quoi, puis recula. Une seconde plus tard, elle exerça un mouvement de karaté contre le verrou. Mais au lieu de fendre la porte à la force de son coup – Haven n'avait jamais vu une femme aussi forte – elle fut propulsée en arrière sur plusieurs mètres et alla s'écraser contre le mur en béton. Haven tressaillit, imaginant la douleur qu'elle devait ressentir.

— C'est quoi ce bordel ? grogna-t-elle.

Mais elle était déjà sur ses pieds et se redirigeait vers la porte. Sachant que cela n'en valait pas la peine, Haven se mit en travers de son chemin.

— C'est inutile.

— Dégage !

— Un champ de protection barricade la porte.

— Un champ de protection ?

Soudain, elle comprit, et son visage s'assombrit. Elle le repoussa, désireuse de s'écarter de ce corps si excitant ; de cette odeur si enivrante.

— Tu es devenu l'allié d'une sorcière ?

Haven croisa les bras sur sa poitrine, ressentant le besoin de se défendre.

— Je n'avais pas le choix.

Il devait sauver la peau de son frère. Il ne l'avait d'ailleurs pas revu depuis qu'il avait été fait prisonnier. Et cela ne laissait rien augurer de bon. Si seulement il pouvait savoir ce que la sorcière attendait d'eux tous, alors peut-être pourrait-il élaborer un plan pour les sortir de ce pétrin. Mais sans ça…

— Il y a toujours un choix. Tu as choisi de faire des affaires avec une sorcière. Pas étonnant que tu aies pu m'assommer. J'aurais dû le savoir. Tu n'es qu'un humain… et lâche de surcroît ! Regarde où tu as fini.

Avait-il mal entendu ?

— Tu es en train de dire que je te suis inférieur ?

— Que feras-tu si je te le confirme ?

Haven serra les dents, prêt à l'étrangler.

—Arrêtez ! cria Kimberly d'une voix déterminée. Cela le fit se retourner.

— Vous vous comportez comme des gamins !

Il haussa un sourcil. C'était l'hôpital qui se moquait de la charité. La jeune actrice n'était peut-être pas aussi immature que ça finalement. Il s'écarta d'un pas d'Yvette.

— Ok, j'ai compris l'allusion.

— A la masse… marmonna Yvette dans sa barbe.

Il la regarda par-dessus son épaule.

— J'ai entendu.

— C'était voulu.

— Bon sang, je ne vous ai pas dit d'arrêter ? dit Kimberly en plaçant ses poings sur ses hanches. Vous avez quel âge ? Douze ans ?

Elle n'avait pas tort.

— Puisque vous vous considérez tous les deux comme de grands guerriers, pourquoi ne pas en faire la preuve en nous sortant d'ici ? Franchement, je n'ai aucune envie de m'éterniser dans ce trou. Et je n'aime pas le camping, j'ai besoin d'une douche.

Elle soupira, puis regarda ses ongles.

— Et d'une manucure.

Avant qu'Haven n'eût la chance de sortir une remarque bien placée à propos du commentaire de l'actrice, la porte s'ouvrit. Wesley entra en trébuchant, ou plutôt, poussé par la sorcière. Celle-ci resta de l'autre côté.

— Wesley !

Haven se précipita vers son frère et le prit dans ses bras. Ce dernier semblait un peu choqué, mais se reprit vite.

— Oh merde, Hav'… Je suis désolé.

Il murmurait, et son émotion se reflétait dans ses yeux baissés.

— Je vois que tu n'as pas encore tué le vampire, fit remarquer Bess.

Haven tourna la tête vers elle, puis vers Yvette, laquelle se tenait au centre de la pièce, prête à se battre.

— Non, Yvette. Elle est trop forte.

— Un vampire ? s'exclama Wesley en jetant un regard noir à Yvette.

— Oh si seulement j'avais un pieu !

— Ah, mais voilà qui est très intéressant, siffla Bess, ton frère en a justement un.

Haven porta la main à la poitrine de son frère. Il devait l'arrêter avant qu'il ne fît une bêtise, car c'était *exactement* ce qu'il était sur le point de commettre.

— Elle ne nous fera pas de mal.

— Attends qu'elle soit affamée, dit la sorcière en remuant dans un chaudron imaginaire.

Haven regarda Yvette un instant et nota la façon dont celle-ci tressaillit. Bess avait touché une corde sensible. Merde, il n'avait pas pensé à ça.

— Tu penses nous garder ici combien de temps ? demanda-t-il tout en continuant à observer Yvette.

— Suffisamment longtemps.

Le rire démoniaque qui résonna dans la voix de la sorcière laissa entendre qu'elle avait compris ce à quoi il pensait. Tôt ou tard, Yvette aurait soif… une soif de sang.

Le regard de défi qu'Yvette lança à Haven était celui d'un combattant. La façon dont elle avait protégé Kimberly avait souligné sa loyauté. Malgré cela, s'il y avait une chose qu'il avait apprise au cours des dernières années durant lesquelles il avait combattu des vampires, c'était qu'ils perdaient le contrôle lorsque leur soif devenait trop intense. Et personne ne s'en trouvait à l'abri. Yvette se contrôlait probablement pour le moment, mais qu'arriverait-t-il quand son instinct de survie prendrait le dessus ? Pouvait-il permettre à ses scrupules de faire obstacle à tout raisonnement rationnel ?

— Je crois bien que tu n'as d'autre choix que de la tuer, de toute façon.

La voix de la sorcière l'énervait. Bon sang, rien que pour la défier, il laisserait Yvette en vie, et *juste* pour ça. Pas parce qu'à chaque fois qu'il essayait de trouver une raison de la tuer, il finissait par en être dégoûté. Mais depuis quand avait-il besoin d'une raison pour tuer un vampire ? Le meurtre de sa mère et la disparition de sa sœur suffisaient amplement à cautionner ses gestes, sans lui donner une once de remords.

— Donne-moi le pieu, dit Wesley. Je vais le faire si tu ne le peux pas.

— Non, tu ne le feras pas !

Le cri déterminé de Kimberly le surprit. Elle se leva de son lit de camp et se plaça devant Yvette en écartant les bras pour la protéger.

— Vous croyez que je veux être enfermée ici toute seule avec vous deux ? Comme si je ne savais pas ce que deux mecs comme vous attendent d'une jolie fille comme moi.

Derrière elle, Yvette eut du mal à contrôler le sourire narquois qui s'emparait de ses lèvres et ce, malgré le sérieux de la situation. Haven leva les yeux au ciel. Toucher cette fille d'une manière inappropriée ne lui avait jamais traversé l'esprit. Kimberly était mignonne, mais pour quelque mystérieuse raison, elle le laissait de marbre. Par contre, il ne pouvait en dire autant d'Yvette.

— Merci, Kimberly. Je suis ravie de voir qu'on est sur la même longueur d'onde parce que je n'ai nullement l'intention de te laisser seule avec ces deux-là.

Yvette lança un regard pointu à Haven. Il y avait toutefois peu d'ardeur dans ses paroles. Pas le genre d'ardeur qu'il avait expérimentée lorsqu'elle s'était réveillée après sa période d'inconscience. La chaleur qui s'était échappée de sa bouche avait été plus forte que celle de la braise. Et malgré le côté explosif de la situation dans laquelle il s'était retrouvé lorsqu'elle l'avait plaqué au mur, il avait éprouvé de l'impatience à s'enflammer avec elle. Ce qui était complètement stupide et inhabituel, étant donné que ce n'était pas lui le fils impétueux de la famille. Wesley l'était !

— Bon dieu… C'est d'un ennui ! Tu aurais dû la tuer, alors qu'elle était encore inconsciente, ajouta Bess en soupirant, exaspérée.

— Enfin bon, pas grave. Je suis certaine que tu finiras par retrouver ta tête, mais pour le moment, c'est toi le suivant, Haven.

Elle passa le palier et pointa son doigt vers lui. Comme s'il avait été tiré par des ficelles, le corps d'Haven se mut dans sa direction.

— C'est quoi… ?

— N'essaye pas de résister, Hav', l'avertit Wesley tandis qu'il s'approchait de lui. Et donne-moi le pieu.

Haven se mut et agrippa le pieu. Hors de question. Il ne s'en déferait pas.

8

Cachée derrière les haies, à l'écart de la petite rue, la maison semblait tranquille. Zane tourna le double des clés dans la serrure et entra chez Yvette. Aucun bruit. Il laissa ses sens scanner les alentours, ne ressentant rien de particulier, hormis la vague odeur d'Yvette et du chien. Pas son chien, avait-elle dit. En effet.

Pourquoi ne pouvait-elle pas tout bonnement admettre qu'elle l'avait pris sous son aile ? Toutes les preuves étaient là : les gamelles pour la nourriture et l'eau, et la porte pour chiens donnant à l'arrière, sur le jardin. Ridicule cette habitude que certains avaient de nier leur attachement à quelque chose ou à quelqu'un.

Zane explora la petite maison composée de deux chambres. La décoration était accueillante et chaleureuse, une nette contradiction avec l'apparence d'Yvette. Pas du tout ce qu'il avait pensé trouver. En fait, il s'était attendu à quelque chose de moderne – noir et blanc – avec peu de meubles. Mais ce qui l'entourait était la quintessence même de *Déco Maison* : des coussins, des couleurs chaudes, des bibelots et des rideaux pleins de fanfreluches.

Pas étonnant qu'elle n'eût invité aucun de ses collègues chez elle. Ils avaient pourtant tous insisté pour qu'elle organisât la pendaison de crémaillère lorsqu'elle avait acheté la maison quelques mois auparavant. Si elle apprenait qu'il était en train de fouiller à droite et à gauche, elle lui enfoncerait un pieu dans le cœur sans hésitation. Mais il ne pourrait lui en vouloir, car il ferait la même chose si quelqu'un venait fouiner chez lui.

— Chien ? appela-t-il.

Mais la bête ne répondit pas. De toute façon, Zane ne le sentait pas. Yvette l'avait-elle pris avec elle ou s'était-il enfui ? Pile au moment où il pensait que le chien aurait pu se révéler utile. Il aurait pu retrouver la trace de sa maîtresse en reniflant son odeur à l'endroit où elle avait disparu. L'animal semblait être capable de la trouver partout en ville. S'il parvenait à mettre la main sur le chien, peut-être qu'Yvette ne serait pas loin.

Zane tourna au coin suivant et ouvrit la porte. La salle de bain. Il alluma la lumière et regarda autour de lui. Ce n'était pas non plus ce à quoi il s'était attendu. En lieu et place du maquillage, rouges à lèvres et crèmes, seuls une brosse à dent, du dentifrice, une paire de ciseaux et un sac plastique étaient posés sur le comptoir.

Il examina le sac. *Hôpital St Jude – Département d'oncologie.*

Hein ? Les vampires ne pouvaient tomber malades et n'avaient certainement pas de cancer, alors que diable faisait Yvette avec un tel sac dans sa salle de bain ? Il l'ouvrit et regarda à l'intérieur. De longues mèches de cheveux s'y trouvaient. Il y plongea la main et en sortit une touffe pour les renifler. Ce n'était pas les cheveux d'un quidam, mais bien ceux d'Yvette.

Première nouvelle : Yvette avait les cheveux longs ! Alors là, il ne pouvait nier son étonnement !

Cela signifiait qu'elle avait eu les cheveux longs au moment de sa transformation. Il avait toujours supposé le contraire. Donc, pourquoi prenait-elle la peine de se les couper tout courts ? C'était visiblement ce qu'elle faisait tous les jours depuis qu'il la connaissait. Les femmes n'étaient-elles pas censées aimer les cheveux longs ? A quoi cela pouvait-il bien rimer ? Et de plus : que leur cachait-elle d'autre, à lui et à ses collègues ?

~ ~ ~

Yvette regarda de nouveau Wesley, lequel semblait bien hostile.

— Comme ton frère l'a dit, je ne te ferai aucun mal.

Puis elle sourit. Le petit diable qui était posté sur son épaule retourna son affreuse petite tête et l'incita à ajouter :

— Enfin pas tout de suite.

Wesley tenta de cacher sa peur. En vain.

Qu'est-ce qu'elle pouvait aimer effrayer le pauvre petit ! Certes, il était presque aussi grand qu'Haven, et tous deux avaient indéniablement un air de famille – cheveux bruns, yeux bleus – mais cela n'allait pas plus loin. Haven était le contrôle incarné. Wesley, pas du tout. Un jeune vantard. Elle devait se méfier de lui ou il risquait de tout faire planter et de compromettre leurs chances de s'enfuir. Ou encore mieux, elle pouvait l'effrayer jusqu'à parfaite soumission. De cette façon, il n'oserait faire quoi que ce soit de stupide.

— Donc tu es son frère ? demanda Kimberly, à présent aux côtés d'Yvette.

Ces dernières minutes, la jeune actrice avait gagné l'estime d'Yvette. Et ce, bien qu'elle eût émis certaines craintes de se faire violer par les deux hommes si elle se retrouvait seule avec eux. Yvette doutait que ce fût leur genre. Ils ne semblaient pas être comme ça. Avec leur belle gueule, ils n'avaient certainement pas besoin de forcer une femme.

Il n'y avait qu'à activer la fonction charme. Et elle le savait. Elle en avait fait les frais avec Haven.

Yvette avait apprécié que Kimberly l'eût défendue. C'était un pas dans la bonne direction. La fille était peut-être bien plus conciliante qu'elle ne l'avait d'abord présumé. Pour avoir percé ainsi dans le monde du cinéma, elle devait avoir une certaine volonté et une détermination de fer.

— Oui, je suis Wesley. Haven est mon frère aîné.

Il pencha ensuite la tête sur le côté avant d'esquisser un sourire charmeur. Kimberly rougit immédiatement.

— Tu m'es familière. On se connaît ? ajouta-t-il.

Yvette retourna vers le lit de camp et s'y étendit en se plaquant contre le mur. Elle n'avait pas envie de participer à la petite conversation, et de toute façon, Wesley semblait préférer parler à Kimberly plutôt qu'à elle.

— Je suis Kimberly Fairfax. Je…

— L'actrice ! dit-il en complétant sa phrase avant de faire quelques pas de plus vers elle.

Yvette garda un œil sur eux, prête à intervenir au besoin.

— Wow !… Alors *ça* c'est cool !

Yvette haussa un sourcil.

— Ouais, c'est vraiment cool d'être retenus prisonniers par une sorcière sans savoir ce qu'elle veut de nous. Mais bon, au moins tu es tombé sur une mine d'or.

L'arrière-goût du sarcasme était manifestement… *Plaisant,* trouva-t-elle.

Wesley la dévisagea.

— Je ne te parle pas. Tu es un vampire. Je déteste les vampires.

Elle plaqua une main sur sa poitrine.

— Oh ! Pauvre de moi.

Il fit quelques pas dans sa direction.

— Des créatures telles que toi devraient être tuées sur le champ, dit-il d'une voix venimeuse.

— Tu veux essayer ?

Yvette bondit, prête à donner une leçon au chasseur de vampires amateur. Elle lui fit signe de s'approcher.

— Vas-y ! Voyons un peu ce que tu sais faire d'autre que de flirter avec une *humaine*.

La colère qui apparut dans les yeux de Wesley lui fit comprendre qu'elle l'exaspérait. Un jeu d'enfant.

— Quoi ? Pas de courage finalement ? Tu frimes uniquement devant ton grand frère ?

Elle remarqua sa façon de serrer les poings, sa poitrine se soulevant à chaque inspiration. Oh oui, elle lui tapait sur les nerfs. Une autre remarque bien placée, et on y était. Et Dieu seul sait à quel point elle avait besoin d'un exutoire à sa propre frustration.

— On veut se cacher derrière les jupes de sa mère ?

Un flash de douleur éclaira les yeux de Wesley. Tout en grognant, il se précipita sur elle plus vite qu'elle ne l'en eût cru capable. Il plaqua son corps contre le sien et la poussa vers le mur. Le contact de son dos avec la surface dure aurait abîmé les côtes et la colonne vertébrale de n'importe quel humain, mais le corps d'Yvette était bien plus fort. En fait, il était presque indestructible.

— Ne t'*avise* plus de parler de ma mère.

Il semblait bien qu'elle venait de toucher une corde sensible. Très bien. C'est ce qu'il fallait : trouver les faiblesses de l'ennemi pour les exploiter. C'est ce qu'on lui avait appris au cours de sa formation chez Scanguards. Et elle avait été bonne élève. Elle avait même perfectionné ses compétences sur le tas.

— Je mentionne ta mère si j'en ai envie.

Il y avait là une blessure dont elle ignorait la profondeur. Enfoncer le clou était un bon moyen de le découvrir.

Les mains de Wesley tentèrent de l'étrangler mais, sans le moindre effort, elle l'en empêcha à l'aide de son avant-bras.

— Je vais vous tuer. Vous allez payer pour avoir tué ma mère. Tous.

Pendant une seconde, elle demeura immobile. Pas étonnant que le petit fût aussi agité. Elle le regarda dans les yeux et y lut une profonde douleur. Elle pouvait facilement en deviner la cause. Cette souffrance n'était pas récente, mais elle semblait néanmoins sérieuse.

— Tu penses vraiment être assez fort pour me tuer ?

Yvette ricana pour lui faire comprendre ce qu'elle pensait de ses prétendues capacités à la battre.

— Je vais te tuer, menaça-t-il les dents serrées.

— Pour ? Quelque chose que je n'ai pas fait ?

— Vous êtes tous responsables. Tous les vampires le sont, cracha-t-il.

Cela l'énerva. Elle détestait être confondue avec la masse – accusée d'une chose que ses pairs avaient peut-être faite, ou pas.

— Tu ferais bien d'expliquer ce que tu veux dire par là.

Yvette maintint sa position et ne bougea pas. Leurs corps étaient accolés, mais elle ne ressentait pas l'excitation qui s'était emparée d'elle lorsqu'elle s'était trouvée face à Haven. Rien. Tout ce qu'elle voyait, c'était le petit garçon qui sommeillait en l'homme, le petit garçon qui souffrait.

— Vous l'avez tuée.

— Ta mère. Je ne la connais même pas.

La colère qu'elle éprouva face à cette accusation l'amena à hausser le ton. Sachant pertinemment que cela ne mènerait à rien de perdre le contrôle de la situation, elle prit alors de profondes inspirations afin de se calmer.

— Que lui est-il arrivé ?

Elle dit ça exactement comme on le lui avait enseigné, d'une voix calme et d'un ton limpide. Afin de se libérer, elle aurait pu repousser Wesley une centaine de fois, mais elle décida de s'en abstenir. Il était nécessaire qu'il pût garder un semblant de contrôle, car elle voyait bien qu'intérieurement, il était en train de s'écrouler.

— Un vampire, dit-il, plongeant son regard dans le vide.

— Un vampire a tué ta mère ?

Elle connaissait déjà la réponse, mais voulait le faire parler. Si elle en apprenait les circonstances, peut-être pourrait-elle alors lui faire comprendre qu'elle n'y était pour rien. Mais il ne répondit pas.

— Wesley ?

Il secoua la tête comme pour se débarrasser des souvenirs et lui lança un regard méchant, la douleur ayant été repoussée dans les ténèbres afin de l'y oublier.

— C'est pour ça que tu mourras.

Sachant qu'elle risquait gros, elle le repoussa tout de même, l'envoyant valser au milieu de la pièce.

— Je ne suis pas le vampire que tu cherches.

— Peu importe. Je tuerai chaque vampire que je croiserai sur mon chemin, jusqu'à ce que je trouve le bon.

— Ça ne te rendra pas meilleur que le vampire qui a tué ta mère.

— Ne me compare pas à ceux de ton espèce. Vous, vous n'êtes que des tueurs, des suceurs de sang.

Elle préféra ne pas le corriger sur l'opinion qu'il se faisait d'elle en tant que criminelle. Elle n'avait jamais tué personne, hormis pour se défendre, mais il valait mieux que Wesley la craignît. Cela le tiendrait à distance.

— Et pas toi ? Où est la différence ?

— Je tue des êtres détestables dans ton genre, qui n'ont ni cœur, ni âme.

Yvette laissa échapper un rire amer. Si elle était vraiment sans cœur, elle ne ressentirait pas cette solitude qui lui pesait tant depuis des années. Pas plus que ce besoin de fonder une famille ; d'avoir un homme et un enfant qui l'aimeraient. Si elle était dépourvue d'âme, elle ne pleurerait pas la perte de ses amis qui mouraient au fils des ans.

— Tu n'as aucune idée de qui je suis.

Elle se détourna de lui, ne voulant pas lui montrer à quel point la tempête faisait rage en elle. Cela n'empêcha pas Wesley de continuer à l'insulter.

— Mon frère aurait dû t'enfoncer un pieu dans le cœur.

Sans se retourner, elle lui répondit.

— Ton frère ne me fera pas de mal.

Elle était certaine de bien peu de choses, mais à ce propos, elle n'avait aucun doute.

— Qu'est-ce que tu lui as fait ?

Elle sourit, intérieurement. Il ne s'agissait pas de ce qu'elle lui avait fait, mais bien de ce qu'*il* avait voulu *lui* faire.

— Il veut me prendre… il veut me baiser…

— Espèce de salope. Il ne toucherait jamais à un vampire.

Yvette se retourna et lui lança un regard qui en disait long.

— Je crois que tu ne connais pas ton frère à ce sujet.

— Tu…

Le cri que poussa Haven recouvrit les mots de Wesley, quoi que ce dernier voulût dire. Yvette fut prise d'une brusque panique : c'était un cri de pure agonie, une douleur si vive qu'elle la ressentit se répandre dans ses os, tel le froid glacial d'un vent arctique.

— Que t'a fait la sorcière ? Wesley ? Qu'est-ce qu'elle t'a fait, là-bas ?

Wesley se précipita vers la porte et tourna la poignée. Mais elle ne s'ouvrit pas.

— Je dois aller le chercher. Bon sang, je lui ai dit de ne pas résister. Pourquoi ne m'écoute-t-il donc jamais ?

Il se passa la main dans les cheveux, désemparé.

Yvette lui agrippa l'épaule et le tourna face à elle. Son angoisse était peinte sur son visage.

— Que t'a-t-elle fait ?

Il déglutit.

— Elle est entrée dans mon esprit, pour y trouver je ne sais trop quoi. C'était comme… Comme si un courant électrique me traversait la tête ; comme si elle cherchait quelque chose.

— Torture ?

Il secoua la tête.

— Non, ça ne faisait pas si mal que ça. C'était seulement… humiliant.

Un autre cri déchira la pièce. Leurs regards se dirigèrent vers la porte.

— Alors pourquoi crie-t-il ? Que lui fait-elle ?

Yvette secoua Wesley.

Réalisant qu'elle l'avait touché, il la repoussa instantanément.

— Je… Je ne sais pas… S'il y a bien quelqu'un qui peut faire face à la douleur, c'est lui.

— Alors pourquoi ? demanda-t-elle. Cette question s'adressait davantage à elle-même qu'à Wesley.

— S'il crie, c'est parce qu'elle lui fait mal, parce qu'il résiste. Tout ça, c'est de ma faute.

— Pourquoi ?

— Si la sorcière ne m'avait pas attrapé, Haven ne serait, en ce moment, pas dans cette situation. Il n'aurait pas dû venir me sauver.

Haven avait éludé la question d'Yvette quant à la raison de leur kidnapping, mais lorsque Wesley était entré dans la pièce, elle avait commencé à soupçonner l'existence d'un lien avec le marché qui avait été passé avec la sorcière.

— Continue, l'encouragea Yvette.

Wesley pouvait peut-être les éclairer un peu plus sur la situation. Elle décida de se convaincre que la raison pour laquelle elle le pressait de dire ce qui s'était vraiment passé n'était due qu'à sa curiosité naturelle, et non pas à son ridicule souhait qu'Haven ne fût pas qu'un simple chasseur de vampires de plus. Il y avait peut-être une raison valable à leur enlèvement, une excuse qui la ferait pardonner plus facilement.

— Je ne te dirai rien.

Yvette tourna la tête en entendant les pas légers qui s'approchaient, derrière elle.

— Alors dis-moi, suggéra Kimberly en se plaçant à côté d'elle.

Wesley la regarda et son visage s'adoucit soudainement. Ne voulant pas compromettre l'idée que la jeune actrice semblait avoir en tête, Yvette fit quelques pas sur le côté.

— Mon frère ferait n'importe quoi pour moi. Il l'a toujours fait. Il est plus comme un père que comme un frère pour moi.

Kimberly hocha la tête et continua de le regarder. Tout en posant une main sur son avant-bras, elle lui adressa un sourire d'encouragement. L'actrice possédait peut-être certaines qualités qu'Yvette n'avait, jusque-là, pas remarquées. Etait-ce vraiment de la compassion ou juste son talent de comédienne qu'elle utilisait pour le faire parler ? Où était la fille qui, quelques minutes plus tôt, avait proclamé ne pas vouloir rester seule avec Wesley et son frère de peur qu'ils ne lui fissent du mal ?

Yvette l'observa plus attentivement. Kimberly était un caméléon. Elle changeait de couleur au gré des situations. Si elle n'était pas actrice, Yvette demanderait à Gabriel de la former pour qu'elle devînt médiateur ou négociateur lors de prises d'otages. Bien qu'humaine, sa capacité à changer ainsi de comportement serait bien pratique dans certaines situations. Et plus surprenant encore, elle avait été à peine déroutée en apprenant qu'Yvette était un vampire.

Ne voulant rien rater de leur conversation, Yvette mit ses pensées de côté.

— Hav' est toujours venu à ma rescousse quand j'ai eu des ennuis. Comme en ce moment. La sorcière, Bess, elle m'a tendu un piège. Je ne savais pas ce qu'elle était jusqu'à ce qu'il soit trop tard. Ma mère était une sorcière, vous savez, mais je n'ai pas hérité de ses pouvoirs.

Yvette dressa l'oreille. Leur mère était une sorcière ? Alors cela voulait dire qu'Haven et lui étaient également des sorciers. La situation pouvait-elle vraiment empirer ? Non seulement elle était attirée par un humain qui l'avait kidnappée mais, en plus, il était le fils d'une sorcière et, par conséquent, un sorcier lui-même ! Parfait ! Elle avait vraiment le don pour les débusquer !

Par-contre, elle n'avait inhalé aucune odeur de sorcellerie sur lui. Ni sur son frère. Etrange.

— Ta mère était une sorcière ? répéta Kimberly.

Wesley leva la main.

— Une bonne sorcière. Mais pas puissante. Juste quelques sortilèges et des potions. Tu sais, elle utilisait davantage ses pouvoirs pour soigner les gens, pour aider. C'était une bonne personne.

— Et toi ? Tu jettes des sorts ? demanda Kimberly, visiblement fascinée.

Il secoua la tête, et Yvette put lire du regret sur son visage.

— Je n'ai aucun de ses pouvoirs. Haven non plus. C'est pour ça que je n'ai pas pu savoir que cette femme était une sorcière. C'est pour ça que son piège a marché. Elle m'a charmé, puis emprisonné.

Yvette plissa le front. Comment se pouvait-il qu'aucun des enfants d'une sorcière n'eût hérité de ses pouvoirs ? A sa mort, ses pouvoirs auraient dû se transmettre. Elle en connaissait assez sur la sorcellerie pour savoir ça. Wesley cachait-il la vérité ? Yvette se calma et se concentra sur son aura… Elle ne sentit rien qui laissât penser qu'il pût être un sorcier. Elle inspira, l'odeur du jeune homme se mélangeant à celle de Kimberly… C'était différent d'une odeur purement humaine. Pas celle d'un sorcier. Pas celle d'un humain. C'était entre les deux.

Elle secoua la tête et entendit son ventre gargouiller. Peut-être était-ce la faim qui perturbait ses sens… Ou les effets de la potion qui l'avait assommée qui persistaient. Lorsqu'elle s'était retrouvée dans la limousine avec Kimberly, cette dernière avait eu une odeur humaine. A cent pour cent. Et lorsque Wesley l'avait plaquée contre le mur, elle avait également inspiré son odeur : on ne peut plus humaine.

Putain, elle avait besoin de sang ou son cerveau ne tiendrait pas le coup. Elle était déjà en train de perdre ses sens.

— Elle a dit qu'elle savait où je pourrais trouver des vampires, pour les tuer, continua Wesley tout en jetant un œil sur Yvette.

Celle-ci haussa simplement les épaules. Tu parles d'une nouveauté ! Rome ne s'était pas construite en un jour non plus. Lui faire entrer dans sa petite tête que tous les vampires n'étaient pas des assassins prendrait plus de temps.

— Pourquoi tues-tu des vampires ? demanda Kimberly, l'innocence de son âge transparaissant dans sa voix.

Les yeux de Wesley s'emplirent de colère et de défi.

— Parce qu'un vampire a tué ma mère quand j'avais huit ans.

Yvette tourna la tête. Elle pouvait comprendre sa haine, mais ce n'était pas une raison pour condamner tous les vampires innocents. Cela ne servait à rien de le lui dire, ses mots ne le feraient pas changer d'avis.

— Je suis désolée, murmura Kimberly.

Pendant un moment, un silence de plomb *pesa* dans la pièce. L'air était si lourd qu'il poussait vers le bas, rendant la respiration difficile. Wesley sembla ensuite reprendre le dessus.

— Quand Bess m'a capturé, elle a envoyé un message à Hav'. Elle lui a fait du chantage en lui disant de te kidnapper et de t'amener à elle, en échange de quoi elle me libèrerait. Il n'avait pas le choix.

Kimberly hocha la tête.

— Qu'est-ce qu'elle me veut ?

Sa voix se mit à trembler. Instinctivement, Yvette fit un pas vers elle. D'un regard furtif, Kimberly lui fit comprendre qu'elle allait bien.

— Je ne sais pas. Mais j'aimerais bien le savoir.

9

Haven ressentit une douleur lancinante dès que le fouet lui coupa la peau au niveau de l'abdomen. Un coup de poing, il aurait pu faire avec, mais les extrémités mordantes du fouet en cuir… C'était une autre histoire.

— Je n'aurais pas besoin de faire ça si tu étais aussi conciliant que ton petit frère, dit la sorcière d'un ton narquois.

— Va te faire foutre !

Si elle voulait pénétrer son esprit, elle devrait ouvrir sa tête en deux. Pas plus compliqué.

— Tu devrais reconsidérer la chose. Plus tu résisteras, plus ça te fera mal.

Haven observa la pièce en espérant en apprendre davantage sur elle. Cette fois, il ne se trouvait pas dans le salon où elle l'avait invité à entrer la première fois. Cette pièce – antichambre de la torture – empestait le moisi, la sueur, le sang et les larmes. Bess l'avait attaché à un échafaudage en bois à l'aide de plantes grimpantes enroulées autour de ses bras, telle une corde guidée par des mains invisibles. Indépendamment des pouvoirs qu'elle possédait, Bess était forte. Bien plus que ne l'avait été la mère d'Haven.

Il ne savait pas d'où – ou de quoi - elle puisait ce pouvoir, mais une fois qu'il en aurait découvert la source, peut-être pourrait-il alors la détruire ou, du moins, la rendre plus vulnérable. Du peu qu'il se rappelait du don de sa mère, il savait que les pouvoirs de chaque sorcière trouvaient leur origine quelque part. S'il pouvait trouver où ils étaient ancrés, il parviendrait à faire tanguer l'embarcation.

— Qu'est-ce que tu veux ?

— Que tu te plies à mes exigences.

— Pas question.

Il cracha aux pieds de Bess pour affirmer sa détermination.

— J'avais bien compris que tu étais celui qui n'en faisait qu'à sa tête. Mais ne t'inquiète pas, je n'ai pas besoin de ton aide pour faire ce que je veux faire.

D'un mouvement du poignet, elle le fouetta de nouveau sur la poitrine. Lorsqu'il avait lutté contre l'intrusion de Bess dans son esprit, celle-ci lui avait enlevé sa veste avant de déchirer sa chemise en lambeaux. Adieu la caution versée pour la location du costume.

Du sang commença à s'écouler des coupures, se déversant en petits ruisseaux le long de son torse, puis de son ventre. Il avait déjà survécu à pire.

— Plutôt mourir.

Une lueur éclaira brièvement les yeux de la sorcière, et il comprit, de ce fait, qu'il venait de toucher un point sensible. Elle ne voulait pas qu'il mourût. Non, étrangement, elle avait besoin qu'il restât en vie. C'était son point faible. Elle pouvait le faire saigner et le blesser, mais elle ne pouvait le tuer. C'était déjà ça, pour autant que ce pût être une consolation.

La sorcière fronça les sourcils et, un instant plus tard, il ressentit un courant électrique lui traverser la tête. Elle essayait encore d'envahir son esprit pour y trouver Dieu sait quoi. Mais il ne la laisserait pas faire. Haven serra la mâchoire et contracta les muscles de son cou, essayant de la repousser. Les visions des derniers moments de la vie de sa mère passèrent devant ses yeux, et ses derniers mots résonnèrent dans sa tête.

Souviens-toi d'aimer.

C'était ce qu'elle lui avait soufflé avant de s'éteindre. Haven trouva du réconfort dans ces mots et sentit une vague de chaleur l'envahir. Soudain, un choc électrique le parcourut, et il commença à convulser. L'adrénaline lui donna l'énergie supplémentaire pour repousser la sorcière.

Il ne pouvait expliquer ce qu'il était en train de faire, mais cela fonctionnait. Les pensées envahissantes de Bess s'envolèrent de son esprit et le libérèrent. Le courant électrique s'arrêta, et il reprit possession de ses moyens.

— Espèce de salope ! cria-t-il.

Il ne lui permettrait pas de s'approcher encore ainsi de lui. Son esprit n'appartenait qu'à lui et à lui seul. *Personne* n'avait le droit de s'y immiscer. C'était là qu'il gardait ses peurs et ses espoirs, à l'abri, afin que personne ne les vît, cachés de la réalité, de la froide et abrupte vérité qui n'arrêtait pas de le poursuivre. Une réalité à laquelle il n'avait jamais voulu faire face, et des espoirs qu'il n'était pas prêt d'abandonner, même si chaque jour qui passait diminuait davantage encore ses chances de retrouver Katie. Personne n'avait le droit de voir la tourmente qui habitait son esprit, la douleur qu'il endurait. Il ne s'était même pas confié à son frère à ce sujet. Et il ne le ferait *certainement* pas avec la sorcière qui les retenait prisonniers.

Parce qu'exposer ce qui se trouvait au plus profond de lui le rendrait vulnérable. Et il se devait de rester fort pour sortir de tout cela vivant.

Le fouet le mordit dans sa chair et le fit sursauter. Aucun moyen d'échapper à la douleur qu'il ressentait. Il essaya de la bloquer en se refermant sur lui-même pour ne rien sentir. En vain. La douleur s'immisçait dans chaque cellule de son corps, affaiblissant sa détermination. Son cœur battait frénétiquement, tentant de pomper du sang là où c'était nécessaire.

— Bien, si tu ne me laisses pas pénétrer en toi, alors tu vas me donner la réponse.

Haven ne comprit pas. Elle ne lui avait rien demandé au préalable.

— Quelle est la clé de ton pouvoir ?

Mais bon sang, de quoi parlait-elle ?

— Quel pouvoir ? dit-il d'une voix rauque, laquelle laissait transparaître l'épuisement provoqué par la raclée qu'il venait de subir. Les contusions présentes sur ses côtes le faisaient souffrir.

— Ton pouvoir de sorcier ! rétorqua Bess, impatiente.

— T'es folle. Je n'ai aucun pouvoir de sorcier.

Ni lui ni son frère n'avaient hérité des dons de leur mère, aussi minimes furent-ils. Si c'était ce que recherchait la sorcière, s'immiscer en lui pour lui voler ses pouvoirs était peine perdue.

— Ne me mens pas !

Le fouet vint de nouveau s'écraser contre lui.

Haven gémit sous la douleur tout en serrant les dents pour supporter le pire.

— Je n'en ai pas…

Un autre coup de fouet lui trancha la peau au niveau du cou. Une douleur insupportable l'envahit, alors que le fouet écorchait la chair tendre. Haven tira sur les plantes grimpantes qui le retenaient dans l'espoir de s'échapper. Mais en vain. Tels des serpents, elles s'enroulaient autour de ses bras et se resserraient sur sa peau avec autant de douceur que du papier de verre.

— Dis-le-moi maintenant.

Elle fit un pas vers lui et le gifla de toutes ses forces. Le coup lui fendit la lèvre, remplissant sa bouche de sang. Il lui cracha dessus, se débarrassant du goût métallique qui le menaçait de nausées.

— Tu crois que je te laisserais me battre si j'avais un quelconque pouvoir ?

La sorcière fit une pause – mettant son geste en suspens– tandis qu'un voile de curiosité s'emparait de ses traits.

— Est-ce possible que…, marmonna-t-elle.

Puis, elle le regarda droit dans les yeux, souriant diaboliquement.

— Ta mère ne te l'a jamais dit ? Elle a tout gardé pour elle, hein ? A moins qu'elle n'en ait pas eu le temps…

Elle s'arrêta, acquiesçant d'un signe de la tête.

— Tu n'étais qu'un gamin à l'époque.

Il ne comprenait pas de quoi elle parlait, mais ses lèvres étaient trop enflées pour qu'il prît la peine de répondre.

Bess ricana, puis le fouetta de nouveau.

— Je devais m'en assurer. Tu comprends, ça ?

Le coup de fouet suivant amena obscurité et silence. De même qu'un peu de répit dans la douleur.

~ ~ ~

Yvette entendit des pas dans le couloir ainsi que le son d'une chose que l'on traînait au sol. Ses sens immédiatement en alerte, elle bondit du lit de camp sur lequel elle s'était reposée, tandis que la nervosité et un mauvais pressentiment s'emparaient d'elle. Certains bruits ne laissaient rien augurer de bon. Ça, elle l'avait appris longtemps auparavant. Et c'était bien un de ces bruits qu'elle percevait à présent.

Lorsque la porte s'ouvrit, l'odeur de la sorcière lui monta au nez. Mais pas uniquement. Ça sentait aussi le sang. Le regard d'Yvette se porta sur la sorcière et le tas de chair qu'elle traînait derrière elle, et qui avait, à présent, fait son apparition dans la pièce. Une fraction de seconde, elle se demanda si Bess utilisait ses pouvoirs ou ses muscles pour traîner le poids d'Haven au sol. Mais sa question s'évanouit dès qu'elle aperçut ce dernier.

Il était à peine conscient, sa poitrine pratiquement nue sous des lambeaux ensanglantés de ce qui avait été une chemise. Ses lèvres saignaient également, tandis que son cou et ses épaules étaient meurtris de coupures et d'ecchymoses. Mais ce n'était pas le pire. De larges et profondes plaies s'étendaient tout le long de son abdomen. Le cœur d'Yvette se serra douloureusement. Qu'il supportât la douleur ou pas, peu importait : Haven était humain. La souffrance devait être insupportable, et la perte de sang allait l'affaiblir. Il était sans aucun doute à l'agonie.

Le sang qui s'écoulait des multiples blessures fit gargouiller le ventre d'Yvette, alors qu'elle tentait de combattre sa faim et de retenir sa respiration. Elle ne pouvait tout contrôler malgré sa détermination de fer.

— Oh mon dieu !

Kimberly tenta quelques pas vers la porte.

— Oh merde, Hav'… cria Wesley en s'accroupissant à côté de son frère.

— Putain, mais qu'est-ce que tu lui as fait ?

Une fureur meurtrière se lisait dans le regard qu'il lança à la sorcière.

— C'est de sa faute. Bien trop têtu.

Yvette tâcha de reculer, enivrée par l'odeur du sang qu'elle tentait d'éviter, mais son ventre gargouilla de nouveau. La sorcière le remarqua et lui jeta un sourire narquois :

— On dirait que quelqu'un a faim…

Immédiatement, le regard de Wesley et les yeux effrayés de Kimberly atterrirent simultanément sur Yvette. Celle-ci se précipita dans le coin le plus reculé de leur prison. Alors qu'elle avait progressé avec Kimberly en lui donnant sa parole qu'elle ne la blesserait pas, tout tombait de nouveau à l'eau.

— Je ne suis pas fan du sang humain, répondit Yvette, se retenant de grogner et de montrer ses canines à cette foutue sorcière. Cela ne ferait qu'effrayer Kimberly davantage, et c'était bien la dernière chose qu'elle voulait faire.

— Personnellement, je préfère le sang des sorcières. Un petit don, peut-être ?

Yvette se força d'adopter une expression nonchalante.

Pouvant lire en Yvette comme si elle était aussi transparente que les promesses d'un politicien en campagne, la sorcière ne tomba pas dans le panneau.

— Le sang d'Haven doit te chatouiller les narines, à présent. Qu'est-ce que ça te fait ?

Yvette n'osait tourner son regard vers le sol, là où Wesley se tenait, à côté de son frère à demi-conscient. Elle soutint le regard de la sorcière.

— Pas particulièrement. Je m'étais nourrie avant que tu ne nous captures et je devrais pouvoir tenir deux bons jours encore, mentit-elle.

Elle pouvait tout au mieux tenir vingt-quatre heures, mais elle aurait des sautes d'humeur avant cela. Ses collègues l'avaient toujours taquinée à ce propos et tendaient à l'éviter lorsqu'elle sautait un repas. D'accord, elle pouvait le reconnaître : elle était une vraie salope lorsqu'elle avait faim. Et elle commençait à être affamée. Il y avait bien trop longtemps qu'elle n'avait pris son dernier repas, et la potion utilisée par Haven lui avait pompé bien trop d'énergie.

La sorcière montra un signe d'énervement. Yvette avait peut-être réussi à la berner, du moins cette fois. Non pas que ce fût si important. Bientôt, ses collègues partiraient à leur recherche. Elle n'avait pas appelé le central. Gabriel s'en rendrait compte et, le connaissant, il passerait la ville au peigne fin. Ils finiraient par la trouver et la sortiraient de là. Ce n'était qu'une question de temps. Elle devait tenir.

— Tu crois vraiment que je ne vois pas à quel point tu retiens ta respiration pour ne pas sentir son sang ? Tu veux le sucer jusqu'à la moelle, hein ?

Yvette plissa les yeux et serra les dents.

— Non.

La sorcière tourna la tête vers Wesley.

— Je crois bien qu'il va falloir que tu la tues. A moins que tu ne prennes le risque de la voir tuer ton frère…

— Espèce de salope manipulatrice ! Tu n'es pas capable de faire le sale boulot toi-même, hein ? rétorqua Yvette.

Les pouvoirs de Bess n'étaient peut-être pas assez forts pour combattre un vampire. Pourquoi n'avait-elle pas essayé de la tuer ? Voilà une faille qu'il fallait exploiter. Si les pouvoirs de la sorcière se limitaient à maintenir les humains à distance, Yvette avait peut-être une chance de la battre. Si elle pouvait sortir de cette pièce. Le champ de protection était peut-être assez puissant pour garder un vampire captif, mais si elle pouvait s'en échapper d'une quelconque manière, alors peut-être pourrait-elle vaincre Bess. Le problème avec les sorcières, c'était qu'on ne pouvait jamais prévoir ce qu'elles réservaient. Yvette détestait ça.

Des émotions contradictoires balayèrent le visage de Wesley, alors que ses yeux passaient de la sorcière au vampire. La méfiance gagnait du terrain. Yvette pouvait-elle lui en vouloir ? Après ce qu'il avait dit à Kimberly concernant sa mère, il était tout naturel qu'il détestât les vampires. Donc il la haïssait.

— Ici.

La sorcière lança un pieu à Wesley. Il l'attrapa d'une main. Un gémissement d'agonie émanant de son frère le fit se retourner.

— Hav', je ne t'avais pas dit de ne pas lui tenir tête ?

— Je ne l'ai pas fait, répliqua Haven.

Il avait du mal à parler, la douleur se reflétant clairement dans sa voix. Yvette jeta de nouveau un œil à ses blessures. Les plaies sur son abdomen continuaient de saigner et, si l'hémorragie ne s'arrêtait pas vite, elle pourrait alors craindre le pire. Même s'il les avait kidnappées, elle ne pouvait le laisser se vider de son sang. Juste pour faire un pied-de-nez à la sorcière, bien sûr !

— A toi, ma petite.

La sorcière s'avança sur le palier et pointa Kimberly du doigt. Choquée, cette dernière écarquilla les yeux.

— Non ! cria Yvette.

Elle ne pouvait laisser sa cliente face à un tel danger. Elle était sous sa responsabilité. C'était son boulot.

— Ne la touche pas.

Elle bondit vers Bess, mais une explosion magique la repoussa.

— Reste en dehors de ça !

— Aidez-moi… supplia Kimberly, alors qu'une force invisible la tirait vers la porte.

Wesley courut vers la porte, mais tout comme Yvette, il fut projeté en arrière par l'explosion.

— Quoi que tu fasses, ne la repousse pas ! dit-il à Kimberly.

Lorsque la sorcière attrapa le poignet de la jeune femme et la tira de l'autre côté du seuil de la porte, la force qui retenait Yvette et Wesley se dissipa. Ils en perdirent tous deux l'équilibre.

Yvette regarda la porte se refermer. Bess pouvait-elle uniquement exercer ses pouvoirs à l'intérieur du périmètre protégé par le champ ? Cela signifiait-il que la sorcière devait également y pénétrer pour pouvoir utiliser ses pouvoirs sur eux ? Yvette se réserva cette réflexion pour plus tard et en repoussa momentanément l'idée. Il y avait d'autres choses bien plus urgentes à traiter.

10

La voix criarde de Wesley mettant quelqu'un en garde ramena Haven à la réalité. Il se força à ouvrir les yeux et réalisa qu'il était de retour dans la pièce où ils étaient tenus captifs. Rien n'avait changé, la souffrance mise à part.

Allongé au sol, il tenta de s'asseoir, mais la douleur à son abdomen l'en empêcha. Son frère était agenouillé à ses côtés, son regard inquiet ne lui procurant que peu de réconfort. Lorsque son champ de vision s'élargit, Haven vit le pieu que Wesley tenait fermement dans sa main droite.

— Qu'est-ce…

— Elle a faim, et tu saignes, le coupa Wesley.

Haven tourna la tête et aperçut Yvette à quelques mètres d'eux. Elle l'observait. L'attaquerait-elle ?

— Ferme-la, Wesley, et arrête de répéter les conneries que la sorcière t'a dites. Je vais bien, insista Yvette.

— J'ai fait un bon repas. Je ne veux pas du sang de ton frère.

Haven la regarda dans les yeux et la crut l'espace d'un instant. Mais, à la lueur qui brillait dans son regard, telle une petite flamme qui commençait à brûler, il sut qu'elle mentait. Yvette avait faim. Il baissa les yeux, scruta son corps et s'arrêta sur ses mains. Elle avait les poings serrés. Elle était affamée et prête à se battre. Quel était son côté le plus fort ? Son humanité ou son côté bestial ?

— Merde, murmura-t-il.

Il sut qu'elle l'avait entendu à la façon dont elle baissa les yeux. Bon sang qu'elle était belle ! Un bel ange de la mort, oui, voilà ce qu'elle était. Et pourtant, au lieu de s'inquiéter de ce qui allait arriver, il ressentait l'excitation monter en lui. Presque comme s'il avait hâte qu'elle le mordît. Il réalisa, dès lors, à quel point il délirait déjà. Les blessures infligées par Bess étaient peut-être plus profondes que ce qu'il avait cru. Il savait qu'il saignait abondamment, mais pouvait-il blâmer la perte de sang pour la confusion qui régnait dans son cerveau ? Pour son incommensurable envie d'être touché par Yvette ? Pour son désir de la voir s'approcher et l'embrasser ?

— Wesley, je…

Les mots d'Yvette firent bondir Wesley. Le pieu qu'il brandissait signifiait clairement : *restez là.*

— Ne t'approche pas de lui !

— Je ne lui veux pas de mal. Mais je peux l'aider à cicatriser.

Wesley ricana amèrement.

— Tu penses que je suis stupide à ce point ?

— Tu veux que ton frère meure ?

— Non, et c'est pour ça que tu ne t'en approcheras pas.

Bon petit frère. Wesley le protègerait même s'il savait d'avance qu'il ne faisait pas le poids face à Yvette, la belle et puissante Yvette. La beauté diabolique, le vampire meurtrier qu'Haven désirait pour une raison qui lui échappait. Avait-il déjà basculé dans la folie ?

— Je t'ai dit que je ne le blesserai pas. Si c'était le cas, je l'aurais fait depuis longtemps, bien avant que tu n'arrives. Tu ne t'en rends pas compte ?

Wesley leva le menton d'un air têtu. Geste des plus familiers à Haven. C'était ce qu'il faisait lorsqu'il refusait de se rendre à l'évidence, alors qu'il n'avait aucun argument en réserve. Haven avait dû y faire face tellement de fois en grandissant à ses côtés.

— Qu'est-ce tu proposes ? demanda Haven. Chaque mot qu'il prononçait le faisait souffrir dès l'instant où son souffle désertait ses poumons.

Surprise, Yvette écarquilla les yeux. Elle ne s'était pas attendue à cette question.

— Je peux cicatriser tes blessures afin que tu t'arrêtes de saigner. Ça arrêtera l'hémorragie.

— Comment ?

— Avec ma salive. Je peux lécher les plaies et…

Haven n'entendit pas le reste de sa phrase. Elle voulait le lécher ? Que Dieu lui vînt en aide. Si ce n'était pas son hémorragie qui le tuerait, les lèvres et la langue d'Yvette sur sa peau nue s'y emploieraient ! A cette idée, la température de son corps monta en flèche. Comment pouvait-il la laisser faire ? Et devant son frère et la fille ! Ce n'était pas une expérience qu'il était prêt à partager en public. Alors que l'image de Kimberly lui traversa l'esprit, Haven regarda autour de lui. Elle n'était plus là. Un froid glacial lui parcourut les veines.

— Où est Kimberly ?

Yvette fronça les sourcils. Wesley répondit.

— La sorcière l'a emmenée.

— Merde !

Qu'avait-il fait ? Il avait remis une fille innocente aux mains d'une sorcière, et celle-ci allait lui faire du mal. Pourquoi n'avait-il pas montré davantage de résistance ? Pourquoi avait-il été incapable de trouver un meilleur plan que ce kidnapping ?

— Je lui ai dit de faire ce que la sorcière voulait. Elle ne lui tiendra pas tête. Pas comme toi, idiot, grogna Wesley.

— Je ne pouvais pas, je ne pouvais juste pas…

Mais Wesley ne pouvait comprendre. Ce dernier avait toujours choisi la facilité et ne s'était jamais opposé à quoi que ce soit, alors qu'Haven avait toujours eu pour habitude de foncer droit dans le mur. Sa tête ne l'en remerciait d'ailleurs pas vraiment !

— Donc on est d'accord ?

Yvette interrompit ses pensées.

Haven se tourna à nouveau vers elle tout en la balayant du regard. Il n'avait pas vraiment le choix. Il avait beau presser sa main sur les plaies, l'hémorragie ne s'arrêtait pas. Et il se sentait déjà étourdi. Cela ne ferait qu'empirer. Mais il ne pouvait toujours pas se résoudre à lui faire totalement confiance.

— Wesley se tiendra à tes côtés. Et si tu essayes de me faire du mal, il t'enfoncera ce pieu dans le cœur.

— Bien parlé…, dit Wesley avec un léger rictus, tout en roulant l'objet entre ses doigts.

Yvette leva à peine les yeux au ciel.

— Idiots !

Avec grâce et fluidité, elle se dirigea vers lui et attendit que Wesley se fût écarté avant de s'agenouiller à ses côtés. Sa proximité enivra Haven davantage. Il mit tout cela sur le compte de la douleur qui parcourait son corps et l'affaiblissait.

— Montre-moi comment ça marche, ordonna Wesley en se baissant vers eux.

Haven vit Yvette faire la moue, comme si elle se retenait de lui rétorquer une remarque bien placée. Mais elle abaissa son visage vers le sien et le regarda dans les yeux.

— Ta lèvre est coupée.

L'entrejambes de son pantalon se serra à l'idée de ce qu'elle s'apprêtait à faire. Ne pouvait-elle pas commencer par une autre partie de son corps ? Sa main ou son bras ? Devait-elle vraiment lui infliger un baiser mortel dès le départ ? Mais avant qu'il ne pût protester – pour autant qu'il l'eût voulu – les lèvres d'Yvette se refermèrent sur les siennes.

Haven retint son souffle lorsque celle-ci sortit sa langue rose et lui lécha la lèvre inférieure. Au lieu d'une douleur cuisante, il ressentit comme un doux et plaisant petit picotement. Il expira et relâcha les muscles de son visage. La langue d'Yvette glissa de nouveau sur ses lèvres, en exerçant plus de pression cette fois.

L'étrange picotement se transforma en un frisson qui le parcourut jusqu'à son entrejambes. Elle allait manifestement le tuer, ça, c'était évident. Mais de quelle manière ? Le jury devait encore délibérer.

Lorsqu'il la regarda, il nota qu'elle avait fermé les yeux, comme si elle savourait son goût. Une goutte de sang glissait sur ses lèvres et Dieu qu'il trouvait cela sexy. Et il irait droit en enfer s'il n'arrêtait pas ce truc de dingue immédiatement. S'il était en mesure de le faire. S'il le voulait.

Yvette se retira.

— Putain c'est dingue, fit remarquer Wesley en regardant la lèvre d'Haven. C'est comme neuf.

Son frère lui sourit à pleines dents.

— Bien pratique.

Puis, il fit un mouvement vers Yvette.

— D'accord, fais le reste.

Si seulement son frère savait quel genre de tortures on lui infligeait à l'instant-même… Cela paraissait peut-être cool et *bien pratique* comme l'avait souligné Wesley, mais être celui à qui on prodiguait de tels gestes était complètement différent. Il s'agissait de la caresse la plus sensuelle qu'il eût jamais reçue.

Yvette repoussa ce qui restait de la chemise pour mettre sa poitrine à découvert. Ses yeux laissèrent transparaître la faim qu'elle essayait de contenir, mais Haven la perçut. Et si elle cédait à l'appel du sang et goûtait celui-ci ? Etait-ce la même chose que pour l'alcoolique qui, après avoir repris une gorgée, ne pouvait plus s'arrêter ? Etait-ce ce qui lui arriverait ?

Du coin de l'œil, il remarqua que Wesley bougeait, replaçant le pieu correctement dans ses mains. L'espace d'une seconde, il se demanda où son frère l'avait trouvé puisque son propre pieu se trouvait dans la poche de sa veste qui, elle, était Dieu sait où.

Les mains chaudes d'Yvette le prirent au dépourvu lorsqu'elle lui dégagea la main de la plaie qu'il était en train de compresser. Il avait toujours pensé que les vampires étaient froids puisque dépourvus de cœur. Il en avait combattus beaucoup à mains nues, mais n'avait jamais porté attention à la température de leur corps. Il n'avait jamais vraiment eu le temps de se pencher sur cette question lors d'une bagarre. De toute façon, il n'en avait jamais eu l'intention.

Mais à présent, Haven avait tout son temps pour s'accoutumer aux mains d'un vampire. Et pourquoi pas, après tout ? Plus il en apprenait sur ces créatures, plus il serait à même de les combattre dans le futur. Car rien ne changerait. Devoir travailler en collaboration avec un vampire pour se sortir du pétrin dans lequel son frère et lui se trouvaient ne voulait pas dire qu'il deviendrait, soudainement, ami avec ces monstres. Ou du moins pas avant qu'il ne gelât en enfer.

— Qu'est-ce qu'elle a utilisé ? demanda Yvette en passant ses doigts sur les plaies, comme si elle lisait une carte.

— Un fouet.

Il dut faire preuve d'un courage hors du commun pour ne pas gémir. Il serra les dents et tenta d'ignorer l'effet des doigts chauds sur son corps.

Elle explorait ses blessures d'une caresse sensuelle.

— Elles sont profondes.

Yvette se pencha sur son estomac et abaissa la tête vers ses plaies. Alors qu'elle léchait le sang, sa langue effleura la chair en produisant la même sensation de picotement. Haven jeta la tête en arrière. Il ne pouvait regarder, non pas parce que cela le dégoûtait, mais parce que de tels agissements l'excitaient bien plus qu'un lap dance. A chaque fois qu'elle le léchait, son érection prenait de l'ampleur. Il espérait simplement que ni son frère ni Yvette ne la remarqueraient dans son pantalon, poussant contre sa braguette et menaçant de détruire ce qui restait du costume loué, l'obligeant à dire adieu une bonne fois pour toutes à sa caution.

Haven ferma les yeux, ne voulant être confronté à l'embarras qui s'ensuivrait si l'un ou l'autre remarquait son excitation. Le manque de discrétion de son frère rendrait la situation des plus gênantes.

— Ça va ? demanda Wesley, visiblement inquiet.

— Je vais bien.

Bien ? De qui se moquait-il ? Il était aux portes du paradis.

Alors qu'Yvette continuait de lui lécher les plaies, elle glissa une main sur le côté comme si elle essayait de se retenir à quelque chose. Ses doigts s'enfoncèrent en lui avec une telle intensité qu'il supposa qu'elle n'était pas consciente de ses agissements.

Haven laissa échapper un souffle court. Pendant combien de temps encore allait-elle le torturer ? Avait-elle la moindre idée de l'effet qu'elle avait sur lui ? Etait-ce sa façon à elle de se venger du kidnapping ?

Lorsqu'elle leva soudain la tête, une vague d'air froid passa sur ses blessures.

— Ça ne marche pas, dit-elle.

Haven ouvrit grand les yeux.

— Pourquoi ? demanda Wesley. Tu es en train de le sucer jusqu'à la moelle ? C'est un mauvais tour ?

Yvette ignora la remarque narquoise de Wes et regarda Haven à la place.

— Les plaies sont trop profondes et trop larges. On doit essayer autre chose.

Wesley leva le pieu, prêt à frapper.

— Non, Wes ! cria Haven.

Il ne pouvait laisser son frère lui faire du mal. Lorsque Wesley abaissa le pieu, Haven laissa échapper un soupir de soulagement. Il regarda alors Yvette.

— C'était un tour pour obtenir mon sang ?

Elle lui jeta un regard indigné, puis secoua la tête.

— Comme j'ai dit…

— Trop profondes, oui, je t'ai entendue. Et maintenant ?

— Je ne peux que refermer les plaies de l'intérieur, dit-elle avec précaution, jetant un œil sur Wesley.

Une vague de suspicion s'empara de lui.

— Comment ?

— Tu vas devoir boire mon sang.

Pendant un instant, Haven ne put parler. Ses cordes vocales s'étaient rétrécies.

— Bon sang, non ! protesta Wesley. Espèce de salope, tu veux en faire l'un des vôtres !

Il leva le pieu et le dirigea sur elle, mais Yvette bondit. Elle se précipita dans la direction opposée, hors de portée de Wesley.

Alors qu'elle se retournait à une vitesse incroyable – une vitesse qu'Haven avait déjà pu observer chez d'autres vampires – elle fit face à son frère, mains sur les hanches et jambes écartées ; autant que le permettait sa robe étroite à la couture défaite. Elle était prête à attaquer.

— Il ne deviendra pas un vampire, proclama Yvette.

— Ouais, c'est ce que tu dis.

— C'est vrai. Un humain doit être sur le point de mourir pour devenir un vampire. Boire simplement le sang d'un vampire ne te fera rien.

Elle jeta un autre regard énervé à Wesley.

—Tu devrais être reconnaissant que je propose une telle chose. Un vampire ne partage pas son sang avec tout le monde. C'est un privilège. Pour ce qu'il nous a fait, à Kimberly et à moi, je pourrais le laisser souffrir.

Haven se demanda s'il pouvait la croire. Etait-ce vraiment sans conséquence de boire son sang ? Il se mut, ce qui ne fit qu'accentuer la douleur. Bon sang, c'était pire que ce qu'il avait cru. Il baissa les yeux vers les plaies de son ventre. La vue de la chair lui donna non seulement la nausée, mais autre chose encore : une once de peur à l'idée qu'il pût être davantage blessé que ce qu'il n'avait pensé. S'il s'évanouissait, qui s'occuperait de Wesley ?

— Alors pourquoi le proposes-tu ?

Yvette grogna :

— Trop tard.

Elle s'adressa alors à Haven.

— Ton frère vient de sceller son destin. Vas-y, fais ce que tu veux pour arrêter de saigner. Moi, j'ai fait ma part.

Visiblement énervée, elle se retourna et se dirigea vers les lits de camp à l'opposé avant de s'écrouler sur l'un d'entre eux.

— Pourquoi je m'en soucierais ?

Bon sang, mais elle semblait blessée ! Comment cela pouvait-il être possible ? Haven s'assit malgré la douleur. Son humanité pouvait-elle être vraiment plus forte que sa bestialité, et était-ce la raison pour laquelle elle voulait réellement l'aider ?

— Qu'est-ce que ton sang me fera ?

— Hav' ! T'es dingue ou quoi ?

— Ne t'en mêle pas, Wes.

Pour une fois, il aurait bien aimé que son frère ne fût pas aussi protecteur.

— On dirait que tu es certain que je sois d'accord de te donner mon sang.

Yvette fit la moue. Elle ne montrait pas son côté vampire. Pour le moment, elle ressemblait à une femme blessée ; les bras croisés sur sa poitrine, un air de défi dans les yeux. Savait-elle que cette posture soulignait ses seins à un point tel qu'Haven ne pouvait se concentrer sur autre chose ?

— Et si je te le demandais gentiment ?

Il avait manifestement perdu la raison. Venait-il juste de lui demander son sang ? Mais que diable lui arrivait-il ?

Wesley leva les mains en signe d'abandon.

— T'es dingue ! Complètement dingue ! Si tu fais ça, on ne se parle plus. *Tu m'entends ?*

Haven envoya promener son frère. Wes s'emportait facilement. Il se calmerait plus tard.

Yvette ne put s'empêcher de sourire aux mots de Wesley.

— Juste pour emmerder ton petit frère, je vais le faire.

Le cœur d'Haven n'aurait pas dû s'emballer ainsi, juste parce qu'elle venait d'accepter. Et pourtant, c'était le cas ! Une vague d'excitation l'emporta, même s'il ne savait à quoi s'attendre. Et si boire son sang lui donnait la nausée ? Et si la saveur le dégoûtait ?

Mais, à présent, il ne pouvait plus faire demi-tour. Yvette marchait déjà vers lui. Lorsqu'elle s'agenouilla à ses côtés, il sentit la chaleur de son corps et huma la senteur d'orange de sa peau. Elle se plaça derrière lui.

— Allonge-toi.

Il obéit jusqu'à ce que son dos entrât en contact avec la poitrine d'Yvette.

— Idiot ! l'accusa Wesley. Mais Haven l'ignora.

Sentir le corps d'Yvette aussi près du sien était tout ce à quoi il pouvait faire face pour le moment. Haven tourna la tête sur le côté et la regarda, alors qu'elle mordait son propre poignet. Il vit à peine ses canines pointues, tandis que celles-ci plongeaient dans la chair pour percer la peau. Une telle vision le fit cependant frissonner.

Du sang s'échappa immédiatement du poignet d'Yvette, et celle-ci le lui porta à la bouche.

— Bois !

— Combien ?

— Ton corps saura quand arrêter.

Sa voix était basse, rauque et tellement envoûtante que les poils du cou d'Haven se hérissèrent. Un sentiment de peur l'envahit au même moment, mais ce dernier fut vite évincé par la douce pression des seins d'Yvette contre son dos, et par la chaleur que celle-ci diffusait.

Haven plaça ses lèvres sur la veine ouverte et fit une tentative.

— Berk !

Le grognement de dégoût de Wesley passa presque inaperçu. A l'inverse, un goût d'une certaine richesse enroba la langue d'Haven. Alors que le sang atteignait le fond de sa gorge, une explosion de saveurs l'envahit : orange, cannelle, clou de girofle. Epicé et riche en bouche. Haven en prit davantage, voulant prolonger l'expérience. Il avait toujours pensé que le sang avait un goût métallique et éventé, mais celui-là était on ne peut plus différent de ce qu'il avait jamais connu. Le sang d'Yvette était frais et jeune, vibrant et riche à la fois.

Haven ne put réprimer le gémissement qui lui montait dans la poitrine et lui explosait dans la gorge. D'une main, il agrippa le bras d'Yvette et l'attira vers lui afin qu'elle ne s'écartât pas. Il sentit ses seins se presser davantage contre son dos ; sa tête contre la sienne. Son souffle chaud lui caressait la nuque.

— Oui, murmura-t-elle si bas que lui seul put l'entendre.

L'intimité d'une telle situation n'était pas vaine. Donner son sang à une autre personne, un inconnu de surcroît, était un geste si pur et personnel qu'Haven ne pouvait que se demander pourquoi elle le faisait.

Lorsque le sang atteignit son estomac, tout son corps frissonna comme une brindille. Il se contracta en réaction à cette sensation qui lui était étrangère.

— Doucement, dit-elle d'une voix douce. Laisse-toi faire. Je suis là.

Il y avait quelque chose d'étrangement réconfortant dans ses mots. Il permit à la tension de son corps de diminuer, puis prit davantage de sang. Confronté à la fois à son goût si enivrant et à la proximité de son corps, Haven n'aurait pu désirer se trouver ailleurs.

Il s'agrippa à sa veine, devenant accro à sa saveur.

— Putain, qu'est-ce qu'il se passe ?

La voix de Wesley se fit entendre au moment où Haven remarquait qu'Yvette s'affaiblissait.

11

— La seule chose que j'ai trouvée chez Yvette, c'est ça.

Zane balança le sac contenant les cheveux d'Yvette sur le comptoir de la cuisine. Tout le monde s'était rassemblé chez Samson : Gabriel, Thomas – leur génie de l'informatique –, Amaury, Eddie, le plus jeune des vampires et Samson lui-même, le patron et fondateur de Scanguards. Oliver, l'assistant humain de Samson était également présent. Comme toujours en temps de crise, la maison victorienne du patron, située sur Nob Hill, avait été transformée en quartier général.

La fine ouïe de Zane perçut du bruit au premier, des bribes de conversation. Il reconnut la voix de Nina. Apparemment, Amaury ne pouvait se rendre nulle part sans sa têtue de partenaire. Une vraie lavette selon Zane, mais bon, on ne lui demandait pas son opinion. La voix de Maya se joignit à celle de Delilah un instant plus tard. Gabriel n'était pas mieux et ne pouvait laisser sa femme chez lui non plus. Mais Maya était un vampire. Elle pouvait se révéler utile lors d'un combat, alors que Nina et Delilah étaient humaines et pouvaient, tout au mieux, servir de distraction.

— C'est quoi ? demanda Samson en attrapant le sac.

— Des cheveux.

Zane ne tenait pas en place. Il ne savait trop pourquoi il avait ramené ça, mais il avait toutefois pensé que cela pourrait s'avérer utile. C'était peu ordinaire, et il avait été formé pour détecter tout ce qui semblait clocher. Dieu seul sait si cet élément allait les aider à retrouver Yvette.

Samson sortit du sac une pleine poignée de mèches de cheveux noirs.

— A qui sont-ils ?

— Yvette.

Samson renifla et hocha la tête.

— Yvette se coupe les cheveux ?

Amaury plissa le front. Zane lui lança un regard indifférent. Son ami à la carrure impressionnante, aux cheveux bruns à mi-épaules et aux yeux bleus perçants attrapa le sac et inspira.

— Oui, ce sont les siens.

— C'est peut-être bizarre, mais je doute que ça nous dise où elle se trouve, fit remarquer Thomas.

Le biker, génie de l'informatique, fronça les sourcils et se passa la main dans ses cheveux blonds.

Eddie, le jeune vampire dont il s'occupait, lequel s'avérait également être le frère de Nina, hocha la tête pour confirmer ses dires. Il tapota l'épaule de Thomas.

— Tu as raison. Peut-être qu'elle n'aime simplement pas les cheveux longs.

Eddie était presque aussi grand que Thomas, un peu plus mince, mais cependant tout aussi fort. Alors qu'il se mettait à sourire timidement, des fossettes apparurent sur ses joues. Tout comme Thomas, il se passa la main dans ses cheveux blonds. Devait-il tout faire comme son tuteur ? C'était énervant.

Zane jura intérieurement. Etait-il vraiment le seul à ne pas avoir de cheveux ? Etait-ce la raison pour laquelle il avait ramené le sac ? Pour se torturer ?

— On a quoi d'autre ? demanda Gabriel.

Thomas se pencha sur la carte déployée sur le comptoir de la cuisine et poussa le sac plein de cheveux sur le côté.

— La limousine a été retrouvée là.

Il désigna un point sur Richmond.

— Coup de chance, la société avait fait installer un antivol sur le véhicule. C'est ainsi qu'on a pu le retrouver.

— Et le chauffeur ?

— On le cherche toujours. La société est restée vague à son sujet. Eddie et moi, on ira leur rendre visite pour voir ce qui se passe.

Samson hocha la tête.

— Bien. Amaury, je veux que tu ailles inspecter la limousine. Vois si tu repères quoi que ce soit, odeur, sang, n'importe quoi.

— Ça marche.

— L'agent de Kimberly a reçu une demande de rançon ?

Gabriel secoua la tête.

— Je viens juste de m'entretenir avec lui au téléphone. Non, rien. Il va annuler ses apparitions pour les prochains jours en disant qu'elle a attrapé une sale grippe, et que c'est contagieux. Espérons que ça suffise pour que les gens ne posent pas davantage de questions.

— Délicat, fit remarquer Samson avant de regarder de nouveau Thomas. Rien sur la localisation du téléphone d'Yvette ?

— Il est éteint. Je vais voir ce que je peux faire quand je serai à nouveau sur mon ordinateur.

— Et son chien ?

Zane balança la question en s'attirant des regards surpris.

— Yvette a un chien ? demanda Gabriel. Elle n'en a jamais parlé.

Zane ricana.

— Tu m'étonnes, elle refuse de se l'admettre à elle-même.

Samson lui jeta un regard impatient.

— Zane, pour une fois, ça te gênerait de nous éclairer et de nous épargner tes remarques énigmatiques ?

Le sérieux de sa voix laissa transparaître son impatience.

Zane savait quand se lancer dans la bagarre, et là, ce n'était pas le bon moment.

— Il y a un labrador qui la suit depuis quelques mois. Elle dit que c'est juste un chien errant, mais chez elle, tout prouve le contraire. Elle le nourrit et a même fait aménager une porte pour lui. Bon sang, le chien va même jusqu'à lui obéir.

— Ok, partons là-dessus. Le chien pourrait peut-être la retrouver.

Une lueur d'espoir éclaira le visage de Samson.

— Le chien a disparu. J'ai cherché dans la maison et dans le jardin, mais rien.

— Mince. Tu crois qu'elle a pris le chien avec elle pour aller bosser ? avança Samson.

— Elle ne ferait pas ça, l'interrompit Gabriel. Ce serait aller à l'encontre du règlement.

Zane haussa un sourcil. Ouais, Gabriel était impartial concernant ce genre de choses.

— Et on voit où ça mène.

— Ce n'est ni le moment ni l'endroit pour te plaindre, rétorqua Gabriel.

— Et quand, alors ? Si tu m'avais laissé utiliser le contrôle de l'esprit sur cette fille, Yvette ne serait pas portée disparue à l'heure qu'il est.

Et Dieu qu'il s'en voulait. C'était lui qui aurait dû se trouver dans une situation délicate en ce moment, pas Yvette. Ce n'était pas la mission de sa collègue, mais bien la sienne. Il aurait dû protéger Kimberly lui-même et ainsi, peut-être que *personne* n'aurait disparu. On aurait pu éviter tout cela. Après tout, il était plus fort et plus combattif qu'Yvette; et bien plus impitoyable. Après la soirée, si quelqu'un les avait agressés, Kimberly et lui, il aurait pu se défendre.

— Je ne reviendrai pas sur ma décision, Zane !

— C'était une erreur de lui assigner une telle mission.

— Qu'est-ce que tu insinues ? Qu'elle n'est pas un assez bon garde du corps ?

Gabriel gonfla son torse et le dévisagea.

— Je suis sûr que ça lui fera vraiment plaisir d'entendre ça quand elle sera de retour. Si j'étais toi, je ferais gaffe. Ou Yvette pourrait bien te botter le cul.

Zane plissa les yeux et serra les dents. Il serrait également les poings et mourait d'envie d'en mettre une à son patron. Mais il savait très bien que cela n'aiderait Yvette en rien s'il était déchargé de l'affaire. Il devait mettre ses sentiments de côté.

— Je serai plus que content qu'elle le fasse quand elle reviendra.

Et il ne mentait même pas. Elle était comme sa petite sœur. Une petite sœur très ennuyante et gâtée, certes. En tant que grand frère, il était tout à fait normal de veiller sur elle.

La porte s'ouvrit en grand et Nina passa la tête dans l'encadrement. Ses courtes boucles blondes lui tombaient sur le visage. Immédiatement, Zane perçut le sourire éclair d'Amaury et la manière dont ses yeux la dévisageaient avec envie. Ils s'étaient unis quatre mois auparavant, et Amaury la regardait *toujours* de la même manière que le jour où Zane les avait vus ensemble pour la première fois. Il tenta d'effacer cette image de son esprit.

— Samson, Delilah te demande. Le bébé bouge.

— Désolé, les gars. Je reviens.

Samson se précipita hors de la pièce sans un regard derrière lui.

— Et je crois que les vans teintés sont dehors, les informa Nina. Je les ai vus arriver depuis le premier.

— Merci, Nina, répondit Gabriel.

Le soleil était sur le point de se lever et, comme ils devaient continuer à travailler tout en se déplaçant en ville durant la journée, il fallait utiliser les vans teintés de Scanguards qui les protégeaient du soleil et qui avaient été créés spécialement pour ces occasions. Les employés humains qui les conduisaient savaient qui ils transportaient. Seuls les plus loyaux étaient au courant que certains de leurs collègues de Scanguards étaient des vampires. C'était plus sûr. Dans certaines situations d'urgence, les vampires avaient déjà tous conduit un de ces véhicules teintés, mais en temps normal, il s'avérait préférable qu'un humain s'en chargeât..

Nina se retourna pour quitter la pièce, mais s'arrêta à mi-chemin, comme si elle avait oublié quelque chose.

— Et si quelqu'un pouvait faire en sorte que ce chien dehors arrête d'aboyer… Ça énerve Delilah.

Trop engagé dans les conversations, Zane n'avait pas fait attention aux bruits extérieurs. Il échangea un regard avec Gabriel. Pouvaient-ils être si chanceux ?

12

L'odeur de nourriture pour humains fut la première chose qu'Yvette sentit lorsqu'elle sortit de la pénombre. Son corps semblait être passé dans un broyeur. Mais que diable lui était-il arrivé ? La sorcière l'avait-elle torturée comme elle l'avait fait avec Haven ? En pensant à lui, elle s'assit et ouvrit les yeux.

Elle se trouvait toujours dans la même pièce, mais sur quelque chose de plus doux. C'était un lit de camp. Instantanément, elle chercha Kimberly du regard. Soulagée, Yvette soupira lorsqu'elle la vit à ses côtés, étendue sur un lit identique au sien, en boule et les yeux fermés. Sur le lit improvisé un peu plus loin, Wesley somnolait également.

Elle se rapprocha de Kimberly pour s'assurer qu'elle allait bien, et que la sorcière ne lui avait fait aucun mal.

— Elle va bien.

La voix calme d'Haven provenait du sol. Elle le regarda, tandis qu'il se levait pour s'asseoir au pied du lit de camp.

— La sorcière…

Il secoua la tête avant qu'elle ne pût finir sa question.

— Kimberly a été plus maligne que moi et n'a pas tenté de résister. A présent, elle dort.

Il jeta un œil au lit de l'actrice. Yvette en fit autant.

— Ils ont mangé. Ils étaient fatigués. Mais je voulais être sûr que tu ailles bien.

Il l'observa, ce qui la fit réaliser qu'elle portait toujours cette robe noire qui la rendait bien plus féminine que d'ordinaire.

— Que s'est-il passé ?

Haven lui lança un regard compatissant.

— Tu te souviens que tu m'as donné ton sang ?

Son cœur s'emballa. Comment pouvait-elle oublier ? Lorsqu'il s'était mis à sucer son poignet, elle était presque tombée dans la folie. Jamais auparavant elle n'avait ressenti un tel plaisir parcourir son corps.

— Tu as cicatrisé ?

Haven sourit et écarta les bras pour lui dévoiler sa poitrine dénudée et son estomac. Tout semblait intact, parfait. Et le résultat était encore plus sexy qu'auparavant. Ce gars avait un corps qui invitait manifestement à la tentation.

— Et plutôt, oui.

—Tu sembles… bien.

Lorsqu'il laissa retomber les bras, il reprit un air sérieux.

— J'ai trop bu. Tu t'es évanouie.

— Dans ce cas, je suppose que j'ai de la chance que tu ne m'aies pas enfoncé un pieu dans le cœur.

Haven s'approcha davantage encore en regardant furtivement Kimberly et Wesley qui dormaient toujours.

— Tu crois vraiment que j'aurais fait ça après que tu me sois venue en aide ? demanda-t-il les dents serrées. Tu as vraiment une si piètre opinion de moi ?

Yvette le regarda de nouveau tout en gardant la voix basse.

— Qu'est-ce que tu crois ? Tu ne t'es pas gêné pour me dire combien tu détestes les gens de mon espèce.

— Et malgré ça, tu m'as aidé. Pourquoi ?

Ses yeux bleus plongèrent en elle, tentant de lire entre les lignes.

— Un moment de faiblesse. Ne t'inquiète pas, ça n'arrivera plus, lâcha-t-elle.

Espèce d'enfoiré. Même pas reconnaissant. Peut-être aurait-elle dû le laisser souffrir.

— Parce que je ne te laisserai plus le faire.

Yvette plissa les yeux.

— Je vois. Tu te sens sale parce que, maintenant, tu as du sang de vampire dans les veines ?

Comment osait-il bafouer le cadeau qu'elle lui avait fait ? Aucun vampire n'offrait son sang ainsi, au premier venu. C'était un trésor qu'ils se devaient de protéger. Elle n'avait jamais partagé son sang avec quiconque. Ni pendant une partie de jambes en l'air, ni pour soigner quelqu'un.

— Non, rétorqua-t-il en lui attrapant les bras et en la plaquant contre le mur. Je ne te laisserai pas te mettre en danger une seconde fois. Tu t'es évanouie parce que j'ai trop bu. Tu aurais dû m'arrêter avant que je ne t'affaiblisse de la sorte.

S'inquiétait-il pour sa santé ? Mais que diable se passait-il ? Venait-elle de se réveiller dans une sorte de monde parallèle ?

— Ce que je fais ne te regarde pas.

— Si ça te met en danger, alors si. On doit tous rester forts ou alors on ne sortira jamais d'ici. Et ça vaut pour toi aussi. Je t'ai mise dans ce pétrin.

— Pas besoin de me le rappeler.

Sa remarque sarcastique ne sembla même pas l'atteindre.

— Je vais nous sortir de tout ça.

— Oh vraiment ? Et comment ? En jouant les Rambo ? Ou MacGyver ? Pathétique.

C'était quoi le problème avec ces hommes qui voulaient toujours jouer les héros et voler au secours de la demoiselle en détresse ? Cela fonctionnait peut-être dans les films, mais pas dans la réalité.

— Je suis plus forte que toi, ne me balance pas ce genre de conneries.

Il la plaqua davantage encore contre le mur. Elle aurait pu le repousser – vraiment, et ce, malgré sa fatigue. Mais quelque chose l'en empêcha. Peut-être était-ce son odeur enivrante ou la chair de poule qu'il lui provoquait en la touchant.

— Lorsque tu es rassasiée, peut-être, mais pour le moment, tu as le ventre vide.

Son ton suffisant ne l'aida pas à se calmer. Yvette ouvrit la bouche en guise de protestation, mais il secoua rapidement la tête.

— N'essaye même pas de le nier. Tu avais faim avant même de me donner ton sang. Tu crois que je suis aussi stupide ? Je t'ai drainée. Et si ça continue, tu seras encore plus faible dans les prochaines heures. Et on sait tous les deux que la sorcière ne nous apportera pas un supplément de sang. Elle n'a aucun intérêt à te garder vivante. Et après, quoi ?

Haven la regarda avec un air de défi, mais elle ne savait trop pourquoi. Soupçonnait-il qu'elle voulût attaquer l'un d'eux une fois trop affamée ?

— Je ne t'attaquerai pas. Et encore moins Kimberly. C'est ma cliente. J'ai un devoir à respecter envers elle.

— Comment peux-tu en être si sûre ? Lorsque tu auras l'estomac dans les talons, tu ne sauras même plus ce que tu fais. Tu seras en manque sévère de sang.

Il savait donc cela. Et pourtant, elle se devait de le nier. Elle le repoussa et secoua la tête.

— Non.

— J'ai une proposition à te faire.

Yvette leva le menton pour soutenir son regard. Que pouvait-il bien faire pour éviter l'inévitable ?

— Quelle proposition ?

— Bois mon sang. Maintenant. Pendant que les autres dorment. Personne ne le saura.

Le chasseur de vampires lui offrait son sang ?

— Mais…

— Je viens juste de manger. Je suis en bonne santé et repu, grâce à toi. Maintenant, c'est à toi d'en faire autant. Un prêté pour un rendu.

Yvette le chercha du regard, essayant de comprendre le raisonnement derrière cette proposition.

— Pourquoi ?

Il tourna la tête afin d'esquiver ses yeux interrogateurs.

— Je déteste être endetté envers qui que ce soit, encore plus lorsqu'il s'agit d'un vampire.

— Tu ne me dois rien, dit-elle en serrant la mâchoire, repoussant, par fierté, son offre autant que possible. Garde ton sang. Je n'en ai pas besoin.

— Tu n'as pas le choix.

Haven se colla à elle.

Yvette repoussa ses bras.

— Qu'est-ce que tu vas me faire ? Me forcer ?

Il lui jeta un sourire diabolique et, à cet instant, elle sut qu'elle avait perdu la bataille.

— C'est à peu près ça…

Il lui attrapa ensuite les poignets et les plaqua contre le mur. Lorsqu'il pencha la tête sur le côté en plaçant son cou à quelques centimètres de ses lèvres, elle inspira son odeur : propreté, sueur masculine et bergamote.

— Je vais réduire ton joli minois en purée, l'avertit-elle en tentant de retenir ses canines. Ce qui était presque aussi impossible que d'empêcher le soleil de se lever.

— Après, promit-il, comme s'il ne la prenait pas au sérieux.

— Tu, tu…

Alors qu'il se pressait contre elle, le cou d'Haven entra en contact avec ses lèvres.

— Tu peux déjà sentir mon sang, hein ?

Ce n'était pas juste de jouer ainsi avec elle, de lui mettre l'odeur la plus enivrante au monde sous le nez.

— Et tu as faim. Je ne vais pas me battre avec toi. Mords !

Certes, Haven savait qu'il était devenu complètement fou, mais c'était la seule solution. Elle avait besoin de se nourrir pour recouvrer ses forces, et il fallait éviter de la laisser perdre le contrôle, car dans le cas contraire, elle les attaquerait. Il avait déjà été témoin d'une telle situation auparavant, et cela avait été si effrayant et inévitable, qu'il préférait à présent se sacrifier. Wesley ne serait jamais d'accord, et Kimberly ne pourrait se plier à une chose aussi peu ragoûtante. S'il y avait quelqu'un qui pouvait y faire face, c'était bien lui.

Il ne craignait pas la douleur. Comparé à ce que Bess lui avait fait, une morsure serait à peine plus désagréable qu'un mauvais coup reçu par un ivrogne. Et à présent qu'il savait qu'une simple morsure ne le transformerait pas en vampire, il était prêt à en faire le sacrifice. Il lui devait tellement. Mais après cela, ils seraient quittes. Après cela, il pourrait faire marche arrière et la détester avec toute la véhémence de la douleur qui s'était enfouie dans son cœur. Elle demeurait un vampire, et c'était un vampire qui était responsable du meurtre de sa mère et du kidnapping de sa sœur. Un vampire devrait payer pour cela.

Mais pour le moment, il devait rembourser sa dette. Yvette l'avait sauvé, et il ne pouvait que réciproquer. Et c'était la seule raison pour laquelle il était disposé à contrecarrer ses propres croyances. Afin de lui donner ce dont elle avait besoin.

— Mords-moi, répéta-t-il, avant que je ne change d'avis.

Yvette pressa ses lèvres contre sa peau. Sa langue le lécha ensuite. Qu'est-ce…

Mais il ne put poser la moindre question, car l'instant suivant, il ressentit les canines pointues d'Yvette plonger dans son cou et lui transpercer la peau. Aucune douleur. On aurait dit que cette zone avait été engourdie au préalable. Etait-ce pour cela qu'elle l'avait léché ?

Mais avant qu'il n'eût été capable d'en tirer une quelconque conclusion, une délicieuse sensation s'empara de son corps et balaya ses pensées. Il s'était attendu à ce que cela fît mal, du moins un peu. Ou à quelque chose de désagréable que l'on devait endurer plutôt qu'apprécier. Jamais dans ses rêves les plus fous n'avait-il imaginé qu'être mordu par un vampire pouvait être aussi excitant.

C'était de loin la situation la plus érotique qu'il avait vécue. Alors que la morsure d'Yvette parcourait tous ses sens, son corps réagit de la plus naturelle des manières : par une sensation lancinante dans l'entrejambes ; une délicieuse érection. Yvette s'adonnait à une succion passionnée sur sa veine, bien plus passionnée que n'importe lequel des baisers qu'il avait échangés avec une femme. Son corps était si proche du sien qu'il pouvait ressentir sa chaleur ainsi que les battements rapides de son cœur. La familière odeur d'orange lui monta au nez et, avant de réaliser ce qu'il était en train de faire, il plongea une main dans les cheveux du vampire pour l'attirer plus près.

Il lui passa l'autre main dans le dos et entra en contact avec la peau nue. Elle haleta lorsqu'il la serra contre lui, mais elle continua à boire son sang avec avidité. Il n'avait nullement l'intention de l'arrêter. Au contraire, il voulait qu'elle continuât.

Haven se mut, tentant de trouver une position plus confortable, car sa verge avait grossi en proportion et mordait la braguette du pantalon de son smoking. S'il avait porté son jean ajusté, celle-ci aurait déjà cédé sous la pression. Heureusement, le pantalon de location lui offrait davantage d'espace. Mais il ne savait trop pour combien de temps.

La main d'Haven courut le long du dos nu, et il était heureux qu'Yvette portât cette robe de soirée noire plutôt qu'autre chose. Elle lui permettait d'explorer et de caresser sa peau douce. Elle avait le sang chaud, bien plus chaud que durant les quelques heures qui venaient de s'écouler. Appréciait-elle cela tout autant que lui ?

Lorsqu'il laissa ses doigts danser le long de son dos, là où la peau nue rencontrait le tissu de la robe, Yvette laissa échapper un gémissement et leva la main. Allait-elle l'arrêter ? Mais au lieu de le repousser, elle lui effleura le torse et laissa ses propres doigts parcourir ses muscles.

Haven prit une profonde inspiration. Le toucher d'Yvette, mêlé à la pression exercée sur sa veine, émoustillait son désir et lui donnait l'envie de la jeter sur le lit de camp pour la prendre sauvagement.

— Putain, bébé… marmonna-t-il en glissant son pouce sous la robe pour lui caresser le côté du sein.

Les ongles d'Yvette s'enfoncèrent dans sa poitrine, mais il accueillit la douleur avec plaisir, réalisant que c'était là la seule chose qui le retenait de lui arracher ses vêtements et de la posséder passionnément. Cette douleur était la seule chose qui lui permettait de maintenir un semblant de cohérence. Comme si elle avait conscience de ses agissements et appréciait le pouvoir qu'elle exerçait sur Haven, Yvette dirigea son autre main vers la ceinture du pantalon de ce dernier et descendit la fermeture éclair de la braguette. De la paume de sa main, elle enroba le bâton sous tension.

La bouche d'Haven laissa échapper un gémissement involontaire. Il laissa ensuite sa main s'aventurer plus bas sous la robe afin d'y attraper un sein. Elle ne portait pas de soutien-gorge. Il referma la main par-dessus le globe, lequel était ferme et remplissait parfaitement cette dernière. Haven le serra et passa son pouce sur le téton dur.

En réaction, Yvette compressa sa verge et lui fit ainsi perdre tout contrôle. Un instant plus tard, il la tira par les cheveux, et elle lécha l'incision avant de relâcher son cou. Lorsque leurs regards se rencontrèrent, les yeux d'Yvette étaient noirs de passion, et ses lèvres étaient gonflées ; plus charnues qu'auparavant, invitant davantage au baiser que ce qu'il n'avait pu imaginer.

Sans réfléchir, Haven attira son visage vers le sien et pressa sa bouche contre la sienne. Elle écarta les lèvres en soupirant, tandis qu'il laissait sa langue l'envahir. Il essaya de lutter contre les sensations que ce corps provoquait en lui et tenta de penser à quelque chose – n'importe quoi – qui le distrairait de la femme qu'il tenait dans ses bras. Mais même en se rappelant qu'elle était un vampire, et qu'elle représentait donc l'ennemi, il ne parvint pas à réfréner la passion contenue dans son baiser.

Réalisant que c'était peine perdue, il abandonna la bataille et se mit à explorer sa cavité humide. Hum… Cette femme savait embrasser. Quoiqu'il s'en était douté. Il l'avait pressenti dès qu'il l'avait vue à la soirée. Il en avait été de même pour elle. La confiance dont elle avait fait preuve en lui répondant en disait long. Chacune des caresses de cette femme répondait aux siennes, plus urgente et pressante que les précédentes, comme si elle le mettait au défi. Et ne lui avait-elle pas lancé un défi à la soirée ? Si, ouvertement. Ne lui avait-elle pas demandé de corroborer ses affirmations quant à son aptitude à satisfaire une femme comme elle ?

Il ne pouvait se dégonfler. Aucune femme ne l'emportait face à lui, encore moins un vampire. Il lui prouverait qu'il ne se laissait pas mener par le bout du nez. Non, il lui montrerait plutôt qui portait le pantalon, même si celui dont il était pourvu en ce moment devenait de plus en plus étroit.

Prêt à relever le défi, il agrippa le sein avec plus de détermination et roula le téton entre son pouce et son majeur. Le gémissement animal qu'Yvette lâcha fit écho dans sa bouche. Il le captura et l'avala. Il se bagarra avec sa langue, comme il l'aurait fait avec une guerrière. Car c'était bien ce qu'elle était, une guerrière qui le combattait, le mettant au défi, non pas d'arrêter, mais de continuer ses assauts sur ses courbes.

Et Dieu sait à quel point ces dernières valaient le détour. Féminines bien que musclées, recouvertes d'une douce peau de satin, les courbes de son corps convenaient parfaitement aux paumes des mains d'Haven, comme si elles avaient été faites sur mesure pour lui. Palper le téton dur dans sa main et le caresser, jusqu'à ce qu'elle gémît de manière incontrôlable, était la meilleure chose qu'il eût expérimentée ces derniers temps. A chaque gémissement, la température de son corps augmentait ; sa verge pulsant, suppliant d'être libérée.

Haven inclina la tête pour une connexion plus profonde, son corps le pressant d'en obtenir davantage d'elle, de l'atteindre, de la marquer. Pour lui prouver qu'il pouvait lui donner ce dont elle avait besoin, qu'il était assez viril pour l'amener à l'extase.

Les ongles toujours enfoncés dans la poitrine d'Haven, Yvette libéra une de ses mains et la glissa vers l'entrejambes de ce dernier. Il ne put s'empêcher de gémir sous l'effet de la friction le long de sa verge toute dure. Alors qu'elle l'embrassait, les lèvres d'Yvette se retroussèrent en un sourire.

Espèce de petite pétasse !

Elle essayait de lui faire perdre le contrôle. Mais ça, il ne le permettrait pas. Pas avant de lui avoir fait tourner la tête jusqu'à ce qu'elle en oubliât tout le reste. Tout, mis à part son toucher et son baiser. En essayant tant bien que mal d'ignorer la caresse prodiguée, il pinça de nouveau le téton. Plus fort, cette fois. Puis, il abandonna sa bouche et baissa la tête.

Il alla à la rencontre du sein emprisonné sous le tissu de la robe et lécha par-dessus. Si ce dernier avait été blanc, le téton aurait dès lors été visible, mais le tissu noir ne laissait rien transparaître de ses secrets féminins. Ce geste eut cependant l'effet escompté : Yvette retint un gémissement. Haven poursuivit et sentit alors la main d'Yvette relâcher sa verge. Il était en train de gagner la bataille. Elle abdiquerait bientôt et il en sortirait vainqueur.

Yvette n'allait plus pouvoir supporter longtemps les caresses passionnées d'Haven. Son baiser l'avait droguée, l'empêchant de ressentir autre chose que lui et son désir. Jamais elle n'avait réagi de la sorte avec un homme. Elle avait toujours contrôlé la situation. Lorsqu'elle s'autorisait à prendre du plaisir, c'était toujours à sa façon. Et c'était elle qui donnait le ton et qui décidait du moment et de la manière dont elle autorisait un homme à lui donner du plaisir.

Mais là, c'était différent. Haven était différent.

Il ne demandait pas, il prenait juste ce qu'il voulait. En prenant de la sorte, il donnait à son corps un avant-goût des plaisirs qu'elle avait enfouis au fond d'elle-même. Des plaisirs qu'elle ne s'était pas autorisée à éprouver afin de ne pas se perdre ; de ne perdre ni son identité, ni son cœur. Sa réaction envers lui l'effrayait, et elle aurait voulu être capable de le repousser, mais elle devenait accro à son toucher. Telle une junkie, elle en voulait davantage.

Déplaçant sa main vers l'épaule d'Haven, elle savoura la sensation que cette poitrine musclée et ces abdominaux lui procuraient. Mais elle le voulait plus près d'elle ! *Elle avait besoin* qu'il fût plus près d'elle ! Elle l'attira vers elle et le sentit lécher son sein à travers sa robe. Cela ne suffisait pas. Elle en voulait davantage. Elle avait besoin de sentir sa proximité, peau contre peau ; cœur contre cœur. Lorsque, de ses dents, il lui titilla le téton, elle expira profondément. Un ruisseau de lave coula du centre de sa féminité pour atteindre son clitoris, la chaleur du liquide la brûlant de l'intérieur. Il lui fallait trouver un moyen de se libérer du besoin que cette sensation provoquait en elle. Ce besoin de le posséder, de le consumer, de le goûter.

— Encore… le supplia-t-elle, reconnaissant à peine sa propre voix rauque.

Qu'était-elle devenue ? Qu'avait-*il* fait d'elle ?

Comme s'il savait ce dont elle avait besoin, il lui glissa une main sur sa cuisse, là où la couture avait lâché. Ses doigts filèrent le long de la peau nue ; remontant jusqu'à atteindre son slip mouillé. Il commença à la caresser. Elle laissa échapper un soupir de soulagement. Oui, c'était mieux, bien mieux. Il viendrait à bout de la douleur, et elle se sentirait de nouveau bien.

— Oui, l'encouragea-t-elle en appuyant sa tête contre le mur ; son cou étant incapable d'en supporter le poids plus longtemps.

Ses paupières étaient trop lourdes pour les maintenir ouvertes.

Yvette retint son souffle au moment où Haven laissait glisser ses doigts sous le fin tissu, à la quête de sa chair trempée.

— C'est quoi ce bordel ?

Tout son corps frissonna. Elle ouvrit les yeux et dévisagea Haven. Mais il avait tourné la tête, et ses mains avaient déjà abandonné son corps. Elle réalisa, à cet instant, que ce n'était pas lui qui avait parlé.

Elle suivit son regard, lequel aboutissait sur Wesley. Ce dernier se tenait à quelques mètres d'eux, grimaçant de dégoût. Elle avait complètement occulté tout ce qui se trouvait autour d'elle.

Haven bondit du lit de camp, l'énorme bosse dans son pantalon toujours bien en évidence, ce qui n'échappa pas à son frère. Wesley fit la moue.

— Toi, surtout toi? Comment peux-tu ?

— Ne te mêle pas de ça, Wes !

Mais on ne pouvait plus arrêter Wesley. Il se précipita vers son frère, fonçant presque sur lui.

— Espèce d'idiot ! Tu ne vois pas qu'elle te manipule ?

Le ton de sa voix laissa transparaître clairement son dédain pour les vampires, mais ce ne n'était pas cela qui donnait la chair de poule à Yvette. Non, c'était les mots qu'il avait prononcés.

— Elle t'utilise.

Yvette bondit, le tissu humide collant à son téton et lui rappelant douloureusement le toucher d'Haven. Bon sang, comme elle avait été stupide de se laisser aller à un faux sentiment de sécurité en sa présence. Il détestait les vampires, tout autant que son frère.

— Mauvaise pioche, Wesley. S'il y a quelqu'un qui utilise quelqu'un ici, c'est bien ton frère.

Haven se retourna et la fusilla des yeux.

— Voyons ça, on change de discours ? Il y a une minute, tu ne pouvais te passer de mon sang, et maintenant, c'est moi qui t'utilise ?

— Elle t'a mordu ? demanda Wesley en sortant le pieu de la poche de sa veste.

— Il l'a proposé ! cria Yvette en regardant Haven. En fait, il m'a forcée à le mordre parce qu'il ne voulait pas que je vous attaque.

Wesley fixa son frère d'un air incrédule.

— Tu lui as donné ton sang ? De manière délibérée ? Qui es-tu ? Qu'est-il arrivé à mon frère ?

— Ferme-la, Wes ! Si tu n'étais pas aussi stupide, on n'en serait pas là à l'heure qu'il est.

— Ah donc maintenant, c'est de ma faute si tu l'as laissée te mordre ?

— Ce n'est pas ce que j'ai dit ! Est-ce que tu pourrais, pour une fois, être raisonnable ? Ou devrai-je constamment te sortir du pétrin dans lequel tu te fourres ?

— Alors, c'est ça ? Vas-y, accuse-moi pour tout ! Pourquoi est-ce que tu es venu me sauver si tu me détestes autant ?

Yvette entendit la voix de Wesley se briser sous la pression. Il craquait.

— Je ne te déteste pas !

— Si. Tu me détestes parce que je n'ai pas su protéger Katie.

La tension fut palpable durant ce long moment où les deux frères demeurèrent silencieux. Seul le grincement du troisième lit se fit entendre, indiquant que leur face-à-face avait réveillé Kimberly. Yvette se retourna vers elle et remarqua son expression confuse, mais la jeune actrice ne dit rien.

Wesley balaya ensuite le corps d'Yvette d'un regard inquisiteur.

— Bon sang, Haven, tu la veux ? Comment peux-tu agir ainsi, alors qu'elle représente tout ce qu'on méprise ?

— Je ne la veux pas.

Les mots d'Haven frappèrent Yvette de plein fouet. Même si elle savait qu'elle n'attendait rien de lui, ce rejet la blessait malgré tout dans son ego.

— Alors, comment peux-tu expliquer ce que je viens de voir ? T'étais sur le point de la baiser.

Wesley n'avait pas tort. Encore une minute ou deux avec les mains d'Haven posées sur elle, et elle écartait les jambes en se souciant peu de qui les observait. Bon sang, elle avait complètement oublié où ils se trouvaient !

Haven se passa la main dans ses épais cheveux, alors qu'une vague de regret et d'incompréhension lui voilait le visage.

— Je ne sais pas ce qui m'a pris.

Yvette ferma les yeux un instant. Il se pouvait que le donneur de sang et le vampire qui se nourrissait de lui fussent tous deux excités durant la phase d'alimentation.

— Wesley, tu ne devrais pas en vouloir à ton frère. Ce n'est pas de sa faute. Juste un effet secondaire de l'alimentation.

— Un effet secondaire ?

Haven la dévisagea.

Yvette tenta de ne pas être affectée par la suspicion qui transparaissait dans la voix de ce dernier. Appréhendant sa réaction suivante, elle s'arma de courage et rétorqua.

— Pour un chasseur de vampires, tu ne sais pas grand-chose sur nous.

— Crache le morceau, Yvette.

Sa voix était à présent empreinte de venin. L'homme passionné qui l'avait rendue dingue s'était volatilisé.

Elle croisa les bras sur sa poitrine et écarta les jambes, ne réalisant que trop tard qu'une telle position mettait sa poitrine en valeur, comme si elle la lui offrait. Ce que bien sûr, elle ne faisait pas ! Mais c'était trop tard pour reculer sans risquer d'attirer davantage encore l'attention. Lorsqu'elle se tourna de nouveau vers Haven, elle se rendit compte que cela ne servirait de toute façon à rien : il avait déjà les yeux rivés sur ses seins. Il se força ensuite à la regarder dans les yeux.

Parfois, elle regrettait de ne pas être moins voluptueuse. Comme en ce moment, par exemple.

Yvette s'éclaircit la gorge.

— La morsure d'un vampire entraîne le désir sexuel. Autant pour le vampire que pour le donneur.

— Ah, merde !

Elle ne comprenait que trop bien le sentiment d'Haven. Mais pour une toute autre raison. Alors qu'il se sentait clairement berné par elle, Yvette regrettait qu'il n'eût pas été excité d'une manière naturelle. Il avait simplement réagi à la morsure, et non pas à son attraction pour elle. De son côté, l'excitation avait été bien réelle, même si exacerbée par la morsure. Elle se souvenait des temps où elle s'était nourrie d'humains – avant de commencer à boire du sang en bouteille – et des vagues d'excitation qu'elle avait éprouvées à ces moments-là. Elle n'avait jamais rien ressenti d'aussi intense que ce qui venait de la transporter.

Elle avait toujours su contrôler cette excitation et y mettre un frein. Mais pas cette fois. Cette fois, elle avait été incapable de contrôler le désir. Au contraire, c'était le *désir* qui l'avait contrôlée en la projetant dans une frénésie diabolique. Tout ce à quoi elle avait pu penser, c'était l'envie de sentir Haven en elle. Aucune autre pensée ne lui avait traversé l'esprit.

— Tu m'as utilisé, marmonna Haven, un mélange de regret et d'humiliation dans la voix. Si tu me touches à nouveau, je te plante le pieu dans le cœur.

Yvette se détourna de lui, incapable de lui faire face. Il la détestait. Et elle savait qu'elle se devait de le haïr également. Et elle ferait de son mieux pour parvenir à se débarrasser de ces agaçantes petites sensations qui commençaient à grandir en elle, lesquelles semblaient désireuses de se transformer en sentiments et émotions. Il n'était pas question qu'elle autorisât une telle chose. Haven était son ennemi. Elle devait le traiter en conséquence.

13

Le chien qui avait aboyé devant la maison de Samson n'était pas celui d'Yvette, et les espoirs de Zane s'étaient rapidement évaporés. Personne ne savait où cette bête, laquelle avait pris l'habitude de suivre Yvette, avait bien pu aller. Pour le moment, cette piste-là ne valait rien. Heureusement, ils en avaient d'autres.

Grâce à l'antivol, la limousine qui avait transporté Yvette et Kimberly avait été retrouvée dans le quartier de Richmond, zone résidentielle plutôt calme. Il était évident que la voiture y avait été abandonnée. Amaury la passa au peigne fin et tenta d'y trouver la moindre trace d'Yvette et de Kimberly pouvant leur révéler, tant ce qui s'était passé, que l'endroit où elles se trouvaient. Il n'y trouva, heureusement, aucune trace de sang.

Zane dévisagea le chauffeur de la limousine, alors qu'il le plaquait contre la voiture derrière lui. Le soleil ne s'était pas encore couché, mais un des employés humains de Scanguards l'avait conduit jusqu'à la maison du chauffeur, dans la banlieue de San Francisco. Ce dernier s'y était caché et avait feint d'être absent, mais l'employé y était entré par effraction et l'avait maîtrisé avant de l'enfermer dans le placard à réserves du garage. Il avait ensuite garé le van teinté à l'intérieur afin que Zane pût en sortir en toute sécurité.

Le vaste garage semblait servir à la revente de pièces automobiles. Toutes les fenêtres étaient condamnées afin que les voisins ne pussent voir ce qui se passait à l'intérieur.

Zane fixa l'homme qui tremblait et répéta sa question.

— Pourquoi as-tu abandonné la voiture et tes passagers ?

Nerveusement, l'homme regardait de toutes parts, les yeux profondément marqués par la peur et la méfiance.

— Personne être mêlé là-dedans.

Il avait un fort accent, originaire d'Europe de l'Est.

— Mêlé à quoi ?

— La police. Ne doit pas être mêlée.

Zane l'attrapa par le col de sa chemise et inhala la sueur de l'homme. Il sentait la peur. Et Zane détestait cette odeur.

— Je ne suis pas de la police. Mais encore pire.

— L'Immigration ? murmura-t-il.

— L'Immigration ?

Zane plissa le front. L'homme avait peur des services de l'Immigration, et c'était pour ça qu'il s'était enfui ? Pathétique.

— Ecoute, je me fous pas mal que tu aies un visa ou pas, que tu sois ici légalement ou pas. Bon sang, je me fous même de savoir si tu payes des impôts. Tout ce que je veux savoir, c'est ce qui est arrivé à mes amis. Tu comprends ça ?

L'homme déglutit et hocha la tête, les yeux toujours écarquillés comme des soucoupes.

— Vous ne direz rien à l'Immigration ?

Pour toute réponse, Zane le secoua brièvement.

— Parle, maintenant.

— Un gars, il les a agressées juste quand elles arrivent au niveau de la limousine. Je suis sorti pour aider, mais Mademoiselle Yvette… Elle était dessus, comme un ninja ou je ne sais trop quoi. Alors, je me suis dit qu'elle avait situation en main. Et on dirait bien que c'était le cas. Mais après, il y a une espèce de fumée étrange, vous savez… *Pouf.*

Il plaça ses mains devant son visage d'une manière théâtrale.

— Et elle s'est évanouie.

Zane écoutait attentivement. De la fumée ?

— Quel genre de fumée ? Un feu ?

— Non, pas de feu. C'était bizarre, une fumée sans feu. Un peu comme le brouillard dans boîte de nuit. Vous savez ?

Bon sang, cela ressemblait à une chose qu'il ne souhaitait vraiment pas affronter. De la fumée sans feu, ce n'était jamais bon signe, et ce que décrivait le chauffeur ressemblait de plus en plus à une potion sortie tout droit de la cuisine d'une sorcière.

— Tu as vu le gars qui les a agressées ?

Il hocha la tête.

— Oui. Grand, gros muscles.

Cela ne suffisait pas. Mais Zane avait une nette idée de comment s'y prendre pour trouver à quoi ressemblait ce gars.

— Tu viens avec moi.

— Non, moi avoir dit tout ce que je savais.

L'homme se débattit comme une souris entre les pattes d'un chat.

Zane traîna sa victime vers le van teinté, ouvrit la porte et poussa l'homme à l'intérieur, ignorant ses protestations.

— Ramène-nous chez Gabriel, et vite, ordonna-t-il au chauffeur. Il claqua la portière et s'engouffra dans l'obscurité du véhicule tout en étouffant les gémissements effrayés du conducteur de la limousine.

Dieu que Zane détestait les gens peureux ; lavettes, lâches, poules mouillées. Tous. Comme s'ils avaient la moindre idée de la véritable peur, de l'horreur pure. Lui, il avait tout vu. L'horreur, il l'avait vécue et s'en était sorti en passant de l'autre côté ; brisé, cassé, mais toujours vivant. Son cœur était mort des centaines de fois, mais son corps n'avait fait que s'endurcir. A présent, Zane ne craignait plus rien. C'était peut-être pour cela qu'il détestait l'odeur de la peur. Et peu lui importait que le chauffeur de la limousine eût peur de lui ou de ce qui pouvait lui arriver. Ce n'était pas important quand on considérait que les souvenirs du type pouvaient aider à retrouver Yvette.

La seule chose qui comptait pour lui, c'était sa famille. Et si le chauffeur clandestin de la limousine pouvait leur donner les informations dont ils avaient besoin, Zane pourrait alors lui effacer la mémoire par la suite. S'il se sentait l'âme charitable une fois que tout serait terminé.

Le temps d'atteindre la maison de Gabriel et de se garer dans le garage afin de sortir en toute sécurité avec son prisonnier, l'esprit de Zane s'était calmé. Il savait que Gabriel pourrait extirper de cet homme tout ce qu'ils avaient besoin de savoir. Zane enviait son patron de posséder un tel don – Gabriel pouvait débloquer les souvenirs – et en réalité, il enviait tous ses collègues qui en détenaient un, car lui-même semblait n'en maîtriser aucun. Sauf si le talent pour infliger des actes de torture à quelqu'un était considéré comme un don. Mais il en doutait lui-même.

Sans perdre de temps, il traîna l'homme à l'étage et l'amena droit au bureau de Gabriel, là où son patron faisait les cent pas. Gabriel se retourna instantanément vers ses invités.

— Zane, c'est qui ?

— Le chauffeur de la limousine. Il a vu l'agression d'Yvette et de Kimberly.

Zane ne voulait pas perdre de temps à relater ce que le chauffeur lui avait dit.

— Il sait à quoi ressemble l'agresseur. C'est dans ses souvenirs.

Il jeta un regard qui en disait long à son patron.

Gabriel soutint son regard un long moment avant de hocher la tête.

— C'est une urgence. On a besoin de savoir.

Zane comprit Gabriel immédiatement : à moins que cela ne s'avérât absolument nécessaire, il n'utilisait jamais son don pour s'immiscer dans les souvenirs de quelqu'un. Il croyait, en effet, au respect de la vie privée.

Gabriel regarda l'homme et lui fit signe de s'asseoir.

— Asseyez-vous. Autant que vous soyez à l'aise.

— Vous, quoi faire à moi ?

Sa voix trahissait un sentiment de panique évident, tout comme sa tentative d'échapper à Gabriel lorsque celui-ci s'approcha de lui. La cicatrice peu ragoûtante du patron pouvait en rebuter plus d'un, surtout lorsqu'elle pulsait de la sorte. L'homme ignorait qu'il n'avait pas à craindre le vampire à la cicatrice. L'éthique de ce dernier lui interdisait clairement de faire du mal à autrui.

— Ça ne fera pas mal, je vous le promets.

Gabriel posa ses mains sur les épaules de l'homme et le plaqua contre son siège.

— Ça ne sera pas long.

Il ferma ensuite les yeux et tomba dans un profond silence.

Les yeux du chauffeur passèrent de Gabriel à Zane, tandis que ses épaules se contractaient et que sa respiration devenait irrégulière. Zane pouvait à la fois ressentir l'accélération du rythme cardiaque de l'individu ainsi que sa terreur à travers sa transpiration âpre. Le prisonnier voulut s'enfuir, mais cette tentative échoua, les mains de Gabriel sur ses épaules le maintenant assis sans le moindre effort.

De l'extérieur, personne ne pouvait voir ce que Gabriel faisait, mais Zane savait comment fonctionnait le don de son patron. Il pouvait se glisser dans l'esprit de quelqu'un en s'adaptant à sa fréquence. Il remontait ensuite dans les souvenirs jusqu'à trouver ce qu'il y cherchait. Une fois parvenu à l'événement convoité, la scène se déroulait devant ses yeux, comme s'il y avait assisté lui-même. Comme s'il avait été dans la peau du chauffeur au moment où ce dernier avait vécu la scène.

Quelques minutes plus tard, Gabriel rompit le silence en ouvrant les yeux et en regardant Zane.

— De la sorcellerie. Putain !

Zane hocha la tête. Il s'en était douté.

— On a besoin de Francine ?

Gabriel le fixa longuement, diverses émotions défilant sur son visage.

— Malheureusement, oui. Si seulement je pouvais savoir ce qu'elle voudra en échange, *cette fois-ci*. J'aimerais bien qu'elle accepte de l'argent liquide.

Zane haussa les épaules. Il fallait retourner une faveur par une faveur. Grâce à leur longévité, les vampires avaient beaucoup d'argent. Tant d'argent, qu'ils ne savaient qu'en faire. L'argent n'avait finalement plus de valeur à leurs yeux. Les faveurs, par-contre… C'était autre chose ; elles constituaient une autre monnaie d'échange. Parfois, cela pouvait les contrarier, mais ça les incitait cependant à toujours réfléchir deux fois avant de demander une faveur à quelqu'un.

14

— Pourquoi tes cheveux sont-ils longs ?

A la question de Kimberly, Yvette se retourna et observa cette dernière en train de replier ses jambes sous elle, alors qu'elle s'asseyait sur son lit de camp. Elle lança un regard furtif en direction d'Haven. Son frère et lui se tenaient à l'autre bout de la pièce et parlaient à voix basse, mais Haven la regardait quand même derrière ses longs cils. Un homme ne devrait pas avoir le droit de posséder des cils aussi longs. D'un mouvement d'épaule délibéré, elle se retourna vers Kimberly.

— Ils poussent durant mon sommeil.

Kimberly fit la moue.

— Les miens aussi, mais pas de *trente centimètres* chaque nuit.

Yvette laissa échapper un long soupir, pas vraiment enthousiaste à l'idée de devoir s'épancher sur la raison pour laquelle elle se coupait les cheveux chaque jour. Mais, afin de garantir la bonne continuation de sa mission, elle se devait de poursuivre la conversation.

— Ils repoussent jusqu'à atteindre la longueur qu'ils avaient lorsque je suis devenue vampire. Et comme je n'aime pas les avoir longs, je les coupe tous les jours.

— Ouah.

Kimberly la dévisagea, fascinée.

— Mais pourquoi ne les aimes-tu pas ainsi ? C'est joli.

Yvette ne put réprimer un sourire amer. Ses longs cheveux lui rappelaient la femme qu'elle avait été cinquante ans plus tôt. Celle qui ne pouvait rendre son mari heureux, qui n'était pas en mesure de lui donner la seule chose qu'il souhaitait réellement : cet enfant qu'il désirait plus que tout. Elle ne voulait pas se souvenir de cette époque. Et elle n'était pas d'humeur à s'étendre sur le sujet avec une inconnue. Et quoi encore ! Même ses collègues et amis de Scanguards n'en savaient rien.

— Je les préfère courts.

— Et… C'est comment d'être un vampire ?

Yvette ferma les yeux un moment. Par quoi commencer ? Tout était si différent et si semblable à la fois. Comme les humains, elle éprouvait des sentiments et des désirs. A la différence près que les siens étaient amplifiés. Et cette intensification rendait les désirs inassouvis et les sentiments non-partagés bien plus durs à supporter et impossibles à ignorer. Elle haussa les épaules, incapable de répondre à la question sans trop se révéler.

— C'est vrai que tu mords les gens et leur fais du mal ?

Qu'est-ce que c'était ? Questions pour un champion ?

Du coin de l'œil, Yvette remarqua qu'Haven s'était tourné vers elles. Pour une fois, elle était contente d'avoir des cheveux longs, car ils lui cachaient le visage et faisaient office de rideau, empêchant ainsi Haven de la voir distinctement. Elle s'efforça de sourire à Kimberly.

— Non, je ne fais pas mal aux gens. Bon sang, je ne les mords même pas. Je bois du sang en bouteille.

La fille se retourna vers les deux frères avant de la regarder à nouveau. Elle baissa la voix et continua.

— Mais tu l'as mordu, non ?

Elle désigna du coin de l'œil la personne à laquelle elle faisait référence. Non pas que ce fût nécessaire.

— Je crois qu'il le méritait.

Yvette la regarda, surprise.

— Il nous a kidnappées. Je lui aurais fait mal si j'avais pu.

— Kimberly, la morsure d'un vampire ne fait pas mal. C'est… euh, plaisant.

— Oh, répondit Kimberly en rougissant comme une écolière.

Un ricanement provenant de l'autre côté lui fit comprendre que l'ouïe d'Haven était meilleure que ce qu'elle s'était imaginé, et qu'il ne voulait simplement pas reconnaître le côté *plaisant* de la morsure. Yvette tenta de le maintenir à l'écart, mais sa présence était trop envahissante. En fait, quelque chose clochait. A présent qu'elle s'était nourrie et qu'elle s'était entièrement remise de la potion de la sorcière, ses sens semblaient décuplés. Mais ce n'était pas tout – elle reniflait des choses qui ne pouvaient relever du domaine du possible.

Yvette se pencha légèrement en avant. A présent qu'elle se trouvait à proximité de la jeune fille, elle ressentait une odeur qui lui avait échappé auparavant : une faible odeur de sorcière, comme si Bess s'était frottée contre elle…

Sans réfléchir, elle attrapa le bras de Kimberly et le porta à son nez pour renifler.

La jeune fille poussa un cri.

— Qu'est-ce que tu fais ?

Avant qu'elle ne pût rassurer Kimberly en lui promettant qu'elle ne lui ferait aucun mal, Haven se rua sur elle. Yvette bondit sur ses pieds et se retourna, évitant ainsi qu'il ne l'attrapât. L'espace d'une seconde, elle le compara à un taureau prêt à charger – bon sang, elle pouvait même ressentir les vibrations produites au sol ! Non, il n'y avait rien de subtil en lui. Et ce fut alors qu'il se jeta sur elle.

— Mon sang ne t'a pas satisfaite ? Tu veux le sien aussi, maintenant ?

Il semblait furieux, en rage, les muscles de son cou étaient tendus… comme s'il était sur le point d'asséner le coup fatal.

— Je ne l'attaquais pas.

Yvette le repoussa et l'envoya valser contre le mur derrière lui.

— Tu as le don pour tirer des conclusions hâtives.

Wesley se précipita aux côtés de son frère, pieu en main.

— Ne le touche pas, salope !

Yvette leva les yeux au ciel.

— Je m'en occupe, Wes, rétorqua Haven à son frère.

Il se releva et se dirigea de nouveau vers Yvette tout jetant un coup d'œil à son frère.

— Tu sais de quoi on a parlé.

Oh, elle les avait entendus parler d'un moyen de s'échapper. Tous leurs scénarii lui avaient paru plus stupides les uns que les autres : essayer de se précipiter dehors, la prochaine fois que la sorcière leur apporterait de la nourriture. Et ils voulaient qu'Yvette les y aidât, unique raison pour laquelle Wes avait accepté de ne pas la tuer. Pour le moment, du moins. Comme si leur plan allait fonctionner. Tout au mieux, il ne ferait que gaspiller leur énergie.

Yvette allait s'en tenir à son propre plan. Elle devait maîtriser la sorcière. Après y avoir longuement réfléchi, elle était presque sûre que Bess – c'était ainsi qu'Haven l'avait appelée – devait se tenir à l'intérieur du champ de protection pour être à même d'utiliser ses pouvoirs sur eux. Malheureusement, cela éliminait toute possibilité de l'attaquer lorsqu'elle se trouvait dans la même pièce qu'eux car, dans l'enceinte même du champ, elle pouvait riposter. Ce serait vain. Il fallait trouver un autre moyen. Seule une attaque depuis l'extérieur fonctionnerait.

— Au fait, aucun de vos scénarii de fuite ne fonctionnera, dit Yvette nonchalamment.

Haven plissa les yeux.

— Et tu suggères quoi à la place ?

— Eh bien, personnellement, j'attendrais que mes collègues viennent me sortir de là.

C'était le seul plan envisageable. Mais Yvette devait les prévenir pour le champ protecteur et le genre de pouvoirs que possédait la sorcière. Ils devaient se préparer à ce qui les attendait.

— Quels collègues ?

— Scanguards. Tu connais ? Je pensais que tu avais fait ton boulot avant de nous kidnapper. Scanguards est la meilleure entreprise de gardes du corps du pays. Et nombre d'entre eux sont comme moi : des vampires. Des durs à cuire.

Haven écarquilla les yeux, surpris.

— Et qu'est-ce qui te fait croire que ces créatures sans cœur vont venir te chercher ?

La remarque lui fit mal. Ses amis n'étaient pas sans cœur. Yvette ricana ouvertement.

— Tu connais les Trois Mousquetaires ? Un pour tous, tous pour un ? C'est comme ça que ça marche, chez nous. Ils viendront.

Et cela lui donna de la force.

— Ouais et ben moi, je ne vais pas attendre qu'un gang de *vampires* débarque ici. Putain, mais qu'est-ce que tu crois qu'on est, suicidaires ? cria Wesley.

Haven la regarda, puis secoua la tête en se dirigeant vers elle.

— Là-dessus, je suis obligé d'être d'accord avec mon frère.

Il ne se tenait à présent plus qu'à quelques mètres d'elle. Pensait-il qu'il pouvait la maîtriser ? La distraire en lui parlant, pour lui sauter dessus par la suite? Pensait-il toujours qu'elle voulait du mal à Kimberly ?

— Un pas de plus et ton frère devra gratter ce qui restera de toi sur le mur, le prévint-elle.

Elle le vit tressaillir, mais sa réaction fut à peine perceptible. Il feignait très bien de ne pas être touché par ce qu'elle lui disait. Etant donné la façon dont il l'avait traitée plus tôt, elle ne pouvait marcher sur des œufs avec lui. Il avait décidé d'être hostile, alors elle réagissait, tout simplement.

— Comme si je voulais m'approcher davantage.

Malgré ses mots, le ton de sa voix n'était pas aussi froid qu'elle s'y était attendue. D'une certaine manière, une bonne dose de sentiments refoulés se cachait derrière ces mots. Elle se dit que c'était son problème *à lui*, pas le sien.

— Si ce n'est pas mon corps que tu veux, alors c'est quoi ?

— Tu vois comme elle essaye encore de te manipuler ? coupa Wesley en s'avançant.

Sans jamais quitter Haven des yeux et sans bouger la tête d'un centimètre, elle préféra les prévenir.

— Si ton petit frère fait quelque chose de stupide, il devra payer.

— Et si tu touches encore une fois à Kimberly et que tu essayes de lui faire du mal, c'est *toi* qui devras payer, répondit le gamin idiot.

Yvette cligna deux fois des yeux. C'était comme ça que leur dernière confrontation avait commencé. Elle avait touché le bras de Kimberly, humé sa peau, et Haven l'avait alors interrompue. Mais à présent qu'elle se retrouvait de nouveau dans la même situation, elle se souvint enfin de ce qu'elle avait voulu demander à la jeune actrice.

— Kimberly, appela-t-elle, sans quitter les deux frères des yeux.

— Quoi ?

— Dis-moi ce que t'a fait la sorcière.

—Qu'est-ce que ça a à voir avec le fait que tu essaies de l'agresser ? demanda Haven.

— Tout.

Elle n'essaya même pas de le contredire. Pourquoi faire ? Il n'écouterait pas. Il s'était déjà forgé une opinion à ce sujet. Pour lui, elle n'était qu'une suceuse de sang qui se préoccupait peu des sentiments des autres. Il ne pouvait être plus loin de la vérité.

— Si tu essayes de t'excuser…

— Kimberly sent la sorcière à plein nez.

Yvette prit une profonde inspiration, ses narines reniflant dans la direction des deux frères. Oui, l'odeur venait manifestement d'eux aussi. Et ce n'était pas une odeur qui flottait dans l'air suite à la venue de Bess.

— Et pareil pour vous deux.

Etre accusé d'avoir l'odeur d'une sorcière était la dernière chose à laquelle Haven s'était attendu de la part d'Yvette. Non pas que ce fût une véritable insulte en soi, mais la façon dont elle avait prononcé le mot *sorcière* avait résonné comme un autre mot de six lettres.

— Et puis ? demanda-t-il, incapable de contrôler ses émotions.

Yvette parvenait à l'énerver très aisément. Le simple fait de se tenir éloigné d'elle et de ne pas la jeter sur la surface plane la plus proche lui coûtait le reliquat de force qui lui restait. Et son frère n'aimait pas cela. L'érection qu'il avait arboré plus tôt n'avait pas échappé à Wesley, lequel n'avait pas manqué de lui en faire le reproche, lui rendant ainsi la monnaie de sa pièce pour toutes les fois où son grand frère l'avait accusé de ne penser qu'avec son entrejambes.

Comment avait-il pu se laisser aller de la sorte lorsqu'Yvette avait bu son sang ? Mais bon sang, pourquoi ne l'avait-elle pas prévenu des effets secondaires ? Appréciait-elle tellement de l'humilier ?

— Eh bien, tous les trois, vous sentez la sorcière, *maintenant.* C'est léger, mais c'est là.

Wesley secoua la tête.

— N'importe quoi. Tu essayes juste de nous distraire.

Yvette lui lança un regard exaspéré, ce qui donna à Haven l'opportunité d'observer son beau visage. Même en colère, elle était sexy.

— Dans quel but ?

A une vitesse telle qu'Haven ne put capter quoi que ce soit, elle se précipita sur Wesley et le plaqua au mur.

— Ecoute-moi, espèce de petit con arrogant. Si j'avais voulu te tuer, toi ou *n'importe qui d'autre* dans cette pièce, je l'aurais déjà fait.

Elle tourna la tête en apercevant Haven s'approcher.

— Je ne suis pas une meurtrière.

Elle fit une pause et plongea ses yeux dans les siens, et qu'il allât au Diable s'il ne comprenait pas, à cet instant précis, qu'elle disait la vérité.

— A moins que je n'y sois forcée. Alors, ne joue pas avec mes nerfs.

Le léger tremblement dans sa voix fut à peine audible, mais Haven le remarqua néanmoins. Etait-elle sur le point de craquer ?

Yvette relâcha Wesley et se retourna calmement vers Kimberly, laquelle semblait encore un peu sous le choc.

— Ça va ? lui demanda-t-elle.

Kimberly lui adressa un regard vide.

— Voyons voir. Je suis enfermée avec deux inconnus, dont mon kidnappeur. Vous trois n'arrêtez pas de vous battre. La pièce est protégée par une sorcière qui a essayé de s'infiltrer dans ma tête. Mon garde du corps est un vampire et maintenant, tu me dis que je sens la sorcière. Non, Yvette, ça ne va pas très fort, finit-elle dans un sanglot.

Prêt à intervenir si nécessaire, Haven regarda Yvette s'asseoir près de la jeune fille et la prendre dans ses bras. Il ne se rappelait que trop bien à quel point ses bras pouvaient être réconfortants.

— Chut, ma petite… Tout va bien se passer. Je te le promets.

Elle tapota le dos de Kimberly et lui passa une main dans les cheveux, alors que les larmes coulaient sur les joues de l'actrice.

Haven dévisagea Yvette. Il ne s'était pas attendu à ce qu'elle fît preuve de compassion envers Kimberly. Un vampire pouvait-il vraiment ressentir de telles émotions ? Ses gestes étaient-ils dépourvus de tout intérêt ou ne faisait-elle que feindre de bons sentiments ?

Haven regarda Kimberly, se sentant désolé pour elle. Elle était innocente, et il était responsable de ce qui lui arrivait. Il voulait l'aider, d'une quelconque façon. Ce fut uniquement lorsqu'Yvette lui lança un avertissement du regard qu'il réalisa qu'il était en train de s'approcher d'elles. Il hocha la tête, essayant de lui démontrer qu'il avait enfin compris qu'elle ne voulait aucun mal à sa cliente.

— Je veux rentrer à la maison, supplia Kimberly.

— Je sais. Il n'y en a plus que pour quelques heures. Une fois que la nuit sera tombée, mes collègues arriveront. Je le sais. Ils nous trouveront.

Haven la chercha des yeux.

— Comment peux-tu en être si sûre ?

— C'est ma famille. Tu ne risquerais pas tout pour ta famille ? lui dit-elle avec un air de défi.

Il tenta de cacher sa douleur, alors que les souvenirs remontaient de nouveau à la surface. Il ne lui restait plus qu'une moitié de famille et, s'il n'agissait pas vite, il se retrouverait seul.

— Donc, tu suggères qu'on les attende afin qu'ils nous libèrent ? demanda Haven.

Comment pouvait-elle accepter d'être aussi passive ? Il l'avait vue se battre et en avait conclu qu'elle n'avait peur de rien. Qu'est-ce qui lui avait fait changer d'avis ?

— Et on reste assis, comme des cons ? Débile ! On devrait tenter de sortir maintenant, interrompit Wesley. Sa voix était à présent plus posée, moins vive que précédemment.

Il jeta un œil à Haven, puis de nouveau à Yvette.

— Impossible, déclara celle-ci. Tu ne crois pas que j'aurais déjà essayé si j'en avais eu l'opportunité ? On ne peut pas franchir le champ de protection. Même ma force ne me permettra pas de détruire la porte ou de briser la fenêtre. La sorcellerie est une horreur. Et je ne m'y frotte pas. Mes collègues devront attaquer Bess depuis l'extérieur. C'est la seule façon de faire.

— Et qu'est-ce qui nous garantit que tes copains vampires ne nous tueront pas ? Au cas où tu ne t'en es pas rendu compte, on n'est pas à même de vous battre, dit Wesley en haussant les épaules.

— Wes ! le réprimanda Haven, soudainement mal à l'aise à l'idée d'étaler son passé devant Yvette.

Mais Wesley ne lâcha pas.

— C'est vrai. Ne tournons pas autour du pot parce que tu commences à avoir des scrupules.

Ce qui était vrai. Il éprouvait des scrupules, lesquels grandissaient à chaque seconde qu'il passait avec Yvette. Elle n'était pas du tout le genre de vampire qu'il connaissait. Sa loyauté sans faille envers Kimberly et la façon dont elle lui disait constamment qu'elle la protègerait, étaient des facettes de la personnalité d'Yvette qu'il ne pouvait qu'admirer. La tendresse dont elle faisait preuve envers Kimberly, en lui permettant de pleurer sur son épaule, était la dernière chose qu'il s'était attendu à voir chez un vampire. Car c'était de la tendresse et de la compassion qu'il pouvait lire en elle. Ces deux qualités, mêlées à sa force et à sa détermination, lui conféraient l'apparence d'une mère protégeant son enfant.

— Ils ne vous feront pas de mal, si vous ne tentez rien contre eux. Mais je dois vous prévenir : on doit faire en sorte que vous ne représentiez aucun danger pour eux ou alors, ils se défendront. Et à votre odeur de sorcière, ils vont penser que vous êtes l'ennemi.

Et voilà qu'elle leur ressortait encore le coup de la sorcière !

— Tu dois te tromper. C'est peut-être Bess que tu sens d'ici. Mais comme je te l'ai déjà dit, ni Wes ni moi n'avons hérité des pouvoirs de notre mère. Nous ne sommes pas des sorciers.

Yvette secoua la tête.

— C'est impossible, ça ne saute jamais une génération. Et deux enfants, en plus ? Ce n'est pas possible.

Wes s'approcha.

— Peut-être que c'est Katie qui a hérité des pouvoirs de maman.

— Katie ? demanda Yvette.

— Notre sœur, expliqua Haven. Celle qui a été kidnappée par le vampire.

— Et qu'on n'a plus jamais revue, ajouta Wesley.

Yvette leur lança un regard compatissant.

— Je suis désolée. Pas étonnant que vous nous détestiez autant.

— C'était il y a longtemps, mais je m'en souviens comme si c'était hier, dit Haven, plongeant ses yeux dans ceux d'Yvette.

Cela l'encouragea à poursuivre.

— Un soir, notre mère s'est fait agresser dans sa cuisine. J'ai essayé de l'aider, mais je n'étais pas assez fort. J'étais juste un gamin. Le vampire lui a ordonné de lui remettre l'un d'entre nous. D'abord, je n'ai pas compris, mais ensuite il s'est emparé de Katie après avoir tué notre mère, et là, tout est devenu plus clair. Il avait dit qu'il avait juste besoin de l'un d'entre nous. Juste un. Et il lui était plus simple de prendre Katie.

Haven avait toujours du mal à en parler. Il ferma les yeux un instant et prit de profondes inspirations. Yvette comprendrait-elle que cette attirance entre eux ne pouvait donc mener nulle part ? Qu'il ne pouvait souiller la mémoire de sa mère et de sa sœur en s'alliant à un vampire ?

— Trois, murmura Yvette. Trois.

Soudain, elle comprit, tandis que les pièces du puzzle s'assemblaient devant ses yeux. Haven la regarda. Elle saisit Kimberly par les épaules et la repoussa loin d'elle.

— Le Pouvoir des Trois. C'est ce que voulait dire le vampire.

Yvette leva les yeux vers Haven.

— C'est pour ça qu'il a dit qu'il ne prendrait que l'un d'entre vous. L'un des trois.

— Quoi ? demanda Wesley, visiblement aussi perdu que son frère.

Il ne comprenait rien à ce que disait Yvette.

Elle bondit.

— Tu ne vois donc pas ? Le vampire voulait vous séparer tous les trois : Wes, toi et Katie. Les trois enfants de la sorcière.

— Et tuer notre mère, aboya Wes.

Haven secoua la tête.

— Non, il ne voulait pas la tuer, mais elle s'est débattue et a tenté de lui jeter un sort. Elle est morte pour nous. Pour nous protéger.

Yvette hocha la tête.

— Il voulait juste séparer les trois frères et sœur. Anéantir le pouvoir.

— Et qu'est-ce que cela est supposé vouloir dire? demanda Haven, à présent curieux.

— Il y a une légende qui dit que les trois enfants d'une sorcière mettront à mal l'équilibre des enfers ; l'équilibre entre sorcières, démons et vampires. Je n'en sais pas vraiment plus, mais si ton frère et toi êtes les deux garçons des trois enfants en question, alors je crois comprendre pourquoi la sorcière vous a kidnappés. Vous…

C'est alors qu'Yvette dirigea à nouveau son regard vers Kimberly, laquelle s'était levée de son lit de camp.

— … et votre sœur !

15

Le regard incrédule d'Haven passa d'Yvette à Kimberly, puis de nouveau à Yvette. Il entendit son frère lâcher un cri de surprise. Il aurait pu faire de même s'il avait été capable de quoi que ce soit d'autre que regarder Yvette d'un air ébahi. Il contempla Kimberly avec attention. Sa silhouette mince, ses cheveux blonds. Wes et lui étaient bruns, tout comme leurs parents.

— Ce n'est pas possible. Kimberly ne ressemble pas du tout à mes parents.

Il montra ses cheveux.

— Personne dans la famille n'a les cheveux clairs.

Kimberly se leva, ses mouvements trahissant son manque de confiance.

— Je ne suis pas blonde. Ils voulaient cette couleur-là pour le film. Je n'ai pas encore changé.

Haven cligna des yeux et tenta de la voir sous un autre jour en faisant abstraction de ses cheveux. Il se concentra sur les traits de son visage : ses yeux, la ligne de son nez, ses lèvres, son menton en galoche. Il y avait quelque chose de familier, mais pas plus que cela. Difficile de savoir. Il secoua la tête.

— Je ne sais pas.

Il lança un regard à Wes, cherchant un peu de réconfort, tout en silence . Mais son frère haussa à peine les épaules.

— La coïncidence serait trop grande. Ça fait vingt-deux ans qu'on la cherche. Pourquoi elle…

— Vingt-deux ans ? demanda Kimberly. On m'a déposée dans un orphelinat il y a un peu plus de vingt-deux ans. Et l'homme qui m'y a laissée n'est jamais revenu.

— Où ?

— A Chicago.

Même s'ils vivaient à San Francisco à l'époque où on leur avait enlevé Katie, le vampire pouvait facilement l'avoir emmenée n'importe où. A l'époque, la police avait lancé des recherches en Californie, et cela n'avait rien donné. Quant à Haven, il avait entamé ses propres investigations dès qu'il avait été assez grand pour partir à la recherche de sa sœur. Mais celles-ci s'étaient également révélées infructueuses.

— Tu ne sais pas qui était ta famille ?

La fille secoua la tête.

— L'ADN n'en était qu'à ses débuts. L'équipe de l'orphelinat a pensé que ma mère devait être une ado qui s'était retrouvée enceinte, et que l'homme qui m'avait amenée était probablement son amant, un homme marié.

A ses côtés, Wes tenta un pas dans la direction de Kimberly. Un instant plus tard, Haven sentit la main de son frère sur son bras.

— Est-ce que ça pourrait être ça ? demanda son frère tout en lui adressant un regard plein d'espoir.

Haven s'assura que les parois de son cœur étaient assez solides, car il sentait quelques fissures qui commençaient à s'y former. Il enfouit ce petit détail inquiétant dans un recoin de son esprit, refusant de l'admettre.

— Ne nous octroyons pas de faux espoirs. Ça pourrait être une fausse piste.

— Je ne crois pas, interrompit Yvette.

Lorsqu'il tenta de la contredire, elle leva simplement la main.

— Ecoute simplement avant de rejeter cette piste. Quand je vous ai rencontrés, l'un après l'autre, je pensais que vous étiez humains. En allant à la soirée, j'étais seule dans la voiture avec Kimberly. Son odeur était celle d'une humaine. Aucun doute là-dessus. Et alors, toi…

Elle le regarda.

— Quand nous avons parlé ensemble à la soirée, ton odeur était également humaine.

Haven sentit une vague de chaleur s'emparer de son visage et de son cou. A cette soirée, ils avaient fait bien plus que parler. Ils s'étaient pratiquement reniflés. Le fait de savoir qu'elle avait respiré son odeur et remarqué ce qui la composait l'excita bien plus que cela ne l'aurait dû. Il s'éclaircit la gorge en essayant de repousser ses pensées perverties.

— Et ?

Yvette désigna Wesley.

— Pareil pour Wesley, mais toutefois moins flagrante car, quand on s'est rencontrés, Kimberly et toi étiez là également. Il avait toujours une odeur humaine, mais avec quelque chose en plus. Je ne savais pas quoi parce que je ne me sentais pas au mieux de ma forme.

Haven lui jeta un regard surpris et remarqua la façon dont elle frissonnait, comme si elle refusait de révéler ses faiblesses. Elle *avait* effectivement eu faim, comme il l'avait pensé.

— Lorsque tu as vraiment besoin de sang, ça affecte tes sens ?

— Bien sûr que non.

Il vit le mensonge se répandre sur ses lèvres, tel un surplus de gloss des années 70.

— Je me remettais à peine du poison que tu avais utilisé pour m'endormir. Mon odorat était quelque peu amoché.

— Il l'est peut-être toujours, ricana Wesley.

Yvette se retourna vers lui.

— Je vais parfaitement bien, maintenant.

Elle regarda de nouveau Haven, en particulier son cou. Il comprit qu'elle pensait à son sang.

Il réprima un frisson qui tentait de parcourir son corps, alors qu'Yvette l'observait, mais il ne put contrôler les battements de son cœur. Incapable de parler de peur que les autres ne remarquent l'excitation dans sa voix, il se sentit soulagé lorsque Wesley posa la question suivante.

— Ok, partons du principe que ton nez va bien. Et alors, ça veut dire quoi ? Pourquoi est-ce que tout d'un coup, on sentirait la sorcière ? Peut-être que l'odeur de Bess s'est tout simplement imprégnée sur nous et que tu divagues.

Son frère marquait un point. Tout comme pour les humains, il se pouvait que les sens des vampires fussent altérés. Personne n'était infaillible. Et lorsqu'Yvette s'était évanouie après lui avoir donné son sang, il avait ressenti en elle une vulnérabilité qu'elle ne dévoilait pas lorsqu'elle était consciente. Bon, en réalité, elle était également apparue vulnérable à un autre moment, alors qu'elle était pourtant bien éveillée : lorsqu'il l'avait embrassée afin qu'elle se soumît. Il l'avait sentie fondre dans ses bras, ses gémissements le suppliant de la prendre. Les murs autour d'elle s'étaient alors écroulés.

— Qu'est-ce que tu en penses, Hav ? demanda son frère. Hav' !

Il sursauta, abandonnant ses rêveries. Merde, combien de temps s'était-il perdu dans ses pensées ?

— Hum, ouais. Euh…

Wes lui jeta un regard étrange, puis reprit.

— Tu vois, même mon frère est d'accord. Ça doit avoir un rapport avec ce que la sorcière nous a fait, là, dans la tête.

— Non, objecta Yvette. C'est le fait que vous soyez tous les trois réunis. Comme si vous aviez besoin d'être ensemble pour être des sorciers.

— Grotesque ! ricana Wes en se passant la main dans les cheveux.

Les mots d'Yvette prirent soudain tout leur sens.

— Attends, Wes. Je crois qu'on est sur quelque chose, là.

Haven regarda son frère et le pria de l'écouter.

— Mais tu le sais bien, qu'on n'a pas hérité des pouvoirs de maman.

Il hocha la tête.

— Oui, c'est ce qu'on a toujours pensé. Mais la sorcière semblait croire toute autre chose. Quand je lui ai résisté, elle m'a demandé quelle était la source de mon pouvoir.

— Mais…

— Je sais. Je lui ai dit que je n'avais aucun pouvoir, mais dès le départ, elle a refusé de me croire. Est-ce que je l'aurais laissée me battre de la sorte si j'étais pourvu d'un quelconque don pouvant contrecarrer sa sorcellerie ? Bien sûr que non.

— Pas trop tôt.

Les lèvres d'Yvette se retroussèrent en un début de sourire qu'elle essaya de transformer en ricanement. Cela surprit Haven. Lorsqu'elle le regardait ainsi, alors qu'ils étaient engagés dans ces petites bagarres amicales, il pouvait presque oublier ce qu'elle était.

— Donc, la sorcière s'est trompée. On n'a pas de pouvoir, insista Wesley.

C'était probablement ce que chacun pensait de son côté, mais la sorcière avait dit une chose qui avait amené Haven à réaliser qu'ils s'étaient tous fourvoyés durant toutes ces années.

— Elle s'est demandée si maman nous en avait parlé.

— De quoi ?

Son frère avait parfois la détente très longue.

— Que vous avez son pouvoir, répondit Yvette.

Elle repoussa ses longs cheveux derrière son épaule.

— Mais pourquoi ne l'a-t-on pas su avant ? Ça n'a pas de sens. Je n'ai jamais eu l'impression d'avoir un quelconque pouvoir.

— C'est la première fois que vous êtes tous les trois réunis depuis la mort de votre mère. C'est peut-être comme ça que vous détenez vos pouvoirs, lorsque vous êtes rassemblés, dit Yvette en haussant les épaules. Je ne m'y connais pas vraiment sur le sujet, mais mon odorat ne me trompe pas. Et vous trois, vous êtes des sorciers. Ce qui ne peut signifier autre chose que cela : Kimberly est Katie.

Un silence de mort accueillit la remarque, tandis que trois paires d'yeux se plantaient sur Yvette, choqués. Haven fut le premier à parler.

— Mais, si c'est le cas, et si le fait d'être tous les trois nous confère du pouvoir, pourquoi la sorcière nous a-t-elle rassemblés alors? Et si on utilisait ce pouvoir pour la combattre ?

Yvette haussa les épaules.

— Tu te sens différent ? Je veux dire, est-ce que tu as la sensation d'avoir un pouvoir particulier, là ?

— Comment pourrais-je le savoir ? grommela Haven.

— Eh bien, essaye de faire bouger quelque chose.

Yvette scruta la pièce, puis désigna du doigt le lit de camp.

— Bouge ce lit avec ton esprit.

Haven se retint de lever les yeux au ciel. Comment pouvait-il soudainement faire bouger des objets ? Même David Copperfield ne pouvait le faire sans préparer son tour au préalable.

— Essayez, les pressa Yvette. Vous trois.

Malgré la stupidité d'une telle suggestion, Haven se concentra sur le lit et tenta de le faire bouger. Rien. Exactement comme il l'avait imaginé.

Il n'avait aucun pouvoir.

— Rien, dit Kimberly.

— Pareil, confirma Wes. On n'a pas de pouvoirs. Donc, on n'est pas des sorciers.

Yvette posa un doigt sur ses lèvres et en mordilla l'ongle.

— Mon odorat ne m'a jamais trahie. Il y a peut-être un sort ou un truc dans le genre qu'il faut que vous fassiez avant toute chose pour acquérir vos pouvoirs.

Elle fit une pause, se creusant manifestement la cervelle. Son visage s'éclaira enfin, et elle regarda Haven.

— La sorcière t'a questionné à propos de la source de ton pouvoir ?

— Oui, mais je ne comprenais pas de quoi elle parlait.

— Je crois qu'il faut que tu exploites quelque chose pour y accéder. C'est peut-être la raison pour laquelle elle est convaincue que tu ne peux y parvenir tout seul. C'était peut-être une façon de te tester.

— Mais si je ne connais pas la source de mon pouvoir moi-même, alors comment la connaitrait-elle ?

— Elle n'a peut-être pas besoin de le savoir. Si elle veut vous voler vos pouvoirs, et au point où on en est, je crois que telle est bien la raison de votre emprisonnement à tous les trois, alors elle n'a peut-être pas besoin d'en connaître la source. Si ça se trouve, elle peut vous les dérober sans savoir quoi que ce soit.

Haven soupesa l'idée. La sorcière pouvait-elle vraiment avoir retrouvé Katie, alors qu'il n'en avait pas été capable lui-même ? Et si c'était le cas, si Kimberly était vraiment Katie, Yvette avait-elle raison ? Etaient-ils tous les trois des sorciers aux pouvoirs inexploités ?

— Et comment en être sûr ? Ici, nous n'avons aucun moyen de faire un test sanguin pour comparer notre ADN.

Autant il était désireux d'avoir enfin retrouvé Katie, autant il ne pouvait se permettre de s'accrocher à un tel espoir, de peur de le voir à nouveau s'envoler.

Les yeux écarquillés, Kimberly le dévisageait. Il l'encouragea alors d'un sourire.

— J'aimerais tellement qu'Yvette ait raison et que tu sois notre sœur, mais il n'y a aucune preuve, juste des coïncidences et des suppositions. J'ai besoin de plus que ça, lui dit-il.

Kimberly hocha la tête, la déception se reflétant dans ses traits.

— Je comprends. Ce serait sympa d'avoir une famille. Je crois que c'est trop demandé.

Elle enroula ses bras autour de sa taille, et Haven réalisa qu'il se devait de la réconforter. Mais il ne pouvait traverser la distance qui les séparait afin de la prendre dans ses bras. Pour ce qu'il en savait, il n'était qu'un inconnu, celui qui l'avait kidnappée. En tant que frère, il aurait pu la prendre dans ses bras et lui dire que tout irait bien. Mais l'inconnu qu'il était n'avait pas à le faire.

Haven regarda de nouveau Yvette tout en tentant de retenir ses larmes.

— Je suis désolé, mais j'ai besoin d'être sûr.

— Il y a un moyen de s'en assurer, lui répondit-elle.

Les yeux d'Yvette sautèrent de l'un à l'autre.

Intrigué, il s'approcha d'elle.

— Comment?

Elle fixa son regard dans le sien avant d'entrouvrir les lèvres.

— Il faudrait que je goutte votre sang, à tous les trois.

La réaction de Wesley ne se fit pas attendre.

— Jamais de la vie !

Haven éprouva le même sentiment; mais pour une toute autre raison ! Yvette voulait mordre son frère, plonger ses canines en lui et lui faire ressentir le même genre d'excitation qu'il avait lui-même expérimentée lorsqu'elle l'avait mordu ?

— Il faudra d'abord me passer sur le corps !

Yvette leva les yeux au ciel, comme si elle pensait avoir affaire à un petit garçon qui piquait sa crise. Ne comprenait-elle donc pas le sérieux de la situation ? Elle ne pouvait pas débarquer comme cela et transformer son frère en lavette. Etait-ce son intention ? De les faire baver d'admiration devant elle jusqu'à ce qu'ils ne pussent plus lui opposer la moindre résistance ?

Haven s'approcha d'elle et la dévisagea, leurs corps n'étant plus qu'à quelques millimètres l'un de l'autre. Yvette ne recula pas. Il savait qu'elle n'aurait pas reculé devant lui. Il ne la connaissait déjà que trop bien. Elle ferait usage de ses charmes pour le séduire et ferait ensuite de même avec son frère. Et il ne pouvait permettre une telle chose. Et pour la première fois, ce n'était pas dans le but de protéger son frère. Non, il voulait s'assurer que son frère ne la touchât pas, tout comme il refusait que n'importe quel autre homme la touchât. Ouais, il en était réduit à cela. Il voulait ce vampire et était prêt à combattre quiconque se mettrait sur son chemin, y compris son frère.

Yvette remarqua la lueur prédatrice dans les yeux d'Haven. Elle savait ce que cela signifiait : il était prêt à l'affronter. Son cerveau de macho man, lequel avait la taille d'un petit pois, n'avait-il pas encore compris qu'elle n'allait faire aucun mal à Wesley ou à Kimberly et ce, même si elle les mordait ? Elle n'avait pas du tout l'intention de faire une telle chose. Elle n'avait même pas besoin de planter ses canines en eux. Une petite incision sur le pouce suffirait pour goûter leur sang et comparer ce dernier à celui d'Haven.

Le sang d'une fratrie avait la même texture, le même goût et la même odeur. Cela constituait une preuve aussi irréfutable que l'ADN. Et une fois qu'ils auraient admis la véracité de ses suppositions et confirmé que Kimberly était bien la sœur qu'ils recherchaient depuis longtemps, ils pourraient tenter de sortir de cet endroit. Leurs pouvoirs leur permettraient peut-être enfin de venir à bout du champ de protection.

Et alors, Yvette en aurait fini avec eux. Ou du moins avec Haven, lequel la regardait toujours comme si elle venait de dévorer son hamster. Etait-il à la recherche d'une sanction à lui administrer pour ne pas avoir été averti des effets sexuels secondaires de la morsure ?

Yvette n'aimait pas qu'il se tînt si près d'elle. Il n'y avait même pas un mètre de distance entre eux. N'avait-il donc rien retenu de leur dernier affrontement ? Pourquoi se tenait-il si près, alors qu'il aurait dû savoir que cela la mettrait dans tous ses états au point d'avoir envie de le plaquer contre le mur et de lui planter ses canines dans ce cou si délicieux, tandis qu'elle lui libèrerait la verge et s'y empalerait ?

La chaleur qui bouillonnait en elle et qui commençait à remonter à la surface l'avertit de ne pas laisser son esprit vagabonder dans cette direction. Trop tard. Tout son corps allait rapidement entrer en ébullition pour brûler tout ce qui l'entourait, telle une casserole de lait laissée trop longtemps sur le feu. Et elle ne pouvait rien y faire. C'était aussi inévitable qu'un camion incontrôlé dévalant une pente abrupte.

— Ecoute, j'ai juste besoin de quelques gouttes.

— Il n'est pas question que tes canines s'approchent du cou de mon frère, rétorqua Haven.

Comment diable quelqu'un pouvait-il être aussi têtu ?

— Je n'ai même pas besoin de...

— J'ai dit NON ! Tu ne peux pas te rentrer ça dans la tête ? Ça ne te suffit pas de m'avoir fait tourner la tête ? Tu veux faire pareil avec mon frère ?

Avait-il dit *m'avoir fait tourner la tête* ? Elle avait dû mal comprendre.

— Je ne le permettrai pas, continua-t-il. Je n'arrive même plus à penser clairement à cause de ce que tu m'as fait. Tu devras d'abord me tuer avant de faire la même chose à Wes.

Que lui avait-elle fait ?

— Tu crois que je te contrôle parce que je t'ai mordu ? Il n'y a aucun effet qui perdure après une morsure. Tout est temporaire. Tout ce que tu as pu ressentir à cause de cette morsure s'est dissipé depuis bien longtemps.

Yvette réprima le sourire qui ne demandait qu'à éclore. S'il était toujours attiré par elle, alors...

— Ce que tu ressens ne dépend que de toi.

Haven recula, comme s'il avait été percuté par un objet contondant. Les yeux pleins d'incrédulité, il ouvrit la bouche en guise de protestation. Mais un seul mot s'en échappa.

— Merde !

— Donc, si tu veux bien t'écarter, je voudrais inciser le doigt de Kimberly pour tester son sang.

Yvette regarda par-dessus la carrure imposante d'Haven, et son regard atterrit sur la jeune fille. Elle se tenait en retrait, observant leur face-à-face.

— Kimberly, tu es d'accord ? C'est juste une petite incision au bout du doigt. Comme un examen de routine chez le médecin.

Kimberly haussa les épaules.

— Bien sûr ! Si ça peut aider...

Yvette ignora Haven qui se tenait immobile au milieu de la pièce. Elle le contourna et le laissa réfléchir à ce qu'elle lui avait dit. Elle n'avait de toute façon pas besoin de son aide pour le moment. Elle se souvenait du goût de son sang et n'aurait aucun problème à le comparer à celui de Kimberly et de Wesley.

Lorsqu'elle approcha de la jeune actrice, Wesley se rua entre elles deux.

— Moi d'abord.

Yvette haussa un sourcil. Depuis quand le petit toutou faisait-il preuve d'un tel enthousiasme ? Son regard incrédule invita à la confidence.

— Si tu me fais mal, je ne te laisserai pas toucher Kimberly.

Parfait. Un autre homme qui voulait sauver la damoiselle en détresse. C'était de plus en plus énervant.

— Bien.

16

— Je n'ai jamais volé au secours d'un vampire auparavant, déclara Francine, en réponse à la question de Gabriel.

Zane dévisagea la femme, ou plutôt la sorcière. Putain, qu'est-ce qu'il pouvait les détester. Elles avaient l'esprit tortueux, et on ne pouvait leur faire confiance. Il pouvait toujours attendre avant de rencontrer une sorcière qui se battît dignement. Elles ne savaient qu'utiliser leurs potions et jeter des sorts pour piéger les gens et les maîtriser. Mais Francine avait déjà aidé Amaury et Gabriel par le passé, et elle était devenue une sorte de plan B au sein du groupe. Si sa présence ne semblait représenter le moindre problème parmi ses collègues, il n'en était pas de même pour Zane : la douce et écœurante odeur de sorcellerie lui piquait au nez. Il évitait donc Francine autant que possible.

D'apparence, cette dernière semblait on ne peut plus normale. Assise là, sur le canapé de Samson, elle avait la main rivée sur son large sac à bandoulière, comme si elle ne faisait pas complètement confiance aux vampires et craignait qu'ils n'en pillassent le contenu ; ses trésors. Comme si quelqu'un éprouvait l'envie de toucher aux trucs d'une sorcière ! Il valait mieux que Zane se tînt à distance de ce contre quoi il ne pouvait se défendre.

— Tu peux toujours essayer, ordonna Gabriel. Ça ne fera pas de mal.

Après une courte pause, il ajouta :

— Si ?

Francine secoua la tête.

— Bien sûr que non. Tout ce que je vais faire, c'est déterminer où elle est, mais j'ai besoin de quelque chose pour m'aider à la trouver. Quelque chose qui lui appartient.

— Comme un vêtement ? demanda Gabriel.

— Ou des cheveux ? interrompit Zane, attirant l'attention de Francine sur lui. Les yeux de cette dernière ne firent que le survoler, presque comme si elle ne supportait pas de le regarder. Le dégoût était clairement réciproque.

— Des cheveux, ça devrait suffire.

Zane se leva et alla chercher le sac contenant les cheveux d'Yvette, abandonné dans la cuisine. En fin de compte, il servirait peut-être à quelque chose, et l'idée de le ramener n'avait pas été complètement stupide. Le temps qu'il retournât au salon, Francine avait déployé une carte de San Francisco sur la table basse.

Il lui tendit le sac avec précaution, évitant ainsi de la toucher. Sentir la sorcière était bien la dernière chose qu'il souhaitait.

Francine jeta un œil au contenu.

— Ils sont tous à Yvette ?

— Oui.

Zane ne broncha pas davantage. Aucune raison de papoter avec une sorcière.

— Est-ce que je veux vraiment savoir pourquoi il y en a autant ?

Francine se tourna vers Gabriel. Mais avant que son patron ne pût répondre, Zane l'interrompit.

— Non, continue.

Il capta à peine le regard de réprimande que Gabriel lui lança. Il se concentrait, en effet, sur les gestes de la sorcière. Il ne fallait jamais perdre l'ennemi de vue.

Francine prit une mèche des cheveux noirs d'Yvette et la déposa sur un cristal. Elle lia le tout à l'aide d'une ficelle assez longue pour pouvoir le suspendre. On aurait dit un fil de plomb.

Toujours sur son siège, elle se pencha au-dessus de la carte. Le bras tendu, elle souleva le grigri par la ficelle et, tout en psalmodiant, le fit balancer en décrivant des cercles.

Zane se concentra sur les mots qu'elle prononçait, mais pour lui, c'était comme du chinois. Il alla jusqu'à penser qu'elle était en train de les transformer en crapauds, alors qu'ils se tenaient là, tels des spectateurs attentifs. Il ne pouvait comprendre que Gabriel pût faire confiance à une telle femme. Aucune sorcière n'en était digne.

La tension fut palpable durant les longues minutes où le cristal s'était balancé avec frénésie au-dessus de la carte de San Francisco, sans toutefois atterrir sur un point précis. Lorsque Francine leva les yeux et haussa les épaules, Zane comprit immédiatement la réponse.

— Désolée, je n'arrive pas à la trouver.

Zane se redressa. Il était si frustré qu'il ressentait le besoin de bouger, de canaliser son énergie. Il se mit donc à faire les cent pas.

— Ça valait le coup d'essayer, dit Gabriel. Sa voix reflétait la même déception que celle éprouvée par Zane.

— C'est probablement parce qu'elle est un vampire. Son aura est différente, et je pense que le cristal ne peut la détecter. Voyez le côté positif : je suis incapable de vous localiser, même si j'en avais envie, plaisanta-t-elle.

— Désolé si je n'explose pas de rire, rétorqua Zane.

— Zane, s'il te plaît, lui dit Gabriel en secouant la tête. Nous sommes tous stressés, mais il ne faut pas en oublier nos bonnes manières pour autant.

Zane n'eut pas à répondre, car Samson ouvrit la porte et entra, un papier en main.

— Je l'ai.

Il tendit le papier à Gabriel avant d'adresser un sourire furtif à la sorcière.

— Bonjour, Francine. Ravi de te voir ici.

— Parfait, rétorqua Gabriel en examinant le bout de papier.

— J'ai bon ?

Gabriel hocha la tête et souleva la feuille afin que tout le monde la vît.

— Et voici l'agresseur d'Yvette.

Zane scruta le portrait dessiné par Samson. Il avait toujours su que ce dernier était très doué en peinture et esquisses, mais pour le coup, son patron s'était vraiment dépassé. Et sa mémoire photographique y avait contribué.

Les traits de l'individu étaient inégaux : il avait des yeux bleus perçants, des cheveux bruns et une mâchoire saillante. Ses lèvres étaient charnues, son nez droit, et tout bien considéré, il paraissait plutôt coriace. Pas beau au sens classique du terme, mais relativement attirant tout de même.

— Comment as-tu fait ?

Samson sourit.

— Lorsque Gabriel s'est introduit dans les souvenirs du chauffeur, il les a implantés dans mon esprit afin que je puisse voir l'agresseur… et donc le dessiner.

Dirigeant à nouveau son regard sur l'esquisse, Zane surprit la mine choquée de Francine. Elle avait les yeux rivés sur le dessin que Gabriel tenait entre les mains.

— Francine.

Dès qu'il eut prononcé son prénom, elle détourna les yeux vers lui, et il comprit à cet instant qu'elle avait reconnu le visage.

— Qui est-ce ?

Tous les yeux se tournèrent vers elle. Ses lèvres tremblaient.

— C'est le portrait craché de feu son père, murmura-t-elle, comme si elle s'adressait personnellement cette remarque.

— Francine, la pressa Gabriel. Dis-nous qui c'est.

Elle déglutit et laissa s'écouler quelques secondes de plus avant de répondre.

— C'est Haven, le fils de Jennifer. Je ne savais pas qu'il était revenu.

~ ~ ~

— Et pourquoi devrait-on te croire ? demanda Wesley.

Yvette avait goûté leur sang, et le test s'était révélé positif. Kimberly était Katie. Elle en était sûre à cent pour cent, mais les frères étaient encore sceptiques.

— Je n'ai aucune raison de mentir. Ça ne m'apporterait rien.

— Hum.

Wesley regarda son frère, lequel dévisageait Kimberly, visiblement partagé entre ses doutes et ses espoirs.

Haven n'allait certainement pas croire un vampire. Pourquoi l'aurait-il fait ? Il avait déjà une bien piètre opinion d'elle. Une vague de frustration s'immisça en Yvette. Pourquoi prenait-elle la peine de les aider ? Elle devait être dingue pour tendre l'autre joue de la sorte.

— Bien ! rétorqua-t-elle.

Puis, elle haussa la voix.

— Sorcière ! SORCIERE ! Ramène-toi ici ! MAINTENANT !

Du coin de l'œil, elle vit Kimberly frissonner et se couvrir les oreilles.

Les cris d'Yvette eurent l'effet escompté. Quelques instants plus tard, la porte s'ouvrit. Bess demeura sur le palier, visiblement en colère.

— Qu'est-ce que tu veux ? dit-elle en fixant Yvette. Elle posa ensuite les yeux sur les deux frères. Et vous, bande d'idiots, vous ne l'avez pas encore tuée ? Alors, il est peut-être temps que je fasse le boulot moi-même !

— Une question, d'abord, si ça ne pose de problème à personne, rétorqua Yvette en feignant d'être polie. Est-ce que Kimberly est la sœur d'Haven et de Wesley ?

La surprise inonda le visage de la sorcière avant qu'un sourire diabolique ne vînt retrousser ses lèvres.

— Et vous venez juste de vous en rendre compte ? Bon sang, mais vous êtes tous lents à la détente. On dirait bien que je n'ai vraiment pas à m'inquiéter.

Elle claqua ensuite la porte.

— Vous me croyez, maintenant ?

Yvette observa les frères. Leur incrédulité se transformait doucement en joie, tandis qu'elle sentait une pointe de déception l'envahir. Haven avait cru la sorcière, mais pas elle. Et même si elle en comprenait les raisons, notamment le contentieux qui opposait Haven aux vampires, cela la blessait toujours. Déçue, elle se laissa tomber sur un lit de camp et s'adossa au mur.

Yvette ne s'était jamais rendue à une réunion de famille ou, du moins, pas au cours de ces cinquante dernières années. Ce à quoi elle assistait à présent lui faisait monter les larmes aux yeux. Malgré les murs et le sol de la prison, la pièce n'aurait pu être plus chaleureuse, tellement les émotions circulaient librement d'un membre de la fratrie à l'autre.

Yvette ressentit une once de jalousie en observant les deux frères prendre leur jeune sœur dans leurs bras, tout en la bombardant de questions sur son enfance à l'orphelinat, ses goûts et sa carrière. Ils formaient une famille heureuse, enfin, pour autant que cela fût possible en captivité.

Les questions de Kimberly à ses frères ne manquaient pas non plus d'enthousiasme, et même si Yvette tentait de ne pas y prêter attention, elle ne pouvait s'empêcher d'écouter les histoires qu'Haven racontait sur sa vie en tant que chasseur de primes. Elle n'en était pas certaine, mais elle avait le sentiment qu'il évitait délibérément de mentionner les épisodes de sa traque aux vampires. Peut-être était-ce sa manière à lui, bien que maladroite, de lui prouver sa reconnaissance pour avoir retrouvé sa sœur.

Lorsque Kimberly rit à une de ses histoires, Haven lança un regard à Yvette et articula un *merci*, en silence. Elle dut recourir à toute sa force mentale pour ne pas s'écrouler. Elle s'allongea sur le lit et ferma les yeux, s'échappant dans les ténèbres. Ce que ces trois personnes possédaient représentait bien plus que ce qu'elle n'aurait jamais. Et, bien que ce bonheur fût amplement mérité, cela accentuait sa propre solitude. Elle était exclue, et cela, plus que jamais. Elle était celle qui n'avait aucune attache.

Tout en essayant de ne pas s'apitoyer sur son sort, elle se força à respirer profondément pour de se détendre. Cela faisait à peine douze heures qu'ils étaient retenus captifs, mais elle était certaine que ses collègues étaient en train de tout tenter pour la retrouver. Cependant, tant qu'il ferait jour, ils ne pourraient lui venir en aide, même s'ils savaient déjà où elle se trouvait. Tout ce qu'elle pouvait faire pour le moment, c'était attendre.

Si les renforts de Scanguards ne se montraient pas à la nuit tombée, alors devrait-elle considérer d'autres pistes. Et le fait que ses trois compagnons de cellule fussent des sorciers pouvait se révéler bien pratique. Bien qu'inconscients de leurs pouvoirs, ou tout simplement incapables de les utiliser, ils en possédaient. Yvette en était certaine. Et d'une manière ou d'une autre, ils finiraient bien par savoir les exploiter.

Et puis, il y avait également ce qu'Yvette avait découvert à propos la sorcière. Bess devait être à l'intérieur du champ pour exercer ses pouvoirs sur eux. Tant qu'elle restait de l'autre côté du palier, elle ne pouvait rien leur faire. C'était réconfortant. Entre ces quatre murs, ils étaient au moins en sécurité.

Pour la première fois depuis le début de sa mission, Yvette s'autorisa à relâcher ses muscles. Kimberly ne risquait rien avec ses frères, et le récent comportement d'Haven lui avait assuré qu'il ne s'attaquerait pas à elle, si elle se tenait tranquille. Elle avait juste besoin de s'accorder quelques minutes.

Le papotage constant de Kimberly offrait un bruit de fond propice à l'endormissement. Elle n'aurait su dire combien de temps elle s'était assoupie, mais sa sieste n'avait certainement pas duré très longtemps. Kimberly était toujours en train de leur raconter la même histoire, ou une variante de celle-ci, lorsque les sens d'Yvette se concentrèrent sur quelque chose.

D'abord, un bruit semblable à un grattement se fit entendre, comme si quelqu'un tentait d'ouvrir une vieille porte, les charnières rouillées composant une musique digne d'un film d'horreur. Les poils de son cou se hérissèrent instantanément, alors qu'elle tentait de se focaliser davantage sur le bruit. Ce dernier était bizarre. Dérangeant.

Yvette s'assit, la colonne vertébrale raide et en alerte. Elle jeta un rapide coup d'œil à la pièce. Les trois frères et sœur étaient toujours en train de parler au même endroit, assis sur deux lits de camp. Le bruit ne provenait pas de là.

Ses yeux atterrirent sur la porte, mais rien ! Aucun bruit ne s'en échappait.

Crac !

Encore. Cela venait de l'extérieur. Elle en était certaine à présent.

D'un coup sec, elle tourna la tête en direction de la fenêtre. Un rayon de soleil s'infiltra au même moment dans la pièce. Yvette se pétrifia suffisamment longtemps pour ressentir la douleur à l'endroit où le soleil avait touché son bras.

— Non ! cria Haven en la sortant de sa transe, alors qu'un autre craquement se faisait entendre.

Elle réalisa finalement ce qui était en train de se passer : cette sale sorcière retirait les planches de bois clouées à la fenêtre, mettant ainsi ses menaces à exécution.

— Merde ! cria Yvette en bondissant et en se cognant presque à Haven.

Un vent de panique l'envahit, telle la foudre s'abattant sur elle, puis elle sentit la main d'Haven l'attraper.

— Bouge ! hurla-t-il en l'attirant vers lui.

Elle trébucha plus qu'elle ne courut, tandis qu'il ouvrait grand la porte de la salle de bain et précipitait Yvette à l'intérieur, les rayons du soleil sur leurs talons. Elle se cogna contre le lavabo et entendit ensuite la porte se refermer bruyamment derrière eux.

Seule une ampoule pendait au plafond, illuminant cet espace aussi petit qu'un ascenseur pour six.

Son cœur se mit à battre la chamade. Derrière elle, la respiration d'Haven était tout aussi erratique. Lorsqu'elle se tourna vers lui, elle n'eut pas l'occasion de le remercier pour la rapidité de sa réaction, car il passa immédiatement un bras autour d'elle et l'attira vers lui, contre sa poitrine. Une main sur sa nuque et l'autre autour de sa taille, il la serra contre lui.

— Oh, merde ! laissa-t-il échapper dans un souffle. Quelle salope !

Yvette déglutit, incapable de parler. Elle était bien trop choquée. Elle s'était pétrifiée durant quelques secondes. Cela ne lui était jamais arrivé.

Haven posa les mains sur ses épaules et la repoussa quelque peu.

— Ça va ? Le soleil ne t'a pas touchée ?

Inquiet, il observa son corps, le tremblement de sa voix reflétant son inquiétude.

Yvette se dégagea. Se retrouver la tête contre la poitrine nue d'Haven s'était révélé être une tentation bien suffisante. Il lui fallait rompre tout contact avec lui avant qu'il ne fût trop tard.

— Je vais bien, merci.

Ce n'était pas vrai, mais elle le serait bientôt.

Il hocha brièvement la tête, puis se tourna vers la porte sans l'ouvrir.

— Wesley ?

— Ouais ? répondit immédiatement son frère.

— Attrape les couvertures des lits de camp et fais-les pendre à la fenêtre tout en t'assurant que la lumière ne s'infiltre pas sur le côté non plus.

— Ok.

Haven se retourna ensuite et réduisit la distance qui le séparait d'elle. On ne pouvait se dérober dans une pièce aussi petite. Son regard était si sérieux, lorsqu'il la regarda, qu'elle se sentit toute petite.

— Tu pourras me botter le cul plus tard, mais pour le moment, je dois te tenir dans mes bras.

— Qu'est-ce...

— Chut. Pas maintenant, Yvette. J'ai failli avoir un infarctus quand j'ai cru que tu allais mourir devant mes yeux.

Elle sentit son cœur bondir dans sa poitrine. C'était comme si quelqu'un avait installé un trampoline et ne cessait de sauter dessus. Ce gros et mauvais chasseur de vampires s'inquiétait pour elle. L'homme qui avait reconnu avoir tué d'autres vampires pour venger sa mère venait de la sauver en la précipitant avec lui dans cette salle de bain sans fenêtre. Et maintenant, il la tenait dans ses bras, bien plus fort que quiconque ne l'eût jamais fait ; comme si quelque chose de mauvais allait lui arriver s'il la lâchait. Une légère fissure apparut à la porte de son cœur lorsqu'elle le réalisa...

Haven ne la détestait pas.

17

Haven tenta de calmer les battements précipités de son cœur. Tenir Yvette dans ses bras y contribuait quelque peu. Cela le rassurait, car elle était vivante et en bonne santé. S'il n'avait pas lancé un regard dans sa direction pendant qu'il écoutait les histoires de sa sœur, il ne se serait pas rendu compte assez vite que quelque chose clochait. Mais dès l'instant où il l'avait vue scanner la pièce, à l'affût du moindre danger, ses propres sens avaient capté le bruit, et il avait réalisé de quoi il s'agissait.

Il ne s'était jamais déplacé aussi rapidement de toute sa vie. Il avait réagi instinctivement en l'attrapant et en la précipitant dans la petite salle de bain. Il se devait de la mettre à l'abri avant que Bess n'arrachât une planche en bois de la fenêtre et laissât pénétrer la lumière. Rien que d'y penser, ses genoux en tremblaient encore. Mais il n'était pas d'humeur à se pencher sur sa réaction quant à la menace qui pesait sur Yvette. Il ne voulait pas s'étendre davantage sur les raisons pour lesquelles il la protégeait.

Pour le moment, il ne voulait pas réfléchir. Il voulait seulement la sentir. Elle.

Haven relâcha son étreinte et lui souleva le menton pour qu'elle le regardât. Le choc et la peur qu'il avait lus dans ses yeux s'étaient dissipés, laissant place à la surprise.

— Embrasse-moi, lui dit-il.

Bon sang, elle abdiqua sans broncher. Il s'était au moins attendu à quelque opposition, mais peut-être était-elle simplement choquée et avait dès lors besoin de ce relâchement. Tout autant que lui.

— Mais cette fois, ne me mords pas. Je veux être certain que ce que je ressens n'a rien à voir avec les effets secondaires.

Ce n'était pas qu'il n'avait pas apprécié la morsure, mais il voulait absolument comprendre pourquoi il était attiré par elle. Et la seule façon d'y parvenir, c'était qu'elle s'abstînt d'utiliser ses pouvoirs de vampire sur lui. Il avait besoin d'être rassuré.

— Pas de morsure, murmura-t-elle dans un souffle, pas même une toute petite ?

Sa verge se durcit à cette suggestion. Haven tenta de l'ignorer et ferma les yeux un instant. Mais l'obscurité ne fit qu'accentuer la présence d'Yvette. Son parfum d'orange l'enveloppait, le son des battements de son cœur faisait écho aux siens, et sa respiration superficielle envoyait un souffle chaud sur son visage. Elle laissa ses mains remonter le long de la poitrine d'Haven ; le contact peau contre peau lui envoyant d'excitantes décharges à travers les veines, alors qu'elle dirigeait ses doigts vers ses épaules.

Cette femme le tuerait s'il l'autorisait à l'approcher de trop près.

— Non, répondit-il finalement avant d'ouvrir les yeux et de la regarder.

Là, dans la profondeur des yeux verts d'Yvette, reposaient toutes les réponses à ses questions.

— Non, bébé. Pour le moment, c'est juste toi et moi. Pas de tour, pas de pouvoir.

Simplement du désir.

A l'état brut.

Sauvage.

Lorsque les lèvres d'Yvette rencontrèrent les siennes, il oublia tout ce qui venait d'arriver. Son esprit ne put enregistrer que la sensation de ces lèvres douces pressées contre lui. Des lèvres envoûtantes qui savaient s'y prendre, des lèvres passionnées qui l'exploraient. Il entrouvrit la bouche et l'invita à entrer. Oh combien il aimait percevoir la confiance d'une femme qui prenait simplement ce qu'elle voulait. Exactement comme il aimait le faire avec elle. Boire de ses lèvres, l'explorer, la faire vibrer.

Lorsque, de sa langue, elle parcourut sa lèvre inférieure en une caresse si douce – douceur dont il n'avait jamais cru un vampire capable – il émit un grognement, frustré. Il ne pouvait se faire à tant de volupté pour le moment. Ne le comprenait-elle pas ? Il avait besoin de quelque chose de plus rapide, fort, violent. Le choc de l'avoir presque perdue ne serait balayé qu'à ce moment.

Mais sa langue séductrice continua de le taquiner et ne s'engouffra que lentement par la commissure de ses lèvres. Lorsque sa saveur lui eut envahi la bouche, il la goûta et inspira profondément afin de s'en imprégner au maximum. Ces saveurs lui heurtèrent un nerf, avertissant son corps de se préparer pour l'inévitable. Son cœur pompa davantage de sang dans sa verge, amenant celle-ci, toute impatiente qu'elle était, à la limite de l'explosion.

Mais apparemment, Yvette n'en avait pas fini avec ses tendres explorations. Elle se pressa davantage contre lui, inclinant la tête pour une meilleure pénétration. Son corps était chaud, très chaud même, et au moindre point de contact entre leurs deux corps, la passion commençait lentement à bouillir, démarrant sa lente ascension vers le toujours très lointain point culminant.

Incapable de se contenir face à cette progression tranquille, il la maintint dans ses bras tout en se retournant. Il la plaqua contre la porte et la coinça. La porte grinça en guise de protestation, mais Haven l'entendit à peine. Obstinément déterminé, il lui enfonça la langue dans sa bouche et captura le baiser. Que d'efforts pour *lui* avoir demandé de l'embrasser ! Il ne referait pas cette erreur avant d'avoir réellement le temps pour tout cela. Mais pour l'instant, ce n'était pas le cas. Car il n'avait pas oublié où ils se trouvaient. La sorcière pouvait entrer à n'importe quel moment et, avant qu'elle ne s'exécutât, il avait besoin de posséder Yvette et de rassasier cette faim qu'il avait d'elle.

Yvette répondit immédiatement à son baiser passionné, frottant sa langue contre la sienne, lui démontrant qu'elle était prête à se surpasser. Voilà, on y était. Satisfait, il grogna et s'écarta une seconde.

— Ben voilà, bébé.

Un instant plus tard, ses lèvres la dévoraient à nouveau. Sa langue s'enfonça davantage encore en elle, la goûtant, l'explorant, tandis que ses hanches allaient et venaient contre elle. Sa verge donna le rythme, alors qu'elle glissait contre le doux centre de la féminité d'Yvette. Lorsque cette dernière lui passa la main au niveau de sa ceinture, il laissa échapper un gémissement étouffé et arracha ses lèvres des siennes.

— Soulage-moi, Yvette.

Elle déboutonna le pantalon avant d'en baisser la braguette.

— Maintenant, vous pouvez sortir, dit Wesley à travers la porte.

Merde !

Il ne pouvait sortir maintenant : Yvette tenait sa verge entre ses mains, sa paume l'enveloppant, tandis qu'elle tournait également la tête en direction de la voix de Wesley.

— Donne-nous une minute.

Il espérait bien que son frère s'en allât et le laissât tranquille.

Haven écouta. Pas de réponse. Bien. Puis, il se concentra de nouveau sur Yvette qui lui lançait un regard interrogateur avant de s'intéresser à ce qu'elle avait en main. Un instant plus tard, elle le caressait à pleine main. Cela le fit presque sursauter tellement le plaisir était intense.

— Putain, bébé ! gémit-il entre ses dents.

De ses mains, il lui remonta la robe, laquelle était déjà à moitié relevée. Celle-ci lui arrivait à présent au niveau des hanches et dévoilait son string noir. Ecartant d'une main le tissu, il glissa un doigt le long de ses plis, continuant son chemin vers le bas. Ses boucles étaient trempées, mais ce n'était rien comparé à la rosée qui inondait le centre de sa féminité.

Sans rencontrer la moindre résistance, son doigt glissa entre les plis humides et s'enfonça dans la chaleur de sa fente. Tout en expirant, Yvette laissa retomber sa tête en arrière, contre la porte.

— Ouais, bébé. C'est là que je veux aller. Maintenant. Ecarte tes jambes pour moi.

Les paupières entrouvertes, elle le regarda tout en changeant de position.

Haven retira son doigt et lui agrippa les hanches. Il la souleva afin qu'elle enroulât ses jambes autour de lui, utilisant la porte comme appui. Soudainement, quelque chose lui vint à l'esprit.

— Merde, je n'ai pas de capotes.

Elle secoua la tête.

— Les vampires ne sont pas porteurs de maladies.

Ça, il s'en était douté, mais ce n'était pas ce qui l'inquiétait.

— Et pour ce qui est d'une éventuelle grossesse ?

La dernière chose qu'il voulait, c'était avoir un enfant, une autre personne pour laquelle il devrait s'inquiéter. Tout comme il l'avait fait pour sa sœur. Il ne se pensait pas capable de revivre cela. Non, il valait mieux qu'il n'eût jamais d'enfant, de peur de les perdre.

Lorsqu'il plongea ses yeux dans ceux d'Yvette, il y perçut une lueur étrange, mais il ne put en déterminer l'origine.

— Ça va ?

— Tu n'as pas à t'inquiéter pour une éventuelle grossesse.

Haven aimait les femmes qui prenaient leurs précautions. Il pencha la tête vers sa clavicule et titilla sa peau. Bon sang qu'elle sentait bon ! Suffisamment pour la dévorer. Plus tard, lorsqu'ils auraient plus de temps, il étudierait ce corps de ses lèvres; il l'explorerait, le goûterait – mais pour le moment, il avait besoin d'autre chose.

— Guide-moi en toi.

Elle écarta son string d'une main, puis plaça sa verge à l'entrée de sa féminité. Dès l'instant où elle relâcha l'engin pour étreindre son partenaire de ses bras et de ses jambes, ce dernier plongea en elle. L'impact les plaqua tous deux contre la porte, et le bruit de ferraille des charnières résonna dans la petite pièce d'à côté.

— Qu'est-ce que vous faîtes, là-dedans ? demanda Wesley en cognant cette fois contre la porte.

— Va t'en, lui cria Haven tout en s'écartant d'Yvette avant de replonger en elle plus profondément.

Bon sang, elle était vraiment étroite.

— Si vous ne sortez pas, c'est moi qui entre !

La menace de Wesley le fit s'arrêter une seconde. Il regarda Yvette.

— A toi de voir, lui dit-elle, d'une voix si basse que lui seul put entendre. Mais si tu arrêtes maintenant, je ne peux pas te garantir que tu auras une autre chance de m'avoir.

Malgré son regard nonchalant, Haven savait qu'elle n'était pas indifférente à l'issue de leur petit rendez-vous. Elle voulait, tout autant que lui, que cela continuât, et elle ne bluffait personne en ce moment.

Il pouffa.

— Je t'ai fait écarter les jambes une fois, je peux le refaire, la taquina-t-il.

Elle avait réagi de façon si passionnée qu'il n'avait jamais été aussi certain de parvenir à finir ce qu'ils avaient commencé.

Soudain, elle se pressa contre lui, la verge d'Haven se délogeant par la même occasion. Elle plissa les yeux et remit les pieds au sol avant de le repousser sérieusement.

— Espèce de petit con arrogant ! J'écarte mes jambes quand j'en ai envie. Pas quand tu le décides.

Elle réajusta sa robe sur ses cuisses.

— On sort ! cria-t-elle en direction de la porte, alors qu'elle se retournait et allait en attraper la poignée.

— Non, on ne sort pas !

La main d'Haven claqua contre la porte juste au moment où Yvette en tournait la poignée. Le regard furieux qu'elle arborait le heurta, alors qu'elle pivotait pour lui faire face.

— Tu ne peux pas me retenir ici contre ma volonté !

Haven s'approcha et la plaqua contre la porte.

— Oh, vraiment ?

Avant qu'elle ne pût répondre, il lui captura les lèvres en un long baiser. Cette fois, il n'y avait rien de doux, rien d'hésitant. Il mettait les choses au clair en lui faisant comprendre qu'elle n'allait pas lui échapper.

Qu'il allât au diable ! Haven devait être maudit pour parvenir à ce qu'elle sentît son propre corps la trahir, alors qu'elle était en rage contre lui. Et elle était folle de rage. Pour avoir simplement été autorisé à la pénétrer, le petit con arrogant pensait qu'il décidait à présent de tout ! Comme s'il se croyait supérieur. Comme si elle n'était que la faible femme qui abdiquait dès que le chasseur de primes et méchant chasseur de vampires le désirait. Pour qui se prenait-il ? Il n'avait absolument aucun droit de lui demander quoi que ce soit. Et elle seule déciderait s'il pourrait la posséder plus tard ou non. Haven n'était pas son patron.

Malheureusement, il faisait du bon travail à l'embrasser de la sorte, jusqu'à sa parfaite soumission. Mais elle ne le laisserait pas prendre le dessus. Elle se battrait de toutes ses forces. Elle ne pouvait lui permettre d'exercer un quelconque pouvoir sur elle, car elle savait comment cela finirait. Surtout dans leur cas : Haven avait déjà une bien piètre opinion d'elle, et les mots cinglants qu'il avait prononcés en affirmant qu'il pouvait lui faire écarter les jambes, dès qu'il le souhaitait, confirmaient qu'il ne lui vouait aucun respect. Il l'utiliserait et la jetterait ensuite comme un vulgaire papier de bonbon. Mais elle ne permettrait pas une telle chose. Non, ce serait *elle* qui *le* jetterait au bon moment, mais pas avant qu'elle ne l'eût rendu complètement et profondément épris d'elle. La vengeance était un plat qui se mangeait froid et ça, Yvette le savait bien.

Il n'y avait qu'une façon d'atteindre cet objectif et de retourner la situation en sa faveur : l'amener à l'extase ultime et le laisser la désirer encore plus ardemment, pour enfin lui refuser ce qu'il voulait le plus au monde. Il ne serait pas le premier homme qu'elle réduirait en poussière, et il ne serait certainement pas le dernier.

Tout en arrachant sa bouche de celle d'Haven, elle se libéra de son étreinte. Il avait les yeux sombres de désir ; ses lèvres étaient pleines et humides. Yvette abaissa alors son regard vers le bas-ventre d'Haven et vit la magnificence de sa verge toujours en érection. A la vitesse du vampire, elle attrapa le chasseur de primes par les épaules, le retourna et le plaqua contre la porte. A présent, elle serait aux commandes.

— Qu'est-ce que...

Mais Yvette ne lui donna pas l'occasion de finir sa phrase. En lieu et place, elle s'agenouilla et se mit à la hauteur de sa virilité. Elle jeta ensuite un œil au visage d'Haven, lequel arborait un air surpris pour immédiatement laisser place à l'expression d'un désir brûlant.

— Ouais, bébé, murmura-t-il.

Elle agrippa son engin dans la paume de sa main et le caressa par-dessous, avant de le guider vers sa bouche et d'en lécher la tête violacée. Du liquide séminal étant déjà apparu, elle resserra légèrement sa main et se mit à lécher les gouttes salées en aplatissant sa langue sur la fente.

Haven relâcha la tête en arrière, alors qu'il laissait échapper un faible soupir. Yvette sourit. Ce ne serait pas long pour parvenir à le dominer. Le seul problème auquel elle se trouvait à présent confrontée était de trouver un moyen de ne plus apprécier cette situation. Car le désir la dévorait à chaque fois qu'elle léchait cette sécrétion.

Yvette attrapa la verge en sa base et, tout en formant un *o* parfait avec ses lèvres, la prit en bouche. Il était bien monté, et son érection lui toucha immédiatement le fond de la gorge. Elle relâcha ses muscles afin d'éviter d'avoir des haut-le-cœur et recula la tête d'un centimètre jusqu'à ce qu'elle sentît les mains d'Haven sur sa tête.

D'une légère pression, ce dernier avança de nouveau dans sa bouche. Son mouvement, accompagné d'un grognement sourd suivi de respirations courtes, prouvait qu'il essayait de se contrôler. Mais Yvette avait bien mieux en tête que de le laisser s'adapter aux sensations qu'elle lui procurait. Il n'aurait pas de répit. Avec son autre main, elle lui attrapa délicatement les bourses et les gratta légèrement avec ses ongles. Celles-ci se durcirent immédiatement, permettant à leur contenu arrondi de remonter vers la base de son membre tendu.

Elle utilisa sa langue et ses lèvres afin de sucer plus fort et de provoquer une friction à laquelle il ne pourrait résister longtemps. Elle savait s'y prendre. Et en même temps, elle aimait son goût et la texture de sa jolie chair. Elle avait toujours aimé sucer les hommes, car cela lui conférait un certain pouvoir sur eux. Et encore plus sur Haven. Ses gémissements et sa respiration irrégulière indiquaient clairement qu'il était proche du point de non-retour. Et lui faire perdre le contrôle était tout ce qu'elle désirait.

Yvette inspira profondément – permettant à la senteur de ce mâle d'inonder ses sens. L'effluve atteignit toutes ses cellules, rendant presque insupportable le désir qu'elle éprouvait pour lui. Mais ce n'était pas pour son propre plaisir qu'elle faisait cela, c'était pour celui d'Haven, afin qu'il devînt fou de désir pour elle. Car ce n'était qu'en reprenant le contrôle et en balayant l'emprise qu'il avait sur elle qu'elle pourrait espérer retrouver la raison. Mais bon sang qu'elle en appréciait chaque seconde ! Impossible de demander à son corps de ne pas réagir.

La dure verge d'Haven pompa alors de plus en plus vite, et Yvette se mit à sucer plus fort.

— Oh bon Dieu ! grogna-t-il.

Face à l'imminent orgasme, son sexe eut un sursaut. Yvette engouffra l'érection aussi profondément que possible, et alors que ses canines s'allongeaient, elle les lui enfonça à la base de sa virilité et lui transperça la peau.

— Putain !

Elle capta à peine le grognement surpris d'Haven, tandis que le sang et le sperme se mélangeaient dans sa bouche. Le goût de cette combinaison lui envoya une décharge électrique dans le clitoris et la fit atteindre l'orgasme instantanément.

Yvette se délecta des sensations qui parcouraient son corps chaud, alors qu'elle continuait à sucer cette mixture qui ne cessait de pulser dans sa bouche.

Lorsqu'elle remarqua qu'Haven commençait à s'affaler contre la porte, elle délogea ses canines et laissa sa verge glisser hors de sa bouche. Alors qu'Haven se laissait aller, elle le rattrapa et l'aida à s'asseoir. Il avait les yeux fermés, mais ses mains se trouvaient toujours sur la tête d'Yvette, la tenant tout contre lui.

— Je n'ai jamais..., s'interrompit-il en prenant une grande bouffée d'air. C'était...

Une fois de plus, il ne put finir sa phrase.

Yvette sourit, se sentant presque languissante après ce puissant orgasme. Et pourtant, il ne l'avait même pas touchée. Elle ne pouvait qu'imaginer ce que cela serait lorsqu'il le ferait. Mais pour le moment, elle récoltait les fruits de son dur labeur. Il était en train de lui succomber.

— Tu...

Haven ouvrit les yeux, son regard atterrit sur sa verge, laquelle était à présent flasque contre le nid de boucles brunes. Du sang subsistait à la base, et les petites blessures dues à la morsure étaient encore visibles. Il écarquilla les yeux.

— Tu mas mordu !

18

— J'ai tiré tous les rideaux, dit Oliver depuis l'intérieur de l'appartement. Tu peux entrer.

Zane tourna la poignée, ouvrit la porte et entra dans la pièce éclairée avant de laisser la porte se refermer derrière lui. Oliver, l'assistant humain de Samson, pouvait se révéler bien utile. Sécuriser un lieu pour les vampires, par exemple. Non pas que Francine, laquelle les accompagnait, n'aurait pu faire la même chose, mais en toute honnêteté, Zane ne lui faisait pas vraiment confiance. On pouvait lui reprocher nombre de choses, mais certainement pas d'être imprudent en ce qui concernait sa propre vie. Après tout, il n'en avait qu'une.

— Merci, Oliver. J'apprécie.

Il dépassa le gamin. Ce qu'il était visiblement lorsqu'on le regardait : le teint frais, à peine la vingtaine, et une barbe de plusieurs jours laissant supposer qu'il se la laissait pousser. Ses cheveux n'étaient qu'un sombre fouillis malgré le nombre de fois où il s'y passait la main afin de les dompter et de les transformer en une jolie coiffure. C'était sans espoir. Les cheveux d'Oliver n'en faisaient qu'à leur tête.

Ses yeux étaient clairs et vifs. C'était un bon gamin. Un gamin digne de connaître leurs secrets. Pour l'avoir rencontré plusieurs fois, Zane allait même jusqu'à suspecter que ce dernier voulût tout simplement être comme eux, comme les vampires qui travaillaient pour Scanguards.

— Si je peux être utile pour quoi que ce soit...

— Surveille simplement la porte.

Remarquant la déception qui voilait le visage d'Oliver, Zane ajouta un *merci* et s'étouffa presque en le prononçant. Bon sang, il était en train de se transformer en gentil toutou.

L'appartement d'Haven avait été facile à trouver. Après que la sorcière eût donné son nom complet, Gabriel avait passé quelques coups de fil pertinents à ses sources en poste à la mairie et au commissariat. Il fut surpris d'apprendre qu'Haven Montgomery était un chasseur de primes. Et un bon, apparemment.

C'était bien ce dont ils avaient besoin : un chasseur de primes qui, de surcroît, était un sorcier. Mais rien dans son appartement ne trahissait son statut de sorcier. Zane passa le F2 au peigne fin avec sa légendaire et glaciale efficacité. Il examina les nombreux cartons qui inondaient le salon ainsi que la petite chambre. Soit le type venait d'emménager, soit il était sur le point de partir.

Zane s'assurerait que la seconde option ne se produisît pas. Il était bien déterminé à attraper cet enfoiré avant qu'il ne pût s'enfuir.

Un soupir dans son dos l'amena à se retourner. Francine se tenait devant la cheminée factice, un cadre dans les mains. Zane s'approcha d'elle et regarda par-dessus son épaule.

— C'est quoi, ça ?

Francine poussa un cri perçant, un son qui emplit la poitrine de Zane d'un sentiment de satisfaction. Il avait toujours ce pouvoir d'effrayer les gens : il y parvenait même avec une sorcière, alors que les sens de ces dernières étaient supposés être supérieurs à ceux du commun des mortels. Il ferait tout aussi bien de lui faire comprendre, dès le départ, qu'il ne la quitterait pas d'un œil. Si elle projetait de lui jeter un sort, il se précipiterait sur elle immédiatement, car il ne croyait aucunement qu'elle pût trahir un de ses pairs. Et encore moins un qu'elle semblait connaître personnellement.

— Qui sont-ils ? demanda Zane en pointant les deux garçons et le bébé sur la photo que Francine serrait si fort que ses doigts en blanchissaient.

— Haven et son frère Wesley. Et le bébé, c'est Katie. Une telle tragédie.

— Qu'est-ce qu'il y a de tragique dans tout ça ?

— Katie a été kidnappée il y a 22 ans. On ne l'a jamais retrouvée.

Zane grommela. Ce n'était pas son problème.

— Et Haven ? Qu'est-ce que tu peux me dire sur lui ? Quels sont ses pouvoirs ?

Francine haussa les épaules et remit la photo sur la tablette de la cheminée.

— Je ne suis pas sûre qu'il ait des pouvoirs. Ni Wesley d'ailleurs.

— Tu es en train de me dire qu'il n'est pas un sorcier ? Je ne te crois pas. Il a utilisé de la sorcellerie pour maîtriser ma collègue. Tu crois que je suis stupide à ce point ?

La sorcière le dévisagea.

— Tout ce que je dis, c'est que je ne sais pas ce qui lui est arrivé. Ça fait vingt ans que je ne l'ai pas vu. Je ne savais même pas qu'il était de retour.

Zane prit une profonde inspiration.

— Et ses parents ? Tu es toujours en contact avec eux ?

Elle secoua la tête.

— Son père est parti avant la naissance de Katie, et Jennifer a été assassinée il y a vingt-deux ans, dit-elle avant de faire une pause, puis de reprendre.

— Par un vampire.

Putain ! Ça ne sentait pas bon. Non seulement le gars était un chasseur de primes et un sorcier, mais il avait, en plus, une très bonne raison de détester les vampires et de vouloir se venger d'eux.

— Le même vampire qui a kidnappé Katie.

Deux très bonnes raisons.

Quelles meilleures motivations que celles de venger une mère et une sœur ? Et Zane en connaissait un rayon sur la motivation et la haine. Il savait également à quel point elles pouvaient vous transporter durant de longues années de solitude. A quel point cela pouvait encourager le besoin de revanche, de règlement de comptes, pour n'aboutir qu'à alimenter la haine et annihiler tout ce qui restait de votre cœur. Détruire ceux qui avaient détruit votre famille : c'était la plus grande source de motivation que Zane connût. Haven serait un formidable adversaire, prêt à se battre jusqu'à la mort.

— Putain ! grommela Zane dans sa barbe.

— Et son frère, Wesley ?

— Là où se trouve Haven... Wesley n'est jamais loin. Ils sont littéralement collés l'un à l'autre. Haven était comme un père pour Wesley.

— Qu'est-ce qui leur est arrivé à la mort de leur mère ?

Ce n'était pas la compassion qui le poussait à poser des questions – la compassion, c'était pour les mauviettes – non, il avait besoin d'en savoir un maximum sur son ennemi afin de trouver son point faible.

— Les garçons ont été envoyés chez leur grand-oncle dans l'Iowa. Le seul parent qui leur restait.

— Et le père ?

Comment un père pouvait-il abandonner ses enfants quand ils avaient le plus besoin de lui ?

Francine baissa les yeux afin d'éviter son regard interrogateur. Cachait-elle quelque chose ?

— Il n'en avait rien à faire.

Elle en savait manifestement bien plus.

— Pourquoi ?

Elle haussa les épaules.

— Je ne sais pas.

Zane n'était pas dupe.

— C'est aussi un sorcier ?

Francine le regarda à nouveau.

— Non, bien sûr que non. Jennifer était la sorcière. Son mari était on ne peut plus humain.

— Pourquoi les a-t-il abandonnés ?

— Comment le saurais-je ? Il y a plein de couples mariés qui se séparent.

La voix de Francine semblait ferme de prime abord, mais Zane nota un léger tremblement sur la fin de sa phrase. La femme lui mentait.

— Je le demande à nouveau et, cette fois, je veux la vérité. Pourquoi les a-t-il abandonnés ?

Francine se retourna et se dirigea vers la cuisine.

— Ce n'est pas important.

Zane la suivit.

— Si, ça l'est.

— Laisse tomber, vampire. Tu n'obtiendras rien de bon de tout ça.

D'une main sur l'épaule, il la retint à la porte de la cuisine.

— Dis-le-moi maintenant.

Il resserra sa poigne et baissa la tête vers le cou de Francine.

— Ou je te mords.

Francine donna un coup d'épaule en arrière, lequel atterrit contre les côtes de Zane. Mais ce dernier était si résistant qu'il le sentit à peine.

— Prends garde à ne pas faire les frais de ma sorcellerie, prévint-elle.

— Je peux mordre plus vite que tu ne peux jeter un sort.

Zane n'était pas certain à cent pour cent de l'exactitude de son affirmation, mais rien ne l'empêchait de bluffer. Il n'avait jamais vu Francine exercer le moindre de ses pouvoirs sur ses collègues, alors il ne savait trop de quoi elle était capable.

— Et je parie que tu ne voudrais pas que je dise à Gabriel que tu refuses de me donner des informations. Une fois que la confiance qu'il porte en quelqu'un est entachée, il devient impitoyable.

Francine libéra son épaule de sa poigne. Il s'autorisa à la relâcher, interprétant son silence comme une soumission. Elle ne le regarda pas et se contenta d'observer simplement la cuisine.

— Le père d'Haven ne voulait pas que Katie voit le jour.

— Quoi ?

Il avait mal entendu, ce n'était pas possible.

— Il voulait que sa femme avorte ?

— Lorsqu'il a appris... pour la prophétie... et qu'il s'est rendu compte qu'elle se réaliserait, il a imploré Jennifer de mettre un terme à sa grossesse, mais elle a refusé.

— Une minute : quelle prophétie ?

Zane n'aimait pas ce genre de choses : prophéties, destin et tous ces trucs qui n'avaient aucun sens.

Francine tourna la tête vers lui.

— Les trois enfants d'une sorcière lambda deviendront les sorciers les plus puissants de notre ère et mettront à mal l'équilibre du monde des ténèbres. Lorsque Whit, le mari de Jennifer, en a eu connaissance, il s'est senti trahi par elle. Tout ce qu'elle voulait de lui, c'était ces trois enfants. Ils auraient ainsi incarné Le Pouvoir des Trois. Pour régner sur le monde des ténèbres.

— Ah merde !

Mais où diable avaient-ils mis les pieds ? Si Haven était aussi puissant, comment parviendraient-ils à sauver Yvette ?

— Si c'est vrai, alors Yvette est bonne pour la morgue.

Francine secoua la tête.

— Haven n'est pas mauvais.

Zane laissa échapper un rire amer.

— Et qu'est-ce qui ne le rend pas diabolique ? Tu as dit que ça faisait plus de vingt ans que tu ne l'avais pas vu. Le petit garçon que tu as connu n'existe plus. C'est un sorcier puissant, et il tuera Yvette. Si elle n'est pas déjà morte.

— Non, il ne le peut pas, car la prophétie ne s'est jamais réalisée.

— Quoi ?

— Sans Katie, il n'y a pas de Pouvoir des Trois. Et Katie est partie. Je l'ai moi-même recherchée. Jennifer était mon amie et, bien qu'elle ait eu tort de vouloir exploiter le pouvoir de ses enfants, ces derniers ne méritaient pas ça. Je n'ai jamais pu trouver où Katie avait été emmenée. Et je ne suis pas la seule à l'avoir cherchée. Si ça se trouve, le vampire qui l'a kidnappée l'a tuée.

— Pourquoi ?

— Pour être sûr que les trois frères et sœur ne se retrouvent jamais et incarnent le Pouvoir des Trois. Les séparer pour toujours était le seul moyen de mettre un terme à cette prophétie.

Etait-ce une lumière au bout du tunnel, ou simplement un train qui fonçait sur eux ?

— Est-ce que ça veut dire qu'Haven n'est pas aussi puissant qu'on le croit ?

Francine jeta un œil dans la cuisine.

— D'après ce que j'en vois, il n'a même pas l'air de pratiquer la sorcellerie.

Elle ouvrit un tiroir et quelques placards.

— Rien ici n'indique qu'il concocte des potions.

— Mais Yvette a été victime de l'une d'entre elles. Un truc avec de la fumée rose.

Zane se caressa le crâne rasé afin de relâcher la tension de son cou et de ses épaules.

— Il n'y a rien ici qui permette de préparer une telle potion. Aucun résidu nulle part.

Elle désigna les pots près de la cuisinière.

— Ces pots n'ont jamais contenu la moindre potion. Si c'était le cas, je pourrais le sentir. Tu peux me faire confiance à ce propos, vampire.

Le pouvait-il vraiment ? Avait-il le choix ? Mais une question demeurait en suspens.

— Pourquoi nous aides-tu à le retrouver ?

— Parce que j'ai besoin de savoir ce qui lui est arrivé et, s'il est vraiment devenu mauvais, alors je pourrai peut-être l'aider à changer. Je me sens responsable de ne pas avoir arrêté Jennifer quand je le pouvais. Je le dois à ses enfants.

Zane hocha la tête. Ses motivations avaient au moins le mérite d'être nobles.

— On fait comment pour le trouver ?

— On a besoin de quelque chose portant son ADN pour que je puisse le localiser.

— Salle de bain, répondit-il immédiatement en sortant de la cuisine.

La salle de bain était petite et avait sérieusement besoin d'un bon coup de pinceau. Des fissures dans le lavabo et la baignoire trahissaient le mauvais état de cet appartement pris en location. Etant donné le quartier glauque dans lequel il était situé, Zane comprit qu'Haven ne comptait pas s'y attarder. Plus vite ils le trouveraient, moins il aurait de chance de leur filer entre les doigts.

Francine se faufila derrière lui dans l'espace restreint, ce qu'il n'apprécia pas. Il était parfaitement capable de trouver des cheveux ou des ongles sans son aide.

— Quelque chose ? demanda-t-elle

Sous l'effet de l'énervement, l'estomac de Zane se contracta et ses canines s'allongèrent.

— C'est bon, je vais trouver.

Avec son large dos, il lui bloquait la vue et l'empêchait de chercher plus loin.

Le lavabo était propre, aucun cheveu et aucun ongle coupé n'était abandonné sur la tablette souillée. Zane se pencha et attrapa la petite poubelle. Ses narines reniflèrent une légère odeur de sang. Il la renversa et déversa le contenu sur la tablette. Un rouleau de papier toilette vide roula au sol. Du fil dentaire et l'emballage d'un tube de dentifrice étaient mélangés à des mouchoirs en papier.

— On dirait qu'il s'est coupé en se rasant, dit Zane en extrayant un mouchoir tâché de sang.

— Tu peux utiliser ça ?

Il se retourna et montra le mouchoir à Francine.

— C'est parfait.

Elle le prit.

— Allons-y, dit-il en essayant de la faire sortir de la pièce.

Elle l'empêcha de sortir tout en regardant par-dessus son épaule.

— Tu vas laisser tout ce désordre ?

Alors qu'il avait commencé à la détester un petit peu moins, elle se remettait à l'énerver.

— Je suis quoi ? La bonne ? rétorqua-t-il en la poussant sur le côté.

19

— Je ne peux pas croire que tu aies fait ça ! Laisser ta queue te mener par le bout du nez ! Idiot !

Wesley était en train de piquer une crise parce qu'Haven s'était envoyé en l'air avec Yvette dans la salle-de-bain. Et ce n'était pas en raison du caractère inapproprié du lieu. Mais Wes ne connaissait pas précisément les faits. Haven n'avait d'ailleurs nullement l'intention de corriger les hypothèses erronées de son frère. En fait, il ne s'était pas vraiment envoyé en l'air avec Yvette, car c'était *elle* qui l'avait possédé. Royalement. Mais, au lieu d'être en rogne contre elle pour l'avoir mordu, alors qu'elle le suçait tel un champion du monde en gymnastique buccale, il en redemandait ! Etait-ce de la perversion ?

Quelque chose clochait vraiment, mais son frère était bien la dernière personne à qui il l'avouerait.

— Putain, mais ça ne te regarde pas, gronda Haven à voix basse. Et parle plus bas. Elle peut t'entendre.

Wes mit les mains sur ses hanches et regarda par-dessus l'épaule d'Haven.

— Oh, mais je veux qu'elle m'entende !

Haven siffla. Après l'intense et incroyable plaisir prodigué par Yvette quelques minutes auparavant, l'humilier était bien la dernière chose qu'il voulait faire. Il n'avait pas eu l'opportunité de lui dire à quel point il avait aimé sa bouche sur lui. Le temps qu'il eût réalisé qu'elle l'avait mordu, elle était déjà sortie de la salle de bain. Il ne lui avait pas avoué que, malgré sa requête de ne pas être à nouveau mordu, il avait secrètement espéré qu'elle le fît. Et lorsqu'elle l'avait fait, le plaisir avait été si incroyable qu'il avait dû ramasser ses neurones à la petite cuillère sur le sol de la salle de bain.

Même à présent, il ne désirait rien d'autre que la serrer contre lui et l'embrasser jusqu'à ce qu'elle s'évanouît par manque d'oxygène. Pour autant que les vampires pussent s'évanouir de cette manière. Ouais, bon sang, il venait de se faire administrer la meilleure fellation de sa vie par un vampire. Ironique. Après les avoir chassés et tués pendant des années, le karma l'avait finalement rattrapé. Une justice poétique !

— Laisse tomber, Wes. Ce qui se passe entre Yvette et moi ne te regarde pas.

Wes lui jeta un regard sévère.

— Elle te tuera. Et ne me dis pas que je ne t'ai pas prévenu.

Il se retourna ensuite et alla s'asseoir à côté de Kimberly, laquelle les observait attentivement.

Haven détourna son regard vers Yvette qui se tenait appuyée contre le mur le plus éloigné d'eux, feignant de s'intéresser à ses ongles. Mais sous ses cils, elle le regardait. Lorsqu'il se dirigea vers elle, elle sentit son corps se contracter subtilement.

Il s'arrêta à un mètre.

— Il faut qu'on parle.

Elle leva la tête d'un air interrogateur.

— A quel sujet ?

Elle battit des cils, innocemment. Et dire qu'il avait cru que, dans cette pièce, Kimberly était l'actrice !

— J'ai vraiment besoin de l'épeler tout haut ?

Il maintint une voix basse, refusant que son frère ou sa sœur ne l'entendît. Sœur – ce mot résonnait merveilleusement à ses oreilles. Il les regarda et observa sa petite sœur un moment avant de se retourner sur Yvette.

— Ou t'es devenue super timide, tout d'un coup ?

Yvette leva le menton et pouffa.

— Bien. Alors, dis-moi une chose : qu'est-ce qui s'est passé là-dedans ?

— Je ne sais pas de quoi tu parles. Il va falloir être un peu plus précis.

Tout en jetant un regard furtif sur le côté, il baissa encore plus la voix. Il plaça une main contre le mur derrière elle et approcha la bouche de son oreille.

— Pourquoi me sucer comme ça sans me permettre de te donner le même plaisir en retour ?

La façon dont il perçut le souffle court d'Yvette lui indiqua que sa question l'avait surprise. Bien – il ne voulait surtout pas être prévisible. Les hommes prévisibles n'obtenaient jamais la fille.

Obtenir la fille ?

Mais à quoi diable pensait-il ?

— Tu t'es énervé parce que je t'ai mordu, l'interrompit Yvette.

Haven s'éclaircit la gorge. *Enervé* n'était pas le mot approprié commençant par la lettre *E* ! Envoûté, en extase... correspondaient mieux.

— Bien.

Où diable allait-il ainsi ? Pourquoi essayait-il de la séduire ? Il ne pouvait pourtant s'en empêcher.

— Tu as éprouvé du plaisir à me mordre pendant que tu me suçais ? Tu as aimé le goût ?

Son entrejambes parlait manifestement pour lui, mais Haven ne savait trop comment faire taire ce stupide idiot.

Tandis qu'elle inspirait, la poitrine d'Yvette se souleva et ses seins effleurèrent le torse d'Haven.

— Que veux-tu de moi ? rétorqua-t-elle

Haven s'approcha, son érection glissant sur la hanche d'Yvette, alors qu'il inclinait son corps et ce, afin que son frère ne remarquât pas qu'il bandait à nouveau par le simple fait de parler à Yvette.

— Je veux te prendre jusqu'à ce qu'on en perde tous les deux les pédales.

Le cœur d'Yvette bondit d'excitation. Le langage corporel d'Haven, et les mots qu'il venait de prononcer confirmaient tout ce qu'elle avait besoin de savoir : il ne pouvait rester loin d'elle. Et tout ça n'avait requis qu'une simple fellation et une morsure. Plutôt simple de le rendre accro. Elle n'avait plus qu'à l'embobiner, le persuader qu'elle le voulait ardemment, pour ensuite le jeter comme une vieille chaussette.

Tout fonctionnait comme sur des roulettes.

Tout, sauf une chose : il lui fallait toujours se convaincre qu'elle ne le désirait pas et qu'elle serait bien capable de le rejeter afin de lui asséner l'ultime humiliation dès qu'elle en aurait fini avec lui. Ce ne devait pas être si difficile. Haven ne pouvait en sortir vainqueur. Il les avait kidnappées, elle et sa cliente ; il était un sorcier, et cerise sur le gâteau, un con arrogant qui croyait qu'elle était une créature sans cœur. N'était-ce pas suffisant pour le détester ?

Mais avec ces mots qu'il lui murmurait à l'oreille, son corps et son parfum – si près d'elle et si tentant – elle ne pouvait se concentrer sur ses mauvais côtés. La seule chose qui lui venait à l'esprit, c'était à quel point elle avait aimé le toucher et lui donner du plaisir.

— Dis-moi ce que tu as ressenti, lui murmura-t-il, tel un sorcier tentant de l'attirer avec un enchantement.

Et c'était peut-être bien ce qu'il était en train de faire, utiliser son pouvoir de sorcier sur elle. Jusqu'alors, elle n'avait jamais considéré une telle chose, mais c'était la seule explication possible : en se retrouvant avec son frère et sa sœur, il pouvait faire appel à ses pouvoirs. Ce ne pouvait être que cela, car dans le cas contraire, elle ne se serait jamais sentie aussi faible et complaisante en sa présence ; à un point qui frisait le pathétique.

— Ton sang a le goût de la bergamote ; il est riche et épais.

Elle ne pouvait empêcher les mots de sortir, de glisser sur ses lèvres.

— Et ton liquide séminal est salé. Et mélangé à ton sang, c'est la meilleure chose que j'aie jamais gouttée.

Elle avait chaud rien qu'à y penser. Davantage encore lorsque le souffle chaud d'Haven lui effleura le cou.

— Putain, Yvette. Je bande rien qu'à penser à ce qu'on vient de faire.

Haven expira plusieurs fois, comme s'il tentait de se calmer.

— Quand tout ça sera fini... Il faudra qu'on passe du temps ensemble, toi et moi. Juste toi, moi… et un lit.

Elle ne pouvait qu'agréer. Il lui mangeait dans la main. Comme un petit chiot fou d'amour pour elle, il la suppliait encore et encore.

— Je croyais que tu détestais les vampires.

Haven la dévisagea avec désir.

— Oh, je te déteste. Ne me fais pas dire ce que je n'ai pas dit. Je te déteste assez pour te prendre jusqu'à ce que tu t'évanouisses.

Elle pouvait facilement faire face à ce genre de haine.

— Toi, moi..., dit-elle avant de faire une pause, puis de reprendre.

— Et une surface plane.

Mais pour l'instant, elle devait prendre ses distances, sinon, elle le réduirait en bouillie devant son frère et sa sœur.

20

— Qu'est-ce qui nous permet de croire qu'elle ne va pas nous trahir ? avança Zane à l'oreille de Gabriel.

Ils se tenaient dans le hall d'entrée de la maison de Samson, alors que le reste de l'équipe de Scanguards et Francine étaient dans le salon.

— Et comment être certain qu'elle a vraiment localisé Haven Montgomery et qu'elle ne nous a pas menti ?

Gabriel secoua la tête.

— On n'en est pas certain. Il faut juste avoir la foi.

— Ça ne suffit pas.

— Zane, un jour il faudra que tu apprennes à faire confiance à quelqu'un.

Zane plissa les yeux face à la remarque de son patron.

— Ouais ben, pas aujourd'hui.

— Etant donné ce qu'on a... On n'a pas vraiment le choix. Je sais qu'on a affaire à un sorcier probablement très puissant – partons du principe qu'il s'agit d'Haven, puisque tout semble aller dans ce sens – mais je fais confiance à Francine. Si elle dit qu'elle va nous aider à le piéger, si on ne le tue pas, alors je la crois.

— Je n'aime pas cette clause du marché qui prévoit qu'on ne tue personne.

— Fais gaffe, Zane. Si tu vas contre sa volonté, sois prêt à en assumer les conséquences. Elle n'en a peut-être pas l'air, mais Francine a pas mal de pouvoir. Et elle est intelligente. Soit on la joue à sa façon et on accepte qu'elle nous aide à le maîtriser, soit on y va en tirant dans le tas. Et tu sais ce que ça veut dire.

Des victimes. Voilà ce que cela voulait dire. Yvette pouvait être blessée, et l'actrice Kimberly tuée. C'était un risque.

— De toute façon, on y va armés.

— Certes, mais seul le pouvoir de sorcellerie de Francine peut annihiler Haven avant qu'il ne jette un sort à qui que ce soit. *Puis,* on passe à l'artillerie lourde.

— Je n'aime toujours pas ça.

Un chatouillis inconfortable au creux de son cou lui fit comprendre qu'ils n'étaient plus seuls. Zane se retourna et fit face à la sorcière.

— On ne t'a jamais dit que c'était impoli d'écouter les conversations des gens ?

Elle sourit.

— Pareil pour toi, on ne t'a jamais dit que c'était impoli de parler des gens dans leur dos ?

— Tu n'es pas *des gens*, mais une sorcière.

— Les sorcières sont humaines.

Comme si cela pouvait lui faire quelque chose. Il lança un regard exaspéré à Gabriel.

— C'est toi le patron.

Gabriel hocha la tête.

— On a deux heures avant le coucher du soleil.

Il pointa le salon du doigt, et ils y rejoignirent les autres.

Il n'y avait plus un siège de libre dans la maison. Tous ceux qui pouvaient se rendre utiles avaient été réquisitionnés. Amaury, Thomas, Eddie, Maya, Nina, Samson et Oliver. Même Delilah était assise sur le canapé avec son gros ventre qui dépassait. Elle n'allait pas participer à la bagarre, mais Samson l'incluait toujours dans les conversations.

Six vampires, deux humains (dont l'un était une femme) et une sorcière pouvaient-ils vraiment venir à bout d'un puissant sorcier et délivrer Yvette et Kimberly sans que personne ne se fît tuer ? Bon sang, oui ! Et il pouvait même parier d'y arriver sans la sorcière. Si Yvette était blessée, ils pourraient la guérir rapidement. C'était pour cela qu'ils avaient emmené Oliver avec eux. Il les avait déjà secourus auparavant, en leur donnant son sang dans certaines situations d'urgence. Et il pourrait à nouveau leur venir en aide. Si Kimberly était blessée, n'importe lequel des vampires pourrait la guérir avec son sang, lequel possédait des vertus thérapeutiques bien plus efficaces que les antibiotiques. Tant qu'elle ne recevrait aucun coup fatal pendant l'assaut, Kimberly s'en sortirait en un seul morceau.

Zane, quant à lui, garderait un œil sur Francine. Un seul faux pas, et il lui sauterait à la gorge.

~ ~ ~

L'obscurité enveloppa finalement le grand entrepôt de la zone industrielle située au sud de San Francisco. Zane avait choisi de conduire le van aux vitres teintées, celui qui transportait Gabriel et la sorcière. Quoi que son patron dît, il ne la lâcherait pas d'une semelle.

Il porta un regard suspicieux à la petite bouteille contenant la potion que Francine serrait contre sa poitrine. Il avait demandé à être celui qui la transporterait, mais elle avait stoïquement refusé.

Zane ouvrit la porte du van et s'engouffra dans la nuit fraîche. Il allait pleuvoir. Il pouvait presque le sentir. D'autres ombres apparurent autour de lui. Les vampires portaient leurs usuels vêtements sombres afin de se fondre facilement dans la nuit. Thomas, quant à lui, était vêtu de sa combinaison de biker et faisait mouche.

Parce que les sorciers étaient avant tout humains, l'équipe de Scanguards avait, cette fois, apporté des armes censées ne blesser que des humains. Les pistolets étaient chargés de balles classiques. Pas de balles en argent comme celles qu'ils utilisaient d'habitude. Personne ne voulait prendre le risque de blesser Yvette. Des couteaux à lames de métal avaient été substitués aux couteaux en argent, et chaque vampire en portait au moins un sur lui. Quelques étoiles métalliques venaient compléter leur panoplie. Refusant de prendre le risque que leurs adversaires pussent mettre la main sur les pieux, ils avaient laissé ces armes mortelles chez Samson. Ils étaient prêts à se battre. Et s'il avait été à la tête du commando, Zane aurait déboulé à l'intérieur pour tout raser. Mais Gabriel et la sorcière avaient d'autres idées en tête.

Zane observa attentivement Francine, alors qu'elle descendait du van et s'approchait du bâtiment. Elle était également vêtue de noir. Tous les réverbères étant hors service, Zane n'aurait pu la distinguer dans l'obscurité s'il n'avait été doté d'une vision nocturne aiguë. Thomas avait piraté le réseau électrique de la ville et s'était assuré que la zone dans laquelle l'entrepôt se trouvait n'était pas alimentée en courant. S'il avait uniquement privé ce pâté de maisons d'électricité, le sorcier aurait été alerté. Thomas avait donc décidé d'étendre la coupure de courant sur un périmètre plus large. Et si Haven venait à regarder par la fenêtre, il en conclurait qu'il s'agissait encore d'un problème émanant de la compagnie d'électricité et non pas d'un signe d'attaque imminente. Mais ils devaient tout de même agir vite. Les résidents privés d'électricité n'allaient pas attendre patiemment que le courant revînt. Au bout d'un moment, quelqu'un finirait bien par appeler la compagnie.

— Tu aurais dû me laisser aller avec elle. Et si elle nous trahissait ? murmura-t-il à Gabriel qui se tenait à ses côtés, les yeux toujours rivés sur Francine qui s'approchait de l'entrée principale de l'entrepôt.

— Si c'est le cas, je sais que tu n'auras besoin que d'une seconde pour l'atteindre. Ne t'inquiète pas, je n'ai pas oublié à quel point tu pouvais être rapide.

Le ton de Gabriel était presque moqueur, et Zane ne l'apprécia pas.

Il jura dans sa barbe.

— Pourquoi suis-je ton bras droit si tu ne prends jamais mes suggestions au sérieux ?

— Je tiens toujours compte de tes suggestions, répondit Gabriel.

Zane lui lança un regard incrédule.

— Tu n'en adoptes jamais aucune.

— Vraiment ?

Gabriel lui adressa un sourire narquois, sa cicatrice bondissant presque hors de son visage. Il prit son téléphone portable et appuya sur la touche de rappel avant de coller le combiné à son oreille.

— *Gabriel ?*

Zane pouvait entendre la brève conversation d'un bout du fil à l'autre.

— On est en position.

Puis, Gabriel referma son téléphone et le remit dans sa poche.

— C'était quoi ?

— Assurance.

Avant que Zane ne pût en demander davantage, il remarqua des silhouettes émergeant de l'arrière d'un autre bâtiment. Et d'autres encore sortant d'une allée. Les renforts.

Zane haussa un sourcil interrogateur.

— Ils sont tous de chez Scanguards, dit Gabriel sans quitter Francine et l'entrepôt des yeux.

— Tu ne crois quand même pas que j'allais laisser la vie d'Yvette entre les mains d'une sorcière et d'uniquement six d'entre nous ? rétorqua-t-il avant de ricaner.

— Content de voir que tu trouves ça drôle, ajouta Zane.

Il était imperméable à l'humour dans une telle situation.

Gabriel haussa les épaules.

— Francine n'est au courant que pour nous six. Donc, si elle essaye de communiquer avec Haven pour le prévenir, il pensera que nous ne sommes que six et agira en fonction. Mais si on débarque avec un renfort de douze personnes, il sera dépassé. Ils se positionneront tout autour du bâtiment dès que Francine sera à l'intérieur.

— Et si elle ne peut pas entrer ?

— Elle a assez de pouvoir pour ouvrir une porte. Alors crois-y un peu.

— Et puis-je demander pourquoi tu la laisses y aller la première ?

— Il y a des chances pour qu'Haven la reconnaisse. Puisqu'elle était amie avec sa mère et l'a connu quand il était enfant, il ne la verra peut-être pas comme une menace. Elle est la seule à pouvoir s'approcher suffisamment pour le maîtriser avec cette potion.

Zane détestait l'admettre, mais la théorie avait du sens. Aussi garda-t-il la bouche fermée. Il n'était pas du genre à chanter les louanges de quelqu'un. De toute façon, il était bien trop tôt pour s'avouer vainqueur. Il ferma les yeux un instant et focalisa ses autres sens sur les alentours. Plus d'une douzaine de vampires et un humain, Oliver, se tenaient à proximité. Il reconnut plusieurs autres vampires de chez Scanguards, tous des gardes du corps bien entraînés qui feraient n'importe quoi pour leurs collègues.

Tandis que le noyau dur – Samson, Amaury, Gabriel, Thomas, Eddie, Yvette et lui-même – formait une vraie famille soudée, les autres vampires de la compagnie étaient des proches. Lorsqu'on avait besoin d'eux, ils ne faisaient jamais défaut.

Le bruit d'une porte qui se refermait attira l'attention de Zane vers le bâtiment. La sorcière avait disparu. Elle était à l'intérieur. Au signal de Gabriel, tout le monde se rapprocha, glissant à pas de loup dans la nuit. Ralentissant leur respiration, ils s'approchèrent de leur cible sans le moindre bruit, telle une armée d'ombres se dirigeant vers l'entrepôt délabré, lequel semblait avoir été laissé à l'abandon et destiné à la démolition de nombreuses années auparavant, pour ensuite tomber dans l'oubli.

Ils attendirent quelques minutes, accordant assez de temps à Francine pour faire ce qu'elle avait à faire, à savoir immobiliser Haven à l'aide de la potion. Une fois qu'il serait maîtrisé, ils pourraient tous se précipiter à l'intérieur et libérer Yvette et Kimberly. Mais la porte d'entrée s'ouvrit soudainement, et ils virent Francine ressortir du bâtiment.

— Que s'est-il passé ? lui siffla Zane, ce qui eut pour effet de la faire sursauter.

— Merde, tu m'as fait peur, gémit-elle.

Il remarqua que la fiole contenant la potion était toujours pleine.

— Putain, mais qu'est-ce qui s'est passé ? grommela-t-il.

Les avait-elle balancés à l'ennemi ?

— Un champ de protection.

— Quoi ?

— Il a placé un champ de protection autour de plusieurs pièces. Je ne peux pas aller plus loin. Je pouvais sentir sa présence, mais je ne suis pas sûre de l'endroit où il se trouve. Je suis allée jusqu'au salon, mais la pièce était vide. La sorcellerie était bien présente dans le bâtiment. Tout autour.

Elle fit une pause, puis prit une inspiration.

— On a besoin d'un chien ou d'un chat.

— Quoi ?

— Je croyais que tu avais l'ouïe fine, alors pourquoi me demandes-tu tout le temps de répéter ? jura-t-elle entre ses dents.

Apparemment, il l'énervait autant qu'elle l'énervait.

— Pourquoi veux-tu un chien ou un chat ?

Elle adressa d'abord un regard à Zane et, ensuite, à Gabriel, lequel s'était rapproché d'eux.

— La magie n'affecte pas les animaux. Ils peuvent traverser le champ.

21

— Et où est-ce qu'on va trouver un Lassie qui soit assez intelligent pour remettre la potion et les instructions d'utilisation à Yvette ?

Gabriel se passa la main dans ses cheveux épais, dénouant sa queue de cheval pour la refaire aussitôt après.

— Tu n'as pas dit qu'elle avait un chien qui obéissait à ses ordres ? demanda Francine.

Zane, Gabriel et Francine se tenaient en retrait, à hauteur des vans afin que leurs voix ne portassent pas trop vers le bâtiment.

— Oui, mais la bête est introuvable. On dirait qu'elle s'est barrée. Et on n'a pas le temps de la chercher. Elle n'a ni tatouage ni collier.

Francine fronça les sourcils.

— N'importe quel chien ou chat, alors. Mais dépêchez-vous avant qu'Haven ne réalise qu'il est encerclé par des vampires. Les sorciers peuvent sentir les vampires, vous savez. Surtout s'ils sont là par douzaine.

Elle leur adressa un regard accusateur.

La main dans le sac ! Comme si on pouvait facilement berner une sorcière.

— Francine, tu dois comprendre ma position, rétorqua Gabriel avant que celle-ci ne l'interrompît grossièrement en levant la main devant elle.

— Je n'ai pas besoin d'explication. J'aurais été déçue si tu m'avais prévenue. Bon, on en a combien ?

— Dix-huit vampires et un humain… et toi.

Zane pouffa aux mots de Gabriel. S'il avait été le patron, elle n'aurait jamais obtenu ce genre d'informations.

— Bon, donc on a besoin d'un chien ou d'un chat. Un chien, de préférence. Ils obéissent plus facilement.

Il fallut plus de vingt minutes à l'un des vampires pour trouver un chien errant dans le quartier qui fût assez docile pour se laisser amadouer.

Francine attacha la fiole à un ruban et pendit le tout au cou de l'animal.

—Et comment vas-tu t'assurer qu'Yvette la reçoive ? Et même si c'est le cas, comment saura-t-elle ce qu'elle doit en faire ?

Zane était toujours sceptique. Que l'idée fût bonne ou non, peu lui importait.

— En plus, je ne connais aucun chien qui sache ouvrir une porte.

~ ~ ~

Yvette se souciait peu de l'obscurité dans la pièce. Toutes les lumières s'étaient éteintes plus d'une demi-heure auparavant. Et elle savait ce que cela signifiait : ses amis venaient la chercher. Un coup d'œil par la fenêtre, et elle avait constaté que tout le quartier était également plongé dans le noir. Probablement un coup de Thomas.

— Tu vois quelque chose ? lui demanda Haven dans son dos.

Depuis le début de la panne de courant, il était resté à ses côtés, assez près pour la toucher. Approchant la tête de la sienne, il porta une main à sa taille tout en contemplant l'obscurité.

Tentant de se débarrasser des sensations que son toucher provoquait en elle, elle s'efforça de prendre un air professionnel.

— Mes amis sont là.

— Ah, merde, rétorqua Wesley.

— Ce n'est pas une bonne chose ? demanda Kimberly nerveusement.

— Si, répondit Yvette, ne voulant pas faire peur à la fille.

— Pas pour nous, ils vont nous voir comme l'ennemi.

Malheureusement, les suppositions de Wesley n'étaient pas fausses.

— Restez simplement près de moi, et je ferai en sorte qu'ils ne vous blessent pas.

Son souffle s'emballa lorsqu'elle sentit Haven se coller dans son dos et glisser un bras autour de sa taille, la tenant fermement contre lui.

— Près comment ? murmura-t-il à son oreille de telle sorte qu'elle seule pût l'entendre.

Il captura ensuite le lobe de son oreille entre ses lèvres et commença à le sucer.

Yvette se serait écroulée par terre s'il ne l'avait pas retenue aussi fermement.

— Arrête ça, ordonna-t-elle tout bas, espérant que ni Wesley ni Kimberly ne pussent capter ses paroles.

— J'arrête, mais laisse-moi mettre les choses au clair. Dès que tout ceci sera terminé, toi et moi, on prend rendez-vous. Et n'essaye pas de m'échapper ou je te retrouverai.

Alors que ses mots sonnaient tel un avertissement, ses mains n'étaient que pure séduction. L'une d'entre elles s'engouffra sous la robe dos nu d'Yvette et y trouva un sein nu avec lequel elle se mit à jouer dans l'obscurité, tandis que l'autre se mit à glisser vers son sexe palpitant.

— Ne me dis pas que tu l'embrasses encore, demanda Wesley avec un air de dégoût dans la voix.

Yvette se dégagea des mains d'Haven.

— Bien sûr que non !

— Non ! protesta Haven avec autant de véhémence.

— Il n'y a pas de mal si c'est le cas, dit Kimberly.

— Bien sûr que si ! répondit Wesley.

— Mais ils sont mignons tous les deux.

Mignons ? Yvette fut bien contente de ne pas avoir à réprimer son sourire. Heureusement, elle seule était capable de voir dans le noir. Mignon n'était pas l'adjectif qu'elle aurait utilisé pour qualifier sa relation avec Haven et, à voir la tête qu'il faisait, il pensait la même chose.

— Tu plaisantes, Katie ! intervint Wesley.

— Kimberly... Et non, je suis sérieuse. Yvette est très gentille, pareil pour Haven. Quand il ne kidnappe personne...

— On est toujours dans la pièce, fit remarquer Haven avec un sourire narquois.

Yvette profitait de l'obscurité pour l'observer sans qu'il ne s'en aperçût. Le souvenir de ses mots et de ses mains la firent frissonner. Non, cette fois, elle ne s'enfuirait pas. Elle sortirait avec lui.

— Désolée, Haven, s'excusa Kimberly, mais je ne comprends vraiment pas pourquoi Wesley s'oppose à ta relation avec Yvette.

— On n'a pas une relation ! protesta immédiatement Yvette en voyant Haven tressaillir.

Avait-il tressailli aux mots de Kimberly ou au fait qu'Yvette eût protesté ? Elle ne pouvait le dire. Et elle n'avait pas à s'en soucier. La vérité était la suivante : il n'y avait rien. Ils s'enverraient en l'air et iraient ensuite chacun de leur côté, tout simplement.

— Bon sang, ce que tu es susceptible ! Je me tais, alors.

Yvette put facilement voir la moue que Kimberly faisait, et elle voulut la réconforter. Mais qu'aurait-elle dit ? *Pas de problème, je vais sortir avec ton frère si ça peut te rassurer ?* Le lycée était fini depuis belle lurette.

Elle reporta son attention sur la fenêtre en essayant de deviner le nombre d'ombres qui se déplaçaient à l'extérieur.

— Ils sont une douzaine.

— Une douzaine de vampires ? demanda Haven.

— Oh merde, on est foutus ! s'exclama Wesley.

— Fais juste ce qu'Yvette a dit et reste tout près.

— Facile à dire pour toi !

— Tu sais quoi, Wesley ? Parfois, tu mets ma patience à rude épreuve. Et là, c'est le cas.

Un son provenant de l'extérieur attira de nouveau l'attention d'Yvette vers la fenêtre. Les sens en alerte, elle ressentit quelque chose de familier. La même sensation que lorsqu'un chien se tenait près d'elle. C'était comme si elle pouvait s'introduire dans l'esprit de la bête et tout bonnement éprouver ce que le chien éprouvait. Son chien – aussi étrange que cela pût être. Mais maintenant qu'elle était séparée de lui, il lui manquait cet idiot. Elle savait que ce n'était pas son chien qui était là, dehors. Celui-ci était plus petit, d'une autre race. Et ce chien s'approchait du bâtiment, un homme de grande taille à ses côtés.

~ ~ ~

Le chien trottait à côté de lui, obéissant. Zane n'avait jamais vraiment aimé les animaux, mais puisqu'ils avaient besoin de ce chien pour passer la potion à travers le champ, il s'était porté volontaire pour le guider dans l'immeuble, doutant toujours des chances de réussite de leur plan.

Quelque chose puait, et ce n'était pas uniquement l'odeur du sorcier qui empestait le bâtiment, pensa Zane, alors qu'il atteignait la porte et l'ouvrait. Pourquoi Haven ne l'avait-il pas déjà attaqué ? Il savait probablement déjà qu'une armée de vampires l'entourait. A moins qu'il ne se fût dégonflé et enfui ? Mais alors, pourquoi le champ était-il toujours en place si le sorcier n'y était plus ? Merde, il n'avait pas questionné Francine à propos de ce petit détail.

Zane traversa l'air vicié du couloir. Le chien, tout confiant, le suivait comme s'il était son maître. Il laissa son nez le guider vers l'endroit où l'odeur du sorcier était la plus forte et pénétra ainsi dans une vaste pièce. Ses yeux scannèrent l'obscurité : des meubles dépareillés, de vieux tapis au sol cachant le ciment, des étagères remplies de bric-à-brac. Plein de froufrous et de dentelle, pas vraiment le même style que l'appartement d'Haven en ville.

Un sentiment d'inconfort parcourut sa colonne vertébrale, hérissant les poils de sa nuque. Il s'arrêta, et le chien l'imita sans faire le moindre bruit. Voilà un animal qui était intelligent.

Zane inspira profondément. L'odeur de sorcier était bien présente, mais ce n'était pas la même que celle de l'appartement d'Haven, où tout sentait intégralement l'humain. Et en matière d'odeurs, il ne se trompait jamais. Se remémorant la senteur humaine dans l'appartement d'Haven, il tenta de la transformer dans son esprit en l'associant à celle d'un sorcier, ce qui eut pour effet de rehausser l'odeur humaine d'une saveur sucrée. Mais la combinaison des deux ne correspondait en rien à ce qu'il reniflait dans la pièce.

Ils étaient bel et bien foutus.

Haven n'était pas le seul sorcier dans le coin. Ça, c'était très clair. Il y en avait au moins un autre contre lequel ils devraient se battre. Le frère que Francine avait mentionné avait-il rejoint Haven dans son combat ? Zane le supposait fortement.

Il plongea la main dans la poche de sa veste en cuir et en sortit son téléphone portable, puis appuya sur la touche de rappel en l'ouvrant. Au moment où il fut mis en communication, le téléphone s'envola de ses mains, comme possédé par une force invisible.

Zane se retourna, mais il n'y avait personne. Le chien gémit.

— Putain !

— *Zane ?*

La voix de Gabriel se fit vaguement entendre à travers le téléphone tombé par terre.

Zane se pencha pour le ramasser, mais un souffle l'emporta et le propulsa contre une étagère. Le chien aboya bruyamment.

— Gabriel ! cria Zane en espérant que son patron pût l'entendre. Il y a plus d'un sorcier !

Zane se redressa. Fermant les yeux un moment, il focalisa toute son énergie sur son odorat et se retourna dans la direction où l'odeur était la plus forte. En ouvrant les yeux, il vit une ombre en mouvement. Il attrapa son pistolet, le sortant si rapidement de son étui qu'aucun humain n'aurait pu capter le mouvement.

Il visa l'ombre et serra la gâchette avant que l'arme ne lui tombât des mains. Sa chair était brûlante, et s'il avait été humain, sa paume aurait été brûlée au troisième degré. Le revolver était devenu brûlant en moins d'une seconde. Putain de sorciers !

Zane attrapa une étoile métallique dans sa poche et, ignorant à présent la chaleur du métal, la lança. Une seconde plus tard, un coup accompagné d'un éclair le percuta au niveau de l'estomac et le projeta en arrière. Il s'écrasa contre une porte entre les étagères. Le bois se fendit.

Le chien bondit devant lui, aboyant bruyamment en direction de la personne qui l'avait attaqué. Au même moment, Zane entendit des pas à l'extérieur. Ses collègues envahissaient l'entrepôt.

— Viens ici, chien ! ordonna-t-il en espérant que la bête obéît.

Il avait besoin de la fiole qui pendait à son cou afin d'immobiliser son assaillant. Et ce n'était pas Haven. Il s'agissait d'une femme; il pouvait le sentir. Il ne savait trop ce qu'il ferait pour éliminer Haven une fois qu'il aurait utilisé la fiole sur cette sorcière, mais chaque chose en son temps.

Le chien s'écarta, visiblement effrayé par tout ce tumulte.

— Putain ! jura Zane en attrapant une autre étoile afin de distraire la sorcière. Malgré sa vision nocturne, il ne pouvait clairement la distinguer.

— Zane ?

Il entendit une faible voix dans son dos provenant de la porte dont le bois avait été fendu par le choc.

Une vague de soulagement l'envahit. Au moins, elle était vivante.

— Yvette, on vient te chercher.

De tout son poids, il s'appuya contre la porte et la brisa. Mais il ne tomba pas : bien que la porte fût ouverte, une force invisible l'empêchait d'entrer. Il réalisa alors que c'était le champ de protection dont Francine avait parlé.

Zane n'eut pas le temps de jeter un œil dans la pièce pour vérifier si Yvette et sa cliente allaient bien, car la foudre s'abattit à nouveau sur lui. Alerté par les aboiements du chien, il se jeta sur le côté et vit l'éclair rebondir contre le champ qui encerclait la pièce où les prisonniers étaient retenus.

Apparemment, les propres armes de la sorcière ne pouvaient pénétrer le champ. Cela signifiait que Kimberly et Yvette étaient en sécurité. Pour le moment.

En roulant sur le côté, il tendit le bras vers le chien, espérant l'attraper par le collier. Lorsqu'il l'atteignit, il attira la bête plus près de lui, mais une boule d'énergie le percuta sur le flanc, transperçant sa veste et sa chemise jusqu'à lui brûler la peau. La douleur le fit crier, et il relâcha le chien involontairement. Ce dernier s'éloigna aussitôt, visiblement effrayé par Zane.

Lorsqu'il tenta de le rattraper, la bête courut à toute vitesse dans l'autre pièce à travers le champ, comme si celui-ci n'existait pas. Merde !

— La fiole ! cria-t-il. Yvette, débarrasse-toi du sorcier à l'aide de la fiole qui est attachée au cou du chien.

Il ne put donner davantage d'instructions. Il fut de nouveau attaqué au niveau des jambes et en perdit l'équilibre. Lorsqu'il tomba, il ressentit les vibrations du sol en béton, lesquelles annonçaient l'arrivée de ses collègues qui se précipitaient dans le couloir.

Glissant la main dans sa poche une fois de plus, il agrippa le couteau et visa.

22

De l'autre côté de la porte grande ouverte, Yvette vit Zane s'écrouler au sol pile au moment où un caniche fonçait sur elle à toute allure, lui faisant presque perdre l'équilibre. Si Haven ne s'était pas trouvé derrière elle pour la rattraper, elle aurait atterri sur les fesses.

Yvette se pencha vers l'animal effrayé et le prit dans ses bras. Le chien lui lécha instantanément le cou et les épaules.

— Doucement, mon beau, dit-elle pour le calmer. Tu es en sécurité, ici.

Ses mains parcoururent le cou du chien, tentant de comprendre de quoi Zane avait parlé. Elle sentit un petit objet en verre, de forme allongée, qui pendait à un ruban attaché au collier de l'animal. Un liquide coloré se trouvait à l'intérieur. Il ne lui fallut pas longtemps pour comprendre que Francine avait préparé quelque potion pour l'aider à se défaire de la sorcière.

Des flashs de lumière provenaient de l'autre pièce, illuminant temporairement sa prison, tandis que la bagarre continuait.

Sa main se referma sur l'objet délicat, mais avant qu'elle ne pût le détacher du collier, une grosse main s'abattit sur son poignet et l'immobilisa.

— Non ! cria Haven. Ne le touche pas.

Elle se tordit la main pour se libérer de sa poigne et tenta de le repousser, mais il resserra son autre bras autour de sa taille et la tira brusquement en arrière.

— Avec ça, on peut se défaire de la sorcière ! répliqua-t-elle.

Elle tenta à nouveau d'atteindre l'animal, mais cette fois, Haven la renversa au sol, ce qui eut pour effet de faire fuir le chien.

— Putain mais qu'est-ce que tu fous ? lui cria-t-elle.

Le visage à quelques centimètres du sien et la mâchoire serrée par l'effort qu'il déployait pour la maintenir au sol, il répondit enfin.

— Et si ça nous tue tous ?

Son cœur cessa de battre un instant.

— Si ça peut tuer une sorcière, alors ça va nous tuer, Wesley et moi, dit-il. Ainsi que Kimberly. C'est ce que tu veux ?

Il plongea ses yeux dans les siens.

— Tu ne te soucies peut-être que très peu de moi et de Wesley, mais je croyais que tu avais juré de protéger Kimberly. C'était un mensonge ?

Yvette ferma les yeux un moment. Bon sang, elle n'y avait pas pensé. Il avait raison. Si elle libérait le contenu de la fiole, elle pouvait involontairement faire du mal à la fratrie. Le risque était trop grand.

Elle cessa de le repousser et autorisa son corps à se relâcher, prouvant de la sorte à Haven qu'il n'avait plus besoin de la combattre.

— Merci, murmura-t-elle. Je n'y avais pas pensé.

Haven hocha la tête et la relâcha avant de lui tendre la main pour l'aider à se relever.

— En plus, comment feras-tu pour que la potion traverse le champ ?

Un flash de lumière illumina soudain leur prison, comme si quelqu'un venait de garer une voiture ou un camion, tous phares allumés, juste devant la fenêtre. Cela formait différentes ombres dans la pièce.

Yvette baissa les yeux vers le chien, lequel se tenait à présent près de la porte, la tête inclinée, comme s'il écoutait leur conversation. Soudain, elle eut un déclic.

— Le chien est passé à travers le champ.

Haven tourna la tête vers l'animal.

— Merde, comment il a fait ça ?

— Viens ici, petit chien, murmura Yvette d'une voix mielleuse tout en s'accroupissant.

L'animal approcha. Elle pouvait l'atteindre par la pensée, en ressentant sa peur et la confusion dans laquelle il se trouvait, et ce, de manière presque aussi intense que si elle était dans son corps.

Intérieurement, elle formula des mots que ses lèvres ne prononcèrent pas. Des mots uniquement adressés au chien.

N'aie pas peur de moi. Je suis ton amie.

Le chien remua les pattes et s'approcha. Lorsqu'il s'arrêta devant elle, elle le caressa et enfouit sa tête dans son cou. Le chien la lécha.

Bon garçon. Maintenant, il va falloir que tu m'aides.

Le chien s'écarta et leva les yeux vers elle, comme s'il attendait ses instructions.

— Qu'est-ce que tu fais ? demanda Haven dans son dos.

Yvette se tourna vers lui.

— Si je ne peux pas envoyer cette fiole de l'autre côté pour tuer la sorcière, alors le chien devra le faire.

— Est-ce que je ne viens pas juste de t'expliquer que tu ne peux pas prendre ce risque ?

— On sera protégés par le champ. Regarde !

Elle désigna la porte sur laquelle rebondissaient les éclairs, repoussés par le bouclier invisible présent tout autour de la pièce.

— Même ses propres armes ne peuvent passer à travers. Du moment que le produit contenu dans la fiole se déverse de l'autre côté, Wesley, Kimberly et toi êtes en sécurité.

Un sentiment d'inconfort voila les traits d'Haven, tandis qu'il pesait ses mots.

— Tu en es certaine ?

L'était-elle vraiment ? Etait-elle certaine à cent pour cent que cela ne blesserait aucun d'entre eux ? Un frisson glacé parcourut sa colonne vertébrale à l'idée d'avoir tort. Car la potion que Francine avait préparée était peut-être plus puissante que cela. Peut-être passerait-elle tout de même à travers le champ. De toute façon, avaient-ils vraiment le choix ?

En regardant dans l'autre pièce, elle vit que le combat se poursuivait. En plus de Zane, seuls trois autres vampires avaient envahi la pièce. Les autres semblaient avoir été bloqués à l'extérieur. La sorcière avait dû ériger un autre champ de force. Yvette se demanda combien de temps les pouvoirs de cette dernière tiendraient le coup si elle devait simultanément maintenir intacts les deux champs tout en combattant trois vampires et Zane, bien que ce dernier fût blessé.

Yvette se retourna vers le chien et le caressa de nouveau. De sa main, elle lui souleva le museau, le forçant à la regarder.

Va dehors, là-bas. Ramène la fiole à Zane.

Le chien écarquilla les yeux, et elle sentit que sa peur montait d'un cran. Il regarda la porte, puis Yvette à nouveau. Le chien la comprenait, mais il était pétrifié. Ses pattes étaient collées au sol. Incapable d'obéir à son ordre.

S'il te plaît. Tu peux le faire. Personne ne te fera de mal.

Le chien répondit par un léger gémissement.

— Yvette.

La voix d'Haven lui fit soulever la tête. Elle avait oublié qu'il était toujours en train d'attendre sa réponse.

— Oui, j'en suis certaine. Si je parviens à convaincre le chien de repasser de l'autre côté du champ, alors mes amis pourront utiliser la fiole pour vaincre la sorcière.

Haven secoua la tête.

— Qu'est-ce qui te fait croire que le chien va faire ce que tu lui demandes ?

— Il le fera. Je le sais, c'est tout.

N'est-ce pas ?

Elle regarda le chien dont les yeux intelligents passaient continuellement de l'un à l'autre.

S'il te plaît. Ramène la fiole à Zane. Allez.

Un instant plus tard, l'animal se retourna et dirigea son regard vers la porte grande ouverte. Lorsqu'il dévisagea de nouveau Yvette, celle-ci hocha simplement la tête. Elle sentait bien que la peur de l'animal se dissipait. Du coin de l'œil, elle nota qu'Haven l'observait bouche-bée, alors que le chien approchait du pas de la porte.

— Comment est-ce que tu as fait ?

— Je lui ai parlé.

— Tu n'as rien dit.

— Il m'a quand même entendue.

Elle surveilla le chien, lequel fit une pause sur le pas de la porte, scrutant le chaos qui régnait de l'autre côté. D'éclair en éclair, la sorcière repoussait ses assaillants sans relâche, mais Yvette remarqua que les flashs semblaient être de plus en plus petits et moins lumineux, comme s'ils véhiculaient moins d'énergie. S'affaiblissait-elle déjà ? Gabriel et deux autres vampires la combattaient en lui lançant des étoiles métalliques, des bâtons et des couteaux. Aucun revolver n'était en vue.

A l'agonie, Zane se tordait au sol, mais même blessé, il semblait continuer à se battre, lançant étoile après étoile en direction de la sorcière.

Vas-y !

Le chien obéit à son ordre tacite.

23

Zane réprima sa douleur à la jambe. L'un des éclairs de la sorcière l'avait touché à la cuisse. Il s'en remettrait, mais à défaut de sang humain qui favoriserait le processus de guérison, et manquant de temps pour s'octroyer un sommeil réparateur, il n'avait d'autre choix que de continuer à se battre.

Ses collègues faisaient un travail formidable en repoussant la sorcière, alors qu'ils se trouvaient dépouillés de leurs revolvers, ceux-ci ayant immédiatement fondu dans leurs mains. A en juger par ce qu'il voyait, la sorcière s'affaiblissait, mais pas suffisamment pour lui délivrer le coup de grâce. Seuls trois vampires, dont Gabriel, étaient entrés avec lui, mais la sorcière avait érigé un autre champ de force annihilant, dès lors, toute tentative des frères d'armes de Zane de se joindre au combat.

Un mouvement sur le côté l'amena à tourner la tête vers la porte ouverte où il avait aperçu Yvette. Sa main voulut attraper automatiquement la dernière étoile qu'il lui restait. Il ferait en sorte de l'utiliser intelligemment. Mais son bras s'arrêta à mi-chemin lorsqu'il vit le chien se diriger vers lui.

Merde, il avait presque tué le pauvre animal.

La vision nocturne de Zane zooma sur le collier du chien. La fiole y était toujours attachée. On n'y avait pas touché. Yvette avait clairement compris que cela ne servirait à rien de libérer la potion à l'intérieur du champ. Et il se souciait peu de savoir comment elle s'y était prise pour que le chien osât ressortir dans un tel chaos.

Une patte devant l'autre, l'animal s'approcha de lui. Trop lentement au goût de Zane mais, afin de ne pas effrayer la bête, il se tint aussi immobile que possible tout en gardant un œil sur le combat qui se poursuivait. Il devait éviter qu'un autre éclair ne l'atteignît.

— Viens ici, petit chien, dit-il d'une petite voix, en espérant que personne ne pût l'entendre au milieu des grognements et des cris qui emplissaient la pièce.

Il ne survivrait jamais à une telle humiliation.

Pour une raison qu'il ignorait, le chien continua son chemin vers lui et le regarda dans les yeux, comme s'il tentait de communiquer. Lorsque la bête fut à sa portée, Zane tendit doucement la main – sans hâte – pour ne pas l'inciter à changer d'avis. Il effleura ensuite ses poils et se mit à le caresser. Le chien combla alors la distance qui les séparait.

Zane chercha le collier et enleva la fiole.

Un éclair fusa vers la tête du chien et, sans réfléchir, Zane se jeta sur l'animal, le plaquant au sol. La chaleur de l'éclair lui effleura la tête, suffisamment près pour lui brûler le peu de cheveux qu'il lui restait.

Sous lui, l'animal gémit.

— Chut, mon grand. Tout va bien.

Les doigts de Zane se resserrèrent sur la fiole, alors qu'il se relevait, inclinant le buste vers la sorcière. Pendant un court instant, les yeux de cette dernière se posèrent sur l'objet qu'il tenait dans les mains. La peur voila son visage lorsqu'elle l'identifia.

Un éclair aveugla brièvement Zane, alors qu'il étendait le bras en arrière, prêt à lui lancer la fiole aux pieds afin d'en libérer la potion qu'elle contenait. Lorsqu'il rouvrit les yeux, la sorcière avait disparu.

En moins d'une seconde, d'autres vampires déboulèrent dans la pièce – le champ de force qui les avait retenus dehors s'étant soudainement évaporé. Armés jusqu'aux dents, les vampires envahirent la pièce en libérant leur cri de guerre. Quoiqu'il n'y eût plus rien à combattre.

— Yvette ! cria Zane à travers la porte ouverte.

Le champ de protection ayant également disparu, il pouvait à présent la sentir. Mais il subsistait toujours une subtile odeur de sorcière dans l'air, et il n'aimait pas cela. Francine était-elle entrée avec les autres vampires ?

Il jeta un œil au groupe, mais elle n'était pas là. Et pourtant, cette odeur résiduelle de sorcière était toutefois plus soutenue. Ses sens lui jouaient-ils un tour, le taux d'adrénaline dans ses veines étant substantiellement moins élevé que durant le combat ? A l'agonie, il grimaça, tandis que la douleur dans sa jambe s'intensifiait.

— Dieu merci !

La voix d'Yvette, visiblement soulagée, le fit de nouveau tourner la tête vers la pièce où elle était retenue prisonnière. Elle se précipita à l'extérieur et étudia immédiatement la situation. Le soulagement qui éclairait son visage se dissipa lorsqu'elle aperçut Zane allongé au sol.

— Ah, merde, Zane !

Elle courut vers lui et s'accroupit à ses côtés.

— Ça va ? demanda-t-il les dents serrées en se retenant de pleurer lorsqu'elle passa une main sur sa cuisse pour évaluer la gravité de la blessure.

— Mieux que toi. Tu es dans un sale état.

Soudain, il fut pris de vertiges. Merde, il allait s'évanouir. Non, il ne pouvait faire ça. Pas devant ses collègues. Et encore moins devant Yvette. Il ne pouvait se montrer vulnérable. Il se mordit l'intérieur de la joue pour déjouer son attention de sa douleur à la jambe.

— On a besoin de sang, ici, ordonna Yvette en faisant signe à Gabriel, lequel se précipita immédiatement vers eux tout en ordonnant à ses subalternes de se mettre à la recherche de la sorcière.

— Oliver est avec toi ?

Gabriel hocha la tête et fit signe à un des vampires derrière lui.

— Va le chercher.

Puis, il se retourna vers Yvette.

— On s'inquiétait pour toi.

— Je vais bien.

— Et ta cliente ? Où est Kimberly ?

Yvette tourna la tête en direction de la porte ouverte derrière elle.

— C'est bon, vous pouvez sortir.

Par-dessus l'épaule d'Yvette, Zane vit la fille apparaître. Il la reconnut, mais il y avait quelque chose de différent. Bien qu'elle ressemblât en tous points à la personne qu'il avait vue quelques nuits plus tôt, quelque chose clochait. Il y avait quelque chose d'étrange chez elle. Mais il n'eut pas l'opportunité de se pencher davantage sur la question, car deux hommes se pointèrent derrière elle.

Il en reconnut un immédiatement grâce au dessin de Samson : Haven, l'homme qui avait kidnappé Yvette et Kimberly.

Il s'agissait d'un piège.

Zane prit une profonde inspiration, se préparant à un nouveau combat. La bouffée d'air qu'il inhala eut l'effet d'un électrochoc.

Merde ! Des sorciers ! Pas juste Haven, mais les trois !

— Attrapez-les ! cria-t-il tout en levant le bras, la fiole toujours en main.

Il surprit l'expression ahurie d'Yvette, à l'instant même où son poignet relâchait la fiole, tel un joueur de baseball au lancer de balle.

— NON ! Le cri d'Yvette brisa le silence qui s'était soudainement installé, alors qu'elle plongeait sur l'objet, tentant de le rattraper.

Mais Zane savait que son bras était aussi mauvais que son cœur. Yvette n'avait aucune chance de l'arrêter. Il ne comprenait d'ailleurs pas pourquoi elle voulait l'arrêter. Syndrome de Stockholm, pensa-t-il, avant de voir le verre se briser aux pieds des trois sorciers. Une vapeur verte émana du liquide libéré.

Une seconde plus tard, ils s'évanouirent tous les trois.

Yvette fut la première à leurs côtés, mais Zane eut tort de penser qu'elle se serait précipitée vers la fille qu'elle protégeait. Elle alla droit sur Haven.

— Oh bon dieu ! Zane ! Mais qu'est-ce que tu as fait ?

Elle tomba à genoux et souleva le corps, pressant la tête contre sa poitrine.

— NON !

Il n'avait jamais vu Yvette pleurer et espérait bien ne pas la revoir dans un tel état de si tôt. Les larmes qui lui coulaient le long des joues étaient roses et ses sanglots brisèrent le cœur de Zane en deux.

Elle pleurait le sorcier qui l'avait kidnappée.

<h1 style="text-align:center">24</h1>

Haven avait mal à la tête, comme s'il avait une gueule de bois depuis trois jours. Non pas que cela ne lui fût jamais arrivé auparavant, mais quelque chose lui disait que telle n'était pas la véritable raison de son mal de crâne, lequel semblait avoir la taille d'une pastèque. Que diable lui était-il arrivé ? La dernière chose dont il se souvenait, c'était Yvette leur affirmant qu'ils pouvaient sortir en toute sécurité. La bagarre avait pris fin, et la sorcière avait inexplicablement disparu en plein milieu.

Il se força à ouvrir les yeux et regarda autour de lui. Une pièce qu'il ne connaissait pas l'accueillit : richement meublée, loin du décor spartiate de leur précédente prison. Le matelas sur lequel il était allongé était doux.

Haven sursauta. Il portait toujours les mêmes vêtements : un pantalon, mais aucune chemise, la sorcière l'ayant déchirée avec son fouet. Quelqu'un lui avait retiré ses bottes.

Un bruit à ses côtés le fit tourner la tête. Une vague de soulagement l'envahit : Wesley se réveillait doucement à côté de lui. Il lui secoua l'épaule.

— Wes !

Son frère ouvrit les yeux. Immédiatement, il s'assit et scruta la pièce.

— Putain, on est où ? Que s'est-il passé ?

Haven secoua la tête.

— Je ne sais pas.

Il jeta de nouveau un œil à la pièce avant de se rendre compte que quelque chose manquait.

— Merde ! Où est Kimberly ?

Il bondit hors du lit, suivi par Wesley.

— Kimberly ! appela-t-il, alors qu'il se dirigeait vers la porte et en tournait la poignée.

Lorsque la porte s'ouvrit, Haven se retrouva nez-à-nez avec un gars aux longs cheveux noirs qui ressemblait quelque peu à l'incroyable Hulk.

— Merde ! jura Haven. Qu'est-ce que tu as fait de Kimberly, espèce d'enfoiré ?

Pas la peine d'être un petit génie pour comprendre que l'homme qui bloquait la porte était un vampire, probablement un des collègues d'Yvette. En pensant à elle, il ressentit comme un coup de poignard dans la poitrine. L'avait-elle finalement vendu ? Avait-elle menti lorsqu'elle leur avait assuré qu'ils étaient en sécurité ? Il ne voulait même pas savoir pourquoi il avait tellement mal à cette idée. Il aurait dû s'y attendre. Après tout, elle était un vampire. Un vampire qui l'avait séduit. Une femme qu'il désirait toujours.

— Kimberly va bien, répondit le costaud. Pourquoi vous n'allez pas vous débarbouiller avant de descendre pour rencontrer tout le monde ?

Haven plissa les yeux.

— Qui es-tu ?

Le gars sourit à pleines dents.

— Mon nom est Amaury.

Puis, les muscles de son visage se contractèrent.

— Yvette est mon amie.

Il y avait comme une menace sous-jacente dans ses paroles.

— Où est-elle ?

— Chez elle.

Déçu, les épaules d'Haven s'affaissèrent. Elle s'était enfuie et l'avait livré aux loups. Pourquoi lui avait-il fait confiance ?

Un étrange sourire illumina le visage d'Amaury.

— Elle va revenir.

Il se détourna ensuite de la porte, mais se ravisa et les regarda par-dessus son épaule.

— Elle était encore un peu sous le choc. Elle a cru que Zane t'avait tué.

Il désigna ensuite un endroit à l'intérieur de la pièce.

— Il y a une salle-de-bain attenante. Descendez quand vous serez prêts.

Haven ferma la porte et se retourna vers Wesley, lequel se tenait juste derrière lui.

— C'est un vampire, hein ? demanda ce dernier.

Distraitement, Haven hocha la tête. Il ne pouvait parler, car il digérait ce qu'Amaury venait de dire. Yvette était sous le choc, car elle avait cru que quelqu'un l'avait tué ? Cela voulait-il dire qu'elle se préoccupait de sa santé ? De lui ?

— Merde, Hav ! Qu'est-ce qu'on va faire ?

— Je vais prendre une douche.

— Comment peux-tu penser à une telle chose en un moment pareil ?

Facile. Si Yvette revenait, il ne voulait pas puer comme un cochon. Il ne s'était pas douché depuis deux jours. Il ne voulait pas lui donner la moindre raison de le repousser.

— Si ce vampire voulait nous faire du mal, il l'aurait fait pendant qu'on était inconscients.

Yvette avait peut-être tenu parole, finalement. En tout cas, il l'espérait fortement.

Vingt minutes plus tard, Wes et lui étaient prêts à se jeter dans la gueule du loup. Le couloir était vide lorsqu'ils laissèrent la chambre derrière eux. A en juger par ce qu'Haven avait vu, ils se trouvaient dans une vieille demeure victorienne. Depuis la fenêtre, il avait observé le quartier et les lumières dans l'obscurité. Ils étaient quelque part sur Nob Hill ou Russian Hill, les quartiers chics de San Francisco. Apparemment, les suceurs de sang avaient de l'argent.

En descendant le sombre escalier en acajou, Haven jeta un œil tout autour. Oui, la maison était élégante et bien entretenue. Il entendit des voix lorsqu'il atteignit le pied des escaliers. Il regarda sur le côté.

— Prêt ?

Wes haussa les épaules et considéra l'imposante porte d'entrée.

— Si Kimberly était avec nous, je partirais vite fait d'ici.

— Je sais, mais on ne peut pas la laisser ici, rétorqua Haven.

Son frère hocha la tête.

— C'est bien la seule raison pour laquelle je vais entrer là-dedans, dit-il en désignant de la tête la porte d'où provenaient les voix.

— Pareil pour moi, mentit Haven.

Bien sûr, le sort de sa petite sœur lui importait. Mais il voulait également voir Yvette. Il ne voulait pas seulement la voir, il avait besoin de la voir. Pour comprendre ce qui se passait entre eux. Ce qu'il avait ressenti pour elle durant leur captivité n'était pas simplement lié au désir. D'accord, ils s'étaient littéralement jetés l'un sur l'autre comme des lapins, mais il savait qu'il y avait quelque chose de plus.

— Vous comptez rester plantés là pour toujours ou vous pensez détaler ? demanda une voix depuis l'autre bout du couloir.

Haven tourna la tête et plissa les yeux, tentant de distinguer la longue silhouette de l'homme qui s'approchait d'eux. Il était mince, tête rasée, et ses yeux les dévisageaient tous les deux. Il avait les lèvres pincées. Il y avait quelque chose de dangereux qui planait tout autour de lui. Haven réprima le frisson d'inconfort qui lui chatouillait la colonne vertébrale. Son instinct lui conseilla de ne pas afficher sa vulnérabilité face à l'inconnu.

— Pardon ?

L'homme chauve – vampire, assurément, à ce qu'on pouvait en déduire du mauvais grognement qu'il laissa échapper – fit un pas de plus vers eux.

— Je veux juste vous prévenir. Si l'un d'entre vous nous cause des ennuis, je vous écrase de la main. Lentement, très lentement.

Etant donné la façon dont il avait exprimé sa menace, Haven comprit que l'enfoiré y prendrait même du plaisir.

— Et de qui avons-nous l'honneur de recevoir une telle menace ?

Haven ignora la main de Wes sur son bras, essayant manifestement de l'empêcher de dire quelque ineptie.

— Ou ferais-je tout aussi bien de t'appeler trouduc ?

Un battement de cils plus tard, le vampire se jetait sur lui. Haven ne l'avait même pas vu bouger !

Il se faisait étrangler par des doigts de fer.

— ZANE !

Une voix commanda à ce trouduc de relâcher la prise mortelle qu'il exerçait sur la gorge d'Haven.

Ce dernier toussa et reprit une bouffée d'air. Merde, ce connard était fort – et rapide. Haven n'avait même pas eu le temps de réagir. Ce vampire était rapide comme un serpent.

Un homme déboucha de la porte à présent ouverte : tout aussi grand et sombre, mais avec des cheveux noirs coupés courts. Il regarda Zane de travers.

— Si tu n'es pas capable d'être poli avec nos invités, je peux t'évincer de l'équipe.

Zane plissa les yeux et fit un pas en arrière. Les dents serrées, il ne prononça qu'un mot.

— Compris.

Il pénétra ensuite dans le salon sans le moindre regard vers Haven ou Wesley.

Quelle que fût cette *équipe*, l'enfoiré ne voulait manifestement pas en être exclu. Haven dévisagea alors l'homme qui était intervenu.

— Samson Woodford, se présenta-t-il en tendant la main.

Sans réfléchir, Haven la lui serra.

— Haven Montgomery.

— Je sais.

Il serra ensuite la main de Wesley.

— Yvette m'a déjà tout raconté.

Il hocha la tête en direction du salon derrière lui.

— Entrez.

L'élégant salon victorien faisait salle comble. Tous ces gens étaient-ils des vampires ? Haven compta six hommes et plusieurs femmes. Il inspecta la pièce.

— Kimberly ! dit-il avec soulagement lorsqu'il la vit.

Elle bondit du canapé et se jeta dans ses bras grands ouverts.

— Ils t'ont fait mal ?

Il prit du recul pour vérifier qu'elle n'était pas blessée, mais tout semblait en ordre. Elle s'était apparemment douchée et portait à présent un jean et un t-shirt.

— On était inquiets, dit Wes derrière lui en attirant Kimberly pour la serrer fermement contre lui.

— Je vais bien, dit-elle en regardant de nouveau Haven. Ils ont été très gentils avec moi.

Haven hocha la tête et scruta les inconnus qui l'observaient Une fois encore, il parcourut la pièce du regard. Il y avait quatre femmes, mais Yvette n'y était pas. La déception l'envahit. Amaury avait dit qu'elle reviendrait. Haven dévisagea l'homme qui ressemblait à Hulk et lui lança un regard interrogateur, mais Amaury ne dit rien. Et Haven était trop fier pour demander où Yvette se trouvait.

— Assieds-toi, je t'en prie, offrit Samson en désignant les canapés.

— Je préfère rester debout.

La plupart des hommes se tenaient debout. Il ne voulait pas avoir à lever les yeux vers eux. Ils étaient assez intimidants comme cela. Tous des gars costauds : un avec une queue de cheval et une cicatrice plutôt laide sur la joue ; un blond en tenue de biker ; Zane le diabolique ; un petit jeune au regard tout innocent – probablement le moins intimidant de tous –, Amaury et Samson. Les femmes étaient assises. Chacune d'entre elles avait une beauté spécifique. Etaient-elles toutes des vampires ? Il tenta de les dévisager avec discrétion, de peur de froisser les vampires.

Les yeux tantôt rivés sur l'une, tantôt sur l'autre, il fit une pause sur une forme arrondie qui, étrangement, n'avait rien à faire là. Merde, l'une des femmes était enceinte ! Et bien enceinte. Elle semblait être sur le point d'accoucher. Une femme vampire qui attendait un enfant ? Immédiatement, il repensa à Yvette qui lui avait dit qu'il n'avait pas à s'inquiéter d'une éventuelle grossesse.

— Je crois qu'il est temps de nous présenter, dit Samson d'une voix on ne peut plus naturelle, comme s'il accueillait tous les jours des chasseurs de vampires chez lui.

— Tu as déjà rencontré Amaury et Zane.

A son nom, Zane pinça davantage les lèvres. Haven l'ignora et suivit du regard le doigt de Samson qui pointait ses autres collègues.

— Gabriel, mon second.

L'homme à la cicatrice. Il hocha la tête.

— Thomas, notre pro de l'informatique.

Ah, le biker. Qui l'eût cru ?

— Eddie, c'est le plus jeune.

Le petit jeunot. On s'en serait douté.

— Nina, la femme d'Amaury, dit-il en désignant une blonde magnifique.

— Maya, la femme de Gabriel.

La beauté brune repoussa ses longs cheveux derrière son épaule et hocha la tête.

— Ma femme, Delilah, dit-il en désignant la femme enceinte qui lui lança un sourire ravageur.

— Je suis désolée si je ne me lève pas pour te serrer la main, mais le bébé devient un peu lourd.

Immédiatement, Samson se précipita vers elle.

— Pourquoi tu ne vas pas t'allonger ? Tu as l'air fatiguée.

Elle le renvoya d'un geste de la main.

— Tu t'inquiètes trop, je vais bien. Par-contre, je mangerais bien quelque chose.

Samson se leva et se dirigea vers une autre porte ouverte qui laissait apercevoir la salle-à-manger.

— Oliver ?

Une seconde plus tard, l'homme apparut.

— Oui, Samson ?

— Apporte de la nourriture pour ma femme et pour les invités.

Il se retourna.

— Nina, tu as faim ?

Haven observa l'échange avec surprise. De la nourriture ? Qu'est-ce qui se passait, ici ? Il était certain que les vampires ne mangeaient pas de nourriture solide. S'il avait eu le moindre doute à ce propos, sa période de captivité avec Yvette l'avait dissipé. Allaient-ils boire du sang devant eux deux ? Il fit la grimace en signe de dégoût.

— Un sandwich fera l'affaire, répondit Nina.

Haven la dévisagea, surpris.

— Un sandwich ? répéta-t-il.

Samson le regarda et sourit.

— Pardon, mais j'aurais dû préciser que nous ne sommes pas tous des vampires.

Haven haussa les sourcils.

— Tu plaisantes, dit Wesley.

— Ma femme et Nina sont humaines.

Un raclement de gorge attira l'attention de Samson vers la seule femme qu'il n'avait pas présentée.

— Je suis désolé, Francine. Je m'excuse de ne pas t'avoir présentée. Voilà Francine, c'est une sorcière.

La tête d'Haven bouillonnait d'informations qu'il avait besoin de digérer. Deux vampires étaient mariés à des humaines ? Et l'une d'elle était enceinte ? Bon sang, s'il n'avait jamais croulé sous le poids de l'information, c'en était bien le cas maintenant. Comment était-ce possible ? Comment une humaine pouvait-elle se marier à un suceur de sang ?

Etait-ce si commun que cela ? Des vampires qui couchaient avec des humains ? Cela voulait-il dire que son désir de posséder Yvette n'était pas aussi tordu qu'il en avait l'air ?

Haven dévisagea la femme qui lui avait été présentée en dernier. Francine avait quelque chose de familier. Il la connaissait, mais le souvenir était lointain.

— On s'est déjà rencontrés ? lui demanda-t-il.

Francine sourit.

— Je me demandais si tu te souviendrais de moi. J'étais une amie de ta mère. A l'époque, tu avais dix ou onze ans.

Haven ferma les yeux un moment, laissant les souvenirs le submerger. Oui, Francine avait rendu visite à sa mère. La dernière fois qu'il se souvenait l'avoir vue, Katie était sur le point de naître.

— Vous et elle... Vous vous êtes disputées.

Le visage de Francine redevint sérieux.

— Ne parlons pas de ça maintenant. Je suis contente de voir que vous avez retrouvé Katie.

Instinctivement, il détourna son regard vers sa sœur, laquelle s'était assise à côté de Delilah, la femme enceinte. Elle semblait contente et totalement à l'aise, alors qu'elle savait qu'elle était entourée de vampires.

— C'est la sorcière qui l'a trouvée, mais peu importe, elle est de retour.

Il sentit la main de son frère sur son épaule.

— En effet.

Samson croisa les bras sur sa poitrine.

— Réunion de famille mise à part, c'est là que nos ennuis commencent.

— Ennuis ? Ecoutez, commença Haven, je sais que vous m'en voulez probablement tous parce que j'ai kidnappé Yvette et Kimberly, mais je n'avais pas le choix. Cette sorcière, Bess, elle retenait Wesley prisonnier. Je ne pouvais pas le laisser pourrir là-bas.

— On sait tout ça, dit calmement Samson. Ce n'est pas là le problème, ou plutôt ça ne l'est plus. Personne n'a été tué, donc c'est bon.

— Vous nous avez libérés des mains de la sorcière, et je vous en remercie. Maintenant, puisqu'il n'y a pas de ressentiment, j'aimerais avoir un mot ou deux avec Yvette avant de partir, sans vouloir vous offenser.

— Nous ne sommes pas offensés, avança Samson. Mais vous ne partirez pas. Aucun de vous trois.

Une onde de choc parcourut Haven. Venait-il juste de changer de prison pour une autre ?

25

Haven prit une profonde inspiration et toisa Samson. Il fit deux pas dans sa direction avant que Zane ne lui bloquât le passage. Le vampire chauve lui montra ses canines. Haven entendit vaguement Kimberly réagir et sentit Wesley se positionner à ses côtés. Mais il ne pouvait quitter le vampire hostile des yeux.

— Dégage !

— Zane ! grogna Samson.

La tension fut palpable durant les quelques secondes qui s'écoulèrent avant que Zane ne roulât des épaules et n'obéît à son patron.

— Excuse mon associé, mais il éprouve de l'aversion pour les sorciers, expliqua Samson.

Super ! Et à en croire Yvette, Kimberly, Wesley et lui étaient des sorciers. Cela n'augurait rien de bon pour son avenir immédiat. Haven jeta un œil à sa sœur et remarqua la façon dont Delilah lui tapotait la main pour la rassurer, un sourire chaud aux lèvres.

Le groupe qui se tenait assemblé formait une belle contradiction. D'un côté, Amaury et Delilah les traitaient poliment, Wesley, Kimberly et lui. De l'autre, Zane leur témoignait de l'hostilité et Samson les gardait captifs. Il ne savait trop de quel côté penchaient les autres vampires à l'instant précis. Et pour ce qui était de Francine... Il n'en avait aucune idée.

— J'aimerais bien comprendre ce que tu veux de nous, alors, dit Haven en défiant Samson du regard tout en écartant les jambes.

Il savait pourtant, au fond de lui, que cela aurait été suicidaire d'entamer le combat contre eux. Et il ne pouvait mettre en danger la vie de son frère et de sa sœur. Il était tombé de Charybde en Scylla.

Samson hocha la tête, contemplatif.

— Et tu mérites que je t'explique. Je peux t'assurer que nous ne vous voulons aucun mal, mais par souci de protection, nous ne pouvons déchaîner le Pouvoir des Trois. Cela bouleverserait l'équilibre de notre monde. Et nous ne pouvons tolérer qu'une telle chose se produise.

— Attends un moment, dit Haven en levant la main. Je ne sais toujours pas de quoi tu parles. Comme je l'ai dit plus tôt à Yvette, nous n'avons aucun pouvoir. Nous avons peut-être une odeur de sorciers, mais nous n'avons pas de pouvoir.

— Pas encore, dit Francine en se levant de son siège.

Haven eut un ricanement de frustration.

— Putain, mais ça veut dire quoi ? demanda-t-il en dévisageant Francine. Et si vous arrêtiez avec vos remarques encryptées et que vous me disiez ce que vous savez ?

Francine se tourna vers Samson. Quelques secondes plus tard, ce dernier hocha la tête.

— Vas-y. Si on veut qu'ils collaborent, ils ont besoin de tout savoir.

— Il se pourrait que tu veuilles t'asseoir pour ça, Haven. Toi aussi, Wesley. C'est une longue histoire.

Haven regarda son frère, lequel haussa les épaules avant de se diriger vers le canapé où Kimberly lui libérait une place pour qu'il s'assît à côté d'elle. Il l'embrassa sur le front.

— Ça va ?

Kimberly hocha la tête.

— Ils ne nous feront aucun mal.

Si seulement Haven pouvait être aussi confiant que sa petite sœur... Mais l'hostilité de Zane était toujours palpable, et s'il le poussait à bout, il savait que le vampire chauve le tuerait dans la seconde.

— Je vais bien.

Haven indiqua, d'un signe à Francine, qu'il préférait rester debout.

— Bien. Comme tu le sais, je connaissais ta mère, Jennifer. On était de bonnes amies, mais nous avions des opinions divergentes quant à nos pouvoirs. Les siens étaient mineurs : quelques sortilèges, quelques potions, mais elle ne savait contrôler les éléments. Seules les sorcières dotées de puissants pouvoirs peuvent le faire. Et elle en voulait davantage. Elle voulait du vrai pouvoir. Et elle savait comment y parvenir.

Francine ferma les yeux un instant, comme si ce souvenir lui était trop pénible.

— Elle a choisi ton père, non pas parce qu'elle l'aimait, mais à cause du sang royal qui coulait dans ses veines.

Haven écoutait. On ne lui avait jamais dit que son père était un aristocrate. Il ne désirait toutefois pas en apprendre plus que ce qu'il ne savait déjà : son père les avait quittés avant la naissance de Katie. Subitement, comme s'il n'avait jamais aimé ses fils. Haven serra les poings en y repensant. La haine qu'il vouait à son père pour ce qu'il avait fait ne s'était jamais dissipée.

— Royal, mais pas au sens propre du terme. Il n'était pas un aristocrate européen, mais un descendant des tous premiers sorciers.

— Notre père était également un sorcier ? demanda Wesley.

Francine secoua la tête.

— Non, sa grand-mère avait abandonné ses pouvoirs afin qu'aucun de ses descendants ne devienne sorcier.

— Comment fait-on pour tout simplement abandonner ses pouvoirs comme ça? s'enquit Kimberly, les yeux écarquillés.

— Ce n'est pas évident, mais il y a un rituel qui permet de libérer les pouvoirs et de les enfermer dans un autre récipient. C'est ce qu'elle a fait. Mais ça n'a pas anéanti la lignée. Le sang qui coulait dans les veines de ton père était toujours de souche royale, et c'était tout ce dont ta mère avait besoin.

Elle soupira.

— Il y a une prophétie qui dit que les trois enfants d'une simple sorcière, incapable de contrôler les éléments, recevront le Pouvoir des Trois s'ils sont issus de sang royal. Le Pouvoir des Trois l'emporte sur n'importe quel autre pouvoir. Il n'y a rien de plus fort. Rien de plus tentant et d'envoûtant que ce pouvoir. Peu de personnes y résisteraient. Les détenteurs du Pouvoir des Trois domineront ce monde. Jennifer voulait réaliser la prophétie et a tout fait pour y parvenir. En donnant naissance à Katie, elle a eu les trois enfants dont elle avait besoin.

Haven déglutit.

— Papa et elle se disputaient beaucoup avant la naissance de Katie.

— Ton père ne voulait pas de ce troisième enfant. Mais lorsqu'il a réalisé ce qu'elle essayait de faire, il a tenté de l'arrêter. Mais Jennifer était déjà enceinte et elle refusait de se faire avorter.

Un léger sanglot déchira la poitrine de Kimberly. Haven la regarda et vit comment Wesley lui avait passé un bras protecteur autour des épaules tout en lui pressant la tête contre son torse.

— Katie... Kimberly, on t'a toujours aimée, lui murmura-t-il.

Haven était content de voir Wesley la réconforter. Apprendre que l'on n'était pas un enfant désiré par son propre père devait faire mal. Bien plus que de réaliser qu'un père ne vous aimait pas assez pour rester. Il était de tout cœur avec elle.

— Je suis désolée, Katie, mais c'est la triste vérité. Ton père voulait empêcher la prophétie de se réaliser, mais il en fut incapable. Jennifer ne voulait pas se plier à sa requête. Tout ce qu'il lui restait à faire, c'était attendre ton premier anniversaire...

— Mais j'ai vingt-deux ans, maintenant. Pourquoi n'avons-nous pas reçu nos pouvoirs ? demanda Kimberly.

— Chaque sorcier ou sorcière acquiert certains pouvoirs dès la naissance. Ils se peaufinent jusqu'à l'âge adulte pour se transformer ensuite en de réels dons. Mais votre mère vous a dépouillés de vos pouvoirs ordinaires à la naissance, afin qu'ils ne viennent pas contrecarrer ses plans pour l'avenir.

— Et c'est quoi ? demanda Haven, n'appréciant pas du tout ce que Francine leur racontait.

Elle ne dressait pas un très beau portrait de leur mère, et il ne voulait pas que sa mémoire fût salie.

— Une fois que Katie aurait été assez âgée, elle aurait pratiqué le rituel pour exploiter votre Pouvoir des Trois.

— Ça n'a pas de sens, rétorqua Wesley. Vous venez de dire qu'elle nous a pris nos pouvoirs à la naissance.

— En effet, mais le pouvoir qui coulait dans vos veines grâce à votre sang royal était toujours bien présent. Et c'était tout ce dont elle avait besoin.

— Alors pourquoi se débarrasser de nos autres pouvoirs ?

— Elle ne voulait pas que vous la battiez.

— La battre, pourquoi ?

Il ne se serait jamais battu contre sa mère. Bon sang, il s'était battu pour la sauver – et il avait échoué.

— Le rituel qu'elle devait pratiquer aurait tué l'un d'entre vous. Vous n'auriez pas conservé assez d'énergie après qu'elle eût extrait le Pouvoir des Trois de vos corps pour s'en imprégner. C'était son plan. Elle voulait devenir la sorcière la plus puissante du monde.

Wesley bondit du canapé à l'instant même où Haven faisait un pas vers Francine.

— Vous mentez ! Admettez-le ! Maman ne nous aurait jamais fait de mal comme ça !

— Espèce de salope ! Vous n'êtes pas une amie de notre mère ! cria Wesley.

— Calmez-vous, interrompit Samson.

Haven le dévisagea. Comment pouvait-on croire de telles âneries ?

— J'ai bien peur que Francine ne vous dise la vérité. Tout semble l'indiquer : vous n'aviez pas l'odeur de sorciers lorsqu'Yvette vous a rencontrés la première fois. Ça a débuté lorsque vous vous êtes retrouvés tous les trois, ensemble. L'autre sorcière voulait faire la même chose avec vous que ce que votre mère avait planifié. Logique.

Haven secoua la tête, refusant toujours d'y croire.

— Alors pourquoi nous regrouper tous les trois au même endroit si ça fait de nous des sorciers ? Bess ne craignait-elle pas qu'on soit plus forts qu'elle avec nos pouvoirs ?

— Non, répondit Francine car, sans le rituel, vous n'avez aucun pouvoir. Oui, vous aviez une légère odeur de sorciers quand vous étiez emprisonnés, l'union ayant finalement été rétablie, mais il y a une autre étape à franchir pour que vous receviez vos pouvoirs.

Quelque chose clochait toujours.

— Bess nous a torturés afin de découvrir nos pouvoirs. Pourquoi faire ça si elle savait qu'on n'en possédait encore aucun à ce stade ?

— Par mesure de précaution. Un test. Pour être en sécurité lors du rituel, il lui fallait être certaine que vous n'aviez aucun pouvoir. Sans quoi, vous l'auriez combattue et fait en sorte qu'elle ne s'approprie pas le Pouvoir des Trois. Si cela s'était produit durant le rituel, vous seriez devenus si puissants que vous auriez pu la détruire.

Choqué, Haven s'appuya contre le mur, tentant d'accuser le choc. Etait-ce la vérité ? Etait-ce vraiment possible ?

— Elle m'a demandé quelle était la clef de mes pouvoirs. Ça veut dire quoi ?

— C'est une façon d'avoir accès à tes pouvoirs et d'en reprendre possession.

— Je ne comprends pas.

— Les pouvoirs que ta mère t'a pris. Ils sont dans un autre récipient. Si tu en as la clef, tu peux les récupérer. C'est ce qu'elle voulait savoir, si tu avais la clef.

Un sentiment de frustration l'envahit.

— Ça vous gênerait de traduire ?

Francine soupira.

— Je ne suis pas sûre de savoir comment l'expliquer, mais si tu savais sur quoi tu dois te concentrer afin d'accéder à ces pouvoirs, alors tu pourrais les récupérer. Tu étais un enfant, à l'époque. Je doute que tu aies jamais réalisé ce qu'était la clef. Tu étais trop jeune et, bien que ta mère l'ait su, je ne crois pas qu'elle te l'ait dit.

Francine se plaqua la main contre la bouche, comme si elle venait soudainement de se rappeler de quelque chose.

— Quoique…

Elle regarda Haven.

— Afin de s'assurer que tu puisses te défendre en cas d'urgence, ou si quelque chose devait lui arriver, elle a dû te donner un indice.

Haven ne savait même pas par où commencer, mais il fouilla dans ses souvenirs. Des bribes de conversations qu'il avait eues avec sa mère lui revinrent en tête, réveillant des souvenirs enterrés depuis longtemps. En vain. Il n'y avait aucune clef.

— Que voulait Bess ? Pourquoi n'a-t-elle pas pratiqué le rituel juste après nous avoir capturés ? s'enquit Haven tout en tentant de comprendre la signification de tout ceci.

— Elle doit attendre la prochaine pleine lune.

— Tu comprends maintenant pourquoi on ne peut vous laisser partir ? demanda Samson, d'un air encore plus solennel.

— Si la sorcière vous capture de nouveau, elle pratiquera le rituel et s'emparera du Pouvoir des Trois.

Il dirigea ensuite son regard vers ses amis et collègues et les désigna du doigt.

— Nous serions tous en danger. Aucune créature ne peut se voir conférer un tel pouvoir absolu. Elle nous annihilerait.

Haven se dégagea du mur, dévisageant d'abord Samson, pour ensuite diriger son regard vers les autres.

— Ça veut dire que tu vas nous tuer à la place ?

— La seule personne qui mourra, ce sera la sorcière !

La voix féminine qu'il entendit derrière lui le transporta. Tant par la surprise que par le plaisir.

26

Yvette claqua la porte du salon derrière elle ; geste purement destiné à produire de l'effet, car un peu d'aération aurait été la bienvenue dans cette pièce. Il y avait manifestement un trop plein de testostérone dans l'air.

Voir Haven debout et bien portant la soulagea, mais elle fit en sorte que cela passât inaperçu. Ses collègues l'avaient déjà regardée bizarrement lorsqu'elle avait pleuré, pensant que Zane avait tué Haven. Elle n'était parvenue à sécher ses larmes qu'au moment où Francine les avait rejoints pour leur expliquer que la potion préparée par ses soins n'avait pour effet que d'assommer n'importe quel sorcier durant une douzaine d'heures.

On ne peut plus humiliant ! Faire preuve d'autant de vulnérabilité devant ses collègues avait été une erreur. Mais quand elle avait vu Haven s'écrouler, elle n'avait pu ressentir que de la douleur à l'idée de le perdre. Son cœur s'était fendu en deux, et elle avait alors réalisé que ses sentiments à son égard n'avaient rien à voir avec de la haine.

Qu'allait-elle faire, à présent ? Avait-elle seulement le choix, lorsque son corps lui criait de se jeter dans les bras d'Haven ? Certes, il la posséderait comme il l'avait promis, mais ensuite, il recouvrerait ses sens. Et il détestait les vampires. Il ne tomberait jamais amoureux d'elle.

Tentant de faire bonne figure, Yvette regarda ses collègues. Elle se sentait mieux après être retournée chez elle. Malheureusement, son chien était parti. Et parce que le jour allait se lever, elle n'avait pu sortir à sa recherche. Elle avait dormi, s'était douchée, avait enfilé un pantalon en cuir, un pull à col roulé, et s'était coupé les cheveux. Elle avait de nouveau revêtu sa carapace de femme de tête. A présent, personne ne pouvait plus l'atteindre.

— Yvette, tu en as eu assez. Pourquoi ne pas prendre quelques jours ? proposa Samson. On peut se débrouiller sans toi.

— Merci, mais non. J'ai un compte à régler avec cette putain de sorcière.

Du coin de l'œil, elle vit Haven la contempler de haut en bas avec son regard de braise. Face à cet examen approfondi auquel il s'adonnait, elle sentit la température de son corps monter, et pour une fois, elle fut bien aise, en tant que vampire, d'être dépourvue de toute capacité à rougir. Dans le cas contraire, une cerise mûre aurait paru bien pâle à côté d'elle.

Samson hocha la tête.

— Ok, très bien.

Incapable de s'approcher d'Haven pour lui demander comment il se portait, elle se tourna vers Kimberly.

— Comment ça va ? J'espère que la potion concoctée par Francine n'a pas d'effets secondaires.

— J'ai eu quelques vertiges en me réveillant, mais maintenant, ça va.

— C'est vous qui avez concocté cette potion, Francine ? aboya Haven. Pourquoi l'utiliser contre nous ? dit-il en désignant son frère et sa sœur.

— Zane pensait que vous représentiez l'ennemi, expliqua Yvette, fixant Haven pour la première fois.

Bon Dieu, qu'il était sexy. Il s'était manifestement douché et rasé, et malgré la persistante odeur de sorcier qui s'accrochait à lui, son parfum mâle si sexy dominait tout le reste. Cela lui rappela des souvenirs de leur tête-à-tête dans la salle-de-bain. Une autre vague de chaleur déferla en elle, menaçant de la faire fondre de l'intérieur.

Haven toisa Zane.

— Ben tiens donc ! avança-t-il.

Le vampire fronça simplement les sourcils et se tordit les lèvres.

— Je n'ai pas eu l'occasion d'expliquer...

— Je ne t'en veux pas, Yvette, c'est lui que je blâme.

Sans quitter Yvette des yeux, il dirigea brusquement son poing dans la direction de Zane. Sa voix s'adoucit lorsqu'il poursuivit.

— Je suis content que tu ailles bien.

Yvette déglutit pour se débarrasser du nœud qu'elle avait dans la gorge, se sentant soudain tel l'affreux petit canard par excellence qui parlait au capitaine de l'équipe de foot, dans le couloir du lycée. Ce n'était pas bon. Elle ne pouvait se permettre de fondre et de devenir accro à lui. Pathétique ! C'était ce qu'elle était devenue : on ne peut plus pathétique.

— Merci, parvint-elle à dire avant de détacher son regard du sien, pour se concentrer sur les autres personnes présentes dans la pièce. Elle s'éclaircit la gorge afin de se renforcer la voix.

— Alors, c'est quoi le plan ?

Samson adressa un signe de tête à Gabriel, lequel se leva. En tant que directeur des opérations chez Scanguards, il était chargé du déroulement des missions.

— Samson et moi avons élaboré quelques scénarii et avons opté pour celui qui semblait être le plus facile à suivre. On va séparer les frères et la sœur et...

— Oh, deux secondes ! Tu ne nous sépareras pas, interrompit Haven, la voix sous tension.

Gabriel leva la main.

— Désolé, mais on ne peut pas prendre le risque que vous soyez à nouveau capturés tous les trois ensemble. C'est plus sûr comme ça. Et ce ne sera pas pour toujours, simplement jusqu'à ce qu'on ait éradiqué la menace.

— Combien de temps ? pressa Haven.

— Quelques jours, peut-être une semaine. Grâce à Francine et au fait qu'on connaisse le nom de la sorcière, on a déjà une idée de qui elle est et de la manière dont on va agir pour la retrouver. Nos gens sont à sa recherche. Une fois qu'on l'aura, vous serez de nouveau en sécurité.

— En sécurité ? Je crois que tu oublies quelque chose.

— Crois-moi. Une fois qu'elle sera éliminée, ton frère, ta sœur et toi serez en sécurité.

Haven secoua la tête.

— Ouais, d'elle.

A ces mots, Yvette réalisa soudain ce qu'il voulait dire. Il avait raison. Ils n'étaient pas en sécurité et ne le seraient jamais.

— Et pour les autres sorciers qui sont là, dehors et qui savent pour la prophétie ? Qu'est-ce qui te fait croire qu'ils n'essayeront pas de nous pourchasser ?

Lorsqu'Yvette entendit ses collègues jurer, elle sut qu'ils percevaient la menace aussi bien qu'elle.

— La seule façon de l'éliminer, elle et n'importe quel autre sorcier qui voudrait voler le Pouvoir des Trois, c'est que Wesley, Kimberly et moi, nous le maîtrisions nous-mêmes.

A la suggestion d'Haven, tous les collègues d'Yvette bondirent, en colère, criant les uns après les autres.

— Pas question !

— Putain, non !

— Faudra me passer sur le corps d'abord !

— Je ne le permettrai pas !

— Pas question !

— SILENCE ! cria Samson.

Tout le monde se tut immédiatement. Il observa d'abord l'assemblée et s'arrêta ensuite sur Haven.

— J'ai bien peur de ne pouvoir vous laisser faire ça. A la moindre tentative de votre part d'exploiter le Pouvoir des Trois, je donnerai l'ordre que l'on tue l'un d'entre vous.

Yvette regarda Samson dans les yeux. Elle se rendait bien compte à quel point il lui était difficile de prononcer ces mots. Samson n'était pas un meurtrier, mais il devait protéger sa famille et ses amis. Elle comprenait cela.

— Oh, je vois, rétorqua Haven. Tu veux t'octroyer le pouvoir, hein ? Et comme ça, tu dirigeras le monde !

— Même si je voulais le pouvoir, ce qui n'est pas le cas, je ne pourrais m'en servir, dit Samson avant de s'adresser à Francine.

— Explique-leur.

— Seul un corps humain peut s'emparer du pouvoir d'un sorcier. Pas les démons ni les vampires. Samson a raison. Même s'il voulait le pouvoir, son corps de vampire le rejetterait. Aucun pouvoir de sorcier ne peut survivre dans un corps qui n'est pas humain.

Haven parut visiblement soulagé, son froncement de sourcils s'atténuant et sa mâchoire se relâchant quelque peu.

— Alors pourquoi ne pas nous laisser le maîtriser afin de nous assurer qu'il soit en sécurité pour toujours ? L'un d'entre nous mourra si on fait ça ?

Samson secoua la tête.

— Non, c'est seulement si on vous vole ce pouvoir que le plus faible d'entre vous mourra. De toute façon, aucun clan ne peut se voir conférer le pouvoir ultime.

— On promet qu'on ne vous fera pas de mal, dit Kimberly.

Samson lui lança un doux sourire.

— C'est ce que tu dis maintenant, mais une fois que vous serez en possession du Pouvoir des Trois, vous voudrez l'utiliser. La tentation sera trop forte pour résister. Même si tu penses maintenant que vous ne nous blesserez pas, vous le ferez. On ne peut pas courir le risque.

Francine hocha la tête.

— Samson a raison. Tenter de résister au pouvoir est tout bonnement impossible. Une fois qu'il est à votre portée, vous voulez l'avoir. Et l'utiliser à vos propres fins. Vous devez garder un cœur pur pour être capable de résister. Et soyons honnêtes, ce n'est le cas de personne.

Cette explication amena Kimberly à faire la moue.

— Alors, que sommes-nous censés faire ? demanda Haven, visiblement perdu.

Ses yeux bleus cherchèrent Yvette. Un plaisant chatouillis parcourut son corps lorsque leurs regards se croisèrent. Elle voulait lui donner l'assurance qu'il n'avait rien à craindre de ses amis mais, avec tout ce monde qui observait le moindre de ses mouvements, elle se sentait paralysée et ne pouvait se résoudre à prononcer les mots qu'il attendait.

Gabriel s'éclaircit la gorge, ce qui la força à quitter Haven des yeux.

— D'accord. Alors, voilà le plan. On vous sépare. Kimberly, tu restes ici chez Samson, sous la protection de Samson et d'Amaury. Wesley, tu viens avec Maya, Oliver et moi. On te protègera chez moi. Et il ne reste plus qu'Haven. Il sera en sécurité chez Thomas. Zane et Eddie seront là aussi.

Yvette remarqua que son nom avait été subtilement écarté.

— Je reste aussi chez Thomas.

Gabriel haussa un sourcil.

— Ce ne sera pas nécessaire.

Yvette fit un pas vers son patron.

— Si tu crois que je vais laisser Haven sous la supervision de Zane, alors tu ne me connais pas. Il a déjà essayé de le tuer une fois.

Elle jeta un regard de biais à son collègue chauve.

— Sans vouloir t'offenser, Zane, tu as la gâchette facile.

Zane répondit par un simple grognement.

— Zane sait qu'il ne doit pas faire de mal à nos invités, l'assura Gabriel.

— Ça te dérange si je vérifie ça moi-même ?

Elle ne resterait pas en dehors de ça.

— Bien. Un garde du corps de plus ne fera pas de mal.

Lorsqu'Yvette se détourna de son patron, elle remarqua l'œil d'Haven. Avait-il deviné que la seule raison pour laquelle elle voulait aller chez Thomas, c'était pour avoir un peu de temps en tête-à-tête avec lui ? Pouvait-il si aisément lire en elle ?

~ ~ ~

Haven prit Francine à part, alors qu'elle s'en allait dans le couloir.

— Un mot.

Elle hocha la tête et lui sourit.

— On ne t'a jamais dit combien tu ressemblais à ton père ?

Ne voulant pas renouer avec les sentiments concernant ce dernier, Haven tenta de les repousser. Il comprenait à présent pourquoi son père et sa mère s'étaient disputés avant la naissance de Katie. Mais il n'était pas prêt à pardonner à son père de les avoir laissés. Ne les aimait-il pas, ne fût-ce qu'un peu, Wes et lui ?

— Pourquoi ne s'est-il pas battu contre elle ? Pourquoi ne nous a-t-il pas pris avec lui ?

Le regard de Francine était empli de pitié. Haven évita son regard, ne voulant lui montrer à quel point le souvenir de son père le blessait.

— Jennifer l'a menacé.

Une nouvelle vague de colère commença à bouillonner en lui.

— Il aurait pu se battre pour Wes et moi.

Francine posa la main sur son avant-bras et le serra.

— Il l'a fait, et il a perdu.

— Mais il nous a abandonnés !

Elle secoua la tête.

— Il ne vous a pas quittés, dit-elle en soupirant avant de reprendre. Il vous aimait toi et Wes. Bien plus qu'il ne l'aimait, elle.

La confusion s'empara d'Haven.

— Mais vous l'avez dit vous-même : vous avez dit à tout le monde qu'il nous avait abandonnés.

Il désigna le salon où les vampires se préparaient à passer à l'attaque.

— J'ai dû mentir. Wes et Katie ne peuvent faire face à cette vérité. Mais toi, tu es plus fort. Tu as toujours été plus fort. Même quand tu étais enfant.

Il sut la réponse à sa question avant-même de l'avoir posée. Les mots roulèrent toutefois sur ses lèvres.

— Qu'est-ce qu'elle lui a fait ?

— Elle l'a tué.

Haven sentit ses genoux se dérober sous lui et attrapa la rampe de l'escalier. Ses phalanges en devinrent blanches sous la pression.

— Non, ce n'est pas vrai…

Mais dans son cœur, il connaissait la vérité.

— Elle était obsédée par l'ivresse du pouvoir. Elle l'a caché un long moment. Mais je pouvais le voir. Ça s'agrippait à elle, et elle ne pouvait s'en défaire. Comme une malédiction. Une maladie qui s'accroche et vous étrangle. Une fois que vous l'avez attrapée, ce n'est plus qu'une question de temps avant que vous ne succombiez. Mais elle n'en a jamais eu l'occasion.

Les yeux de Francine se voilèrent de larmes.

— J'espère que ton frère, ta sœur et toi, vous ne succomberez jamais au pouvoir. Vous devez l'arrêter avant qu'il ne soit trop tard.

Haven secoua la tête. Ses réflexions s'y bousculaient. Sa mère les avait trahis et l'avait privé de son père. Comment pourrait-il s'en remettre ? Et pendant toutes ces années, il avait haï son père, alors qu'il ne le méritait pas... Il s'était battu pour eux, avait donné sa vie. La honte s'empara de son cœur pour tous ces sentiments qu'il avait ressentis durant toutes ces années. Si seulement il pouvait implorer son pardon.

— Je n'ai aucune envie du Pouvoir des Trois. Je n'en veux pas.

— Tu dis ça maintenant, parce que tu ne sais pas ce que c'est que de l'avoir à ta portée.

Les yeux de Francine brillèrent comme ceux d'un enfant face au sapin de Noël.

— Mais une fois que tu pourras le sentir, le goûter...

— Je n'en veux pas.

Le Pouvoir des Trois était responsable de la mort de son père, la raison pour laquelle sa sœur avait grandi sans eux. Il ne pourrait jamais embrasser une force aussi destructrice.

— Alors, tu dois le détruire.

— Mais...

— Tu trouveras un moyen de le faire.

Elle lui lâcha le bras et fit un mouvement pour se retourner.

— Attendez... Je voulais vous poser une question.

Elle le regarda en soulevant le menton.

— Oui ?

— Vous avez parlé d'une clef que ma mère aurait cachée. Je fais comment pour la trouver ?

Francine demeura silencieuse un instant, avant de répondre par une question.

— Quand le vampire l'a attaquée, elle est morte sur le coup ? Ou elle a pu dire quelque chose ?

— Elle a fait une incantation.

Francine secoua la tête.

— Ce n'est pas ce que je voulais dire. Quand elle a su qu'elle mourait, tu étais avec elle. Elle a dit quelque chose ?

L'esprit d'Haven se transporta vers cette sombre nuit, dans la cuisine de sa mère. Elle avait murmuré quelque chose, mais il ne savait plus quoi.

— Je ne m'en souviens pas.

— Dommage, Haven, car malgré tout ce que j'ai dit de ta mère, sachant qu'elle avait perdu, elle a dû te donner la clef afin que tu puisses te défendre dans le futur. Tu dois essayer de t'en souvenir.

S'en souvenir... Ces mêmes mots lui rappelaient quelque chose... Il tenta de s'accrocher à eux, mais rien n'y changeait : les derniers mots de sa mère continuaient de lui échapper.

27

Le temps d'élaborer leur plan pour retrouver cette sorcière et qu'Haven prît congé de Wes et de Kimberly, le lever du jour approchait déjà. Un van aux vitres teintées les conduisit chez Thomas, dans le quartier de Twin Peaks.

Haven ne pouvait ignorer la présence d'Yvette dans le véhicule. Assis près d'elle – mais cependant pas assez près – son corps brûlait de désir. Ils n'avaient pas échangé un mot en privé depuis qu'ils s'étaient échappés de leur prison, et s'il devait encore attendre plus longtemps avant de la toucher, il s'immolerait.

Il laissa ses yeux parcourir son corps. Avec son pantalon de cuir, elle paraissait tout aussi sexy que dans sa robe au dos dénudé. Il aurait toutefois préféré qu'elle porte une robe : trop de secondes seraient gaspillées à tenter d'ôter ce pantalon. Tandis qu'une robe… Il suffirait de la soulever pour posséder Yvette sans plus attendre.

Haven se mut sur son siège afin de camoufler son érection grandissante. Il avait abandonné depuis longtemps toute tentative de réprimer les réactions de son corps. Elle serait vaine, et il le savait. Yvette l'excitait, et il n'y avait pas quarante mille manières d'y remédier. Il devait en profiter au maximum.

Thomas gara le van dans un garage. Dès l'instant où la porte s'abaissa, tout le monde descendit du véhicule. Haven regarda autour de lui. A part une SUV sans prétention, plusieurs motos étaient alignées dans la large pièce. Quelqu'un aimait manifestement les deux roues, ce qui expliquait les vêtements en cuir de Thomas.

— Viens, je vais te faire faire le tour du propriétaire, dit Thomas de bon cœur, tout en faisant signe à Haven de le suivre en haut d'un escalier étroit.

Sans le moindre regard derrière lui, il sut qu'Yvette le suivait d'assez près pour le toucher. Jamais auparavant n'avait-il été aussi conscient de la présence de quelqu'un.

En haut des escaliers, Thomas ouvrit une porte. La lumière du soleil filtra à travers la fenêtre et vint embrasser le visage d'Haven, l'aveuglant un court instant. Il remarqua une fenêtre sans rideaux ni volets. La panique s'empara de lui, tandis que son cœur se mit à battre la chamade, cognant furieusement dans sa poitrine.

Sachant qu'il n'avait pas une seconde à perdre, il dévala les escaliers, attrapa Yvette au passage et la plaqua contre le mur, recouvrant son corps du sien, dans l'espoir que la lumière du jour ne l'atteignît pas. Il colla la tête d'Yvette contre son torse et sentit son souffle chaud contre lui, alors qu'elle lui agrippait la chemise.

— Bébé, murmura-t-il. Ça va ?

Les éclats de rire provenant du bas de l'escalier le firent tourner la tête. Zane se tenait là, se tapant la cuisse et riant aux éclats. Haven ne l'en avait pas cru capable, mais apparemment, il l'avait sous-estimé. A ses côtés, Eddie était également plié en deux de rire.

— On dirait bien que tu as un garde du corps, taquina Zane.

Thomas réapparut sur le palier de la porte ouverte.

— Haven, je crois que tu peux la lâcher. Ce que tu vois, ce n'est pas la lumière naturelle. C'est bon, on est en sécurité.

Dévisageant Thomas qui se tenait là – auréolé de lumière – il n'eut d'autre choix que de le croire. Ce dernier aurait été réduit en cendres si la lumière avait bel et bien été celle du soleil. A contrecœur, Haven relâcha Yvette.

— Je suis désolé, murmura-t-il. Je ne savais pas...

— Ce n'est pas grave, lui dit-elle finalement. C'est l'intention qui compte.

Yvette s'agrippait toujours à sa chemise. Il espéra qu'elle ne remarquerait pas la façon dont il évitait de s'écarter d'elle. Lorsqu'il la regarda dans les yeux, le besoin irrésistible de l'embrasser l'envahit. Trop d'heures s'étaient écoulées depuis leur dernier baiser. Comme tiré par des ficelles invisibles, il abaissa sa tête vers la sienne.

— Vous venez ou quoi ? demanda Thomas, rompant alors le charme.

Haven s'interrompit, puis se retourna. Lorsqu'il atteignit le haut des marches, il jeta un œil tout autour de lui. Il venait de pénétrer dans la salle-de-séjour de Thomas, laquelle était bordée de fenêtres à hauteur de plafond. Aucune d'entre elles n'étant ornée de tentures, cela lui offrait une vue époustouflante sur San Francisco. Une incroyable vue *de jour*.

— Réaliste, hein ? s'enquit son hôte en désignant les fenêtres.

— Je croyais que le soleil vous réduisait en cendres.

— C'est le cas, mais là, ce n'est pas la lumière naturelle. Ce que tu vois, c'est un écran de cinéma : des images projetées en live. Et la lumière est artificielle, mais toutefois très proche d'un éclairage naturel. Je l'ai dessiné moi-même. Tu ne le trouveras pas chez Castorama, dit Thomas en souriant à pleines dents.

Haven hocha la tête et se tourna vers Yvette et ses collègues, lesquels s'étaient rassemblés dans la pièce derrière lui.

— Je ne sais pas pour vous, les gars, mais moi je suis mort, déclara Eddie avant de s'adresser à Thomas. Je crois qu'Haven peut prendre la chambre d'amis, et Yvette, la mienne. Je dormirai avec toi.

Une brève lueur de panique éclaira les yeux de Thomas avant qu'il ne la masquât.

— Bien sûr, pas de problème.

Il regarda Zane.

— Ça te va si tu prends le salon ?

Zane acquiesça.

— Je ne prévois pas de dormir.

Haven dévisagea le vampire chauve, saisissant toute l'ampleur du sous-entendu. Ouais, il avait compris. Zane préférait garder un œil sur *lui* plutôt que d'être de faction au cas où la sorcière pointerait son nez. Un casse-pieds méfiant.

— Je vais te montrer ta chambre, lui dit Eddie dans son dos.

Haven chercha Yvette des yeux afin de lui adresser un message implicite lui rappelant qu'ils devaient toujours parler. Rien sur son visage impassible ne laissa paraître qu'elle comprenait ou y consentait. Ne voulant pas encourager Zane à être encore plus soupçonneux qu'il ne l'était déjà, Haven se retourna vers Eddie.

— Bien sûr, merci.

— Toutes les chambres se trouvent au fond de la maison. Elles n'ont pas de fenêtres.

Eddie ouvrit une porte, et ils empruntèrent un couloir éclairé de la même façon que la salle-de-séjour. Plusieurs portes étaient alignées.

— Voilà, dit Eddie en poussant la porte de la chambre d'amis et en entrant.

Haven le suivit dans la pièce agréablement meublée. Un large lit, des tables de nuit et une commode sculptés dans le même bois. Dans un coin, se tenait un large fauteuil avec une lampe de lecture. La pièce baignait dans une lueur chaleureuse provenant des néons cachés dans les corniches des murs.

— Merci.

— Tu as ta propre salle-de-bain, répliqua Eddie en désignant une porte coulissante.

— Donc c'est votre maison, à Thomas et toi ?

Eddie rit et lui tapa l'épaule, comme s'ils étaient de bons vieux amis.

— Si seulement ! Non, c'est la maison de Thomas. Moi, je ne fais qu'habiter ici. C'est mon tuteur.

— Ton tuteur ?

Haven avait d'abord cru qu'ils vivaient ensemble parce qu'ils étaient amants, bien qu'aucun d'eux ne se fût comporté tels des homosexuels. Mais lorsqu'Eddie avait proposé sa chambre à Yvette, il en avait conclu que, s'ils étaient amants, ils auraient normalement partagé la même chambre.

— Je suis un novice dans tous ces trucs de vampire, dit Eddie en souriant; attitude qui accentua ses fossettes. Thomas a accepté de m'aider à m'adapter à la transformation, à m'apprendre certains trucs, tu vois…

Haven acquiesça, même s'il ne comprenait pas vraiment ce qu'Eddie voulait dire.

— Comme mordre ?

Comme si un vampire avait besoin d'apprendre une telle chose. Il était certain que l'instinct lui dictait quoi faire.

— T'es drôle. Tu le sais, ça ? demanda Eddie, laissant transparaître sa bonhomie que rien ne pouvait blaser. Crois-moi, je sais comment mordre. C'est instinctif. Mais Thomas m'apprend à contrôler mes pouvoirs et mes instincts afin que je ne blesse pas les gens accidentellement. Au début, ce n'est pas facile de maîtriser sa force.

Haven ne connaissait que trop intimement cette force. Yvette en avait fait usage sur lui. Mais il savait également qu'elle pouvait se révéler douce, à la façon dont elle l'avait pris en bouche et l'avait sucé, alors qu'elle aurait facilement pu le réduire en bouillie. Le fait de penser à Yvette le ramena à son objectif premier : connaître l'emplacement de sa chambre. Telle était la raison de cette conversation avec Eddie.

— C'est gentil de la part de Thomas de te laisser vivre ici. Donc, tu as ta propre chambre ? dit Haven en désignant la porte ouverte d'un signe de tête.

Il espérait qu'Eddie ne vît pas clair dans sa pathétique tentative de subterfuge.

Il comprit, à la lueur dans les yeux de ce dernier, qu'il était tout aussi intelligent que les autres. Et le sourire qui s'ensuivit confirma qu'il ne se préoccupait pas, autant que Zane, de maintenir Haven à une certaine distance d'Yvette.

— Au fond du couloir, dernière porte à gauche.

— Merci. Ecoute, je...

Eddie leva la main.

— Deux choses : tiens-toi tranquille avec Zane et ne fais pas de mal à Yvette. Elle vient de vivre des jours difficiles.

— Je sais, j'étais là.

Eddie secoua la tête.

— Non, tu ne comprends pas. D'abord, elle a cru que tu étais mort. Ensuite, on lui a dit que son chien était parti. Il s'est évaporé, comme ça ! Elle est au bord de la crise de nerf.

Yvette avait un chien ? Cela signifiait-il qu'elle pouvait s'attacher à quelqu'un ? En était-elle vraiment capable ?

— Elle était touchée ?

Eddie jeta un rapide coup d'œil vers la porte, comme s'il voulait s'assurer qu'ils étaient bien seuls.

— Tu as l'air d'être un mec bien. Tu as essayé de la protéger quand tu as cru que le soleil entrait dans la pièce.

Haven se sentit gêné et espéra se débarrasser, une bonne fois pour toutes, de cet épisode embarrassant. Sa réaction avait mis en exergue ses sentiments à l'égard d'Yvette, des sentiments qu'il refusait d'admettre. Non seulement à lui-même, et encore moins à des vampires.

— C'était juste un réflexe.

Eddie secoua brièvement la tête. Manifestement, il ne le croyait pas.

— Drôle de réflexe pour un chasseur de vampires. Mais je ne suis pas là pour te juger. Je te dis juste d'être gentil avec elle. Je ne veux pas la voir pleurer à nouveau. Ça m'a vraiment touché.

Eddie se retourna et sortit en fermant la porte derrière lui.

Yvette avait pleuré ? Pour lui ?

Haven se passa la main dans les cheveux. Qu'était-il censé faire, à présent ? La situation avait-elle évolué au point de devenir bien plus qu'une question de sexe et d'attirance réciproque ? Si tel était le cas, alors rien n'allait plus ! Il ne pouvait débuter une relation avec un vampire, aussi sexy fût-elle !

Haven retira ses bottes et se laissa tomber sur le lit, se croisant les bras derrière la tête, tandis qu'il observait le plafond. Tout cela ne voulait peut-être rien dire. Yvette n'avait peut-être pleuré que la disparition du chien, et Eddie avait dû mal l'interpréter. Bon sang, ce vampire n'était encore qu'un gamin. A peine la vingtaine à en voir sa tête. Que savait-il des femmes ?

Si Haven se rendait maintenant dans la chambre d'Yvette pour s'envoyer en l'air – et il *allait* la posséder, ça il en était aussi certain que du lever du soleil –, y verrait-elle une invitation pour quelque chose de plus ? Yvette essayerait-elle de l'attirer dans une histoire sérieuse ?

Il s'assit. Il n'y avait qu'un moyen de le savoir.

28

Yvette faisait les cent pas dans la chambre d'Eddie, ne prêtant aucune attention au confort qui l'entourait. Eddie avait vraiment bien personnalisé la pièce, mais malgré cela, Yvette était loin de se sentir à l'aise.

Lorsqu'Haven l'avait protégée de ce qu'il avait cru être la lumière du soleil, tout lui était revenu : les événements qui s'étaient déroulés dans la petite salle de bain de leur prison, les mains d'Haven sur sa peau, sa bouche sur la sienne, son sang sur ses lèvres. Le besoin de le consumer avait à nouveau commencé à bouillir en elle, de manière encore plus intense qu'auparavant. Tout comme la peur de le perdre, laquelle était, par la même occasion, réapparue.

A présent que le stress de l'emprisonnement s'était dissipé, recouvrerait-il ses esprits et la repousserait-il à nouveau ? Redeviendrait-il le chasseur de vampires, l'homme qui détestait les suceurs de sang ? Ou Samson avait-il réussi à lui faire comprendre que les vampires n'étaient pas les méchants ?

Autant elle voulait aller le voir et s'envoyer en l'air jusqu'à parfait épuisement, autant la fierté l'en empêchait. La fierté, et un instinct d'autoconservation. Elle n'avait pas mis son cœur à l'abri, et il s'en trouvait, à présent, complètement exposé. Si Haven s'en rendait compte, il pourrait la rejeter et la blesser tout aussi gravement que s'il lui enfonçait un pieu dans le cœur. Qu'est-ce qui l'en empêcherait ?

Elle n'avait rien fait pour qu'il fût attiré par elle. Ils n'avaient cessé de se chamailler durant toute la durée de leur incarcération. Et elle l'avait même mordu, deux fois. Une fois avec sa permission, et plus tard, sans. Contre sa volonté en fait. Il avait tous les droits de lui en vouloir. Et en fin de compte, elle n'avait même pas pu les protéger – Wes, Kimberly et lui – durant l'assaut de Zane. Elle ne devait leur survie qu'à Francine. Si la dose avait été mortelle... Yvette frissonna.

Quoi qu'Haven lui eût fait promettre durant leur emprisonnement – à savoir leur rendez-vous – elle ne lui en voudrait pas s'il ne tenait pas parole. Il valait mieux qu'il comprît que leurs plans ne tiendraient pas la route. Et c'était ce qu'elle allait lui dire. Déterminée à lui expliquer qu'ils ne tireraient rien de bon de leur attirance réciproque, elle ouvrit la porte et sortit dans le couloir.

Il valait mieux qu'elle fît ce pas maintenant, avant qu'il ne vînt vers elle pour lui dire qu'il ne voulait pas d'elle. De cette manière, elle aurait au moins le dessus. Elle l'enverrait promener avant qu'il ne la devançât.

Yvette prit une profonde inspiration en s'arrêtant devant la chambre d'amis. Tentant de calmer les battements de son cœur, elle se persuada de l'importance de son geste. Lorsque la porte s'ouvrit toute grande, un sentiment de surprise l'envahit.

A la vue d'Yvette de l'autre côté de la porte, le cœur d'Haven vacilla avant d'adopter un rythme erratique. Jetant un rapide coup d'œil dans le couloir et le trouvant vide, il la poussa à l'intérieur de la pièce et referma la porte derrière elle.

Il avait voulu lui parler, lui expliquer que les choses ne pouvaient aller plus loin, mais à la proximité d'Yvette, il ne put se souvenir de tous les motifs à invoquer, lesquels justifieraient leur incompatibilité à flirter ou à vivre ne fût-ce qu'une toute petite histoire. Il ne pouvait penser qu'à une chose. Chose qu'il mit immédiatement à exécution.

Il la plaqua contre le mur en la coinçant contre deux surfaces dures : le mur et son corps. Et à cet instant précis, il n'aurait su dire lequel des deux était le plus dur. Le gémissement sourd qu'elle émit indiqua qu'elle pouvait sentir son érection contre elle.

— J'étais sur le point de te rendre visite, murmura-t-il contre ses lèvres.

— Pour ?

Elle le regarda dans les yeux, puis abaissa son regard à moitié. C'était la meilleure invitation qu'il eût jamais reçue.

— Pour concrétiser notre arrangement. Toi, moi, une surface plane.

Merde, il s'était promis de lui parler d'abord, afin de lui expliquer qu'ils ne pouvaient aller plus loin, qu'il n'était pas le genre de gars à s'éterniser dans une relation. Mais son sexe ne pouvait plus attendre.

— Il faut qu'on parle, dit Yvette.

— Plus tard.

Il captura ses lèvres, s'attendant à être repoussé, mais toutefois presque certain qu'elle ne le ferait pas. Il prit sa lèvre supérieure dans sa bouche et la caressa avec sa langue. Un son semblable à un murmure se fit entendre en guise de réponse.

— Je te déteste.

Ses mots étaient dépourvus de toute haine.

— Alors, haïssons-nous jusqu'au bout.

Car il ne pouvait lui avouer que ce qui lui arrivait ne pouvait être plus éloigné de la haine. Ce qui ne signifiait pas qu'il dût admettre quoi que ce fût.

Il ne valait mieux pas. Il avait passé ces vingt-deux dernières années à détester son espèce. Il ne pouvait soudainement pas tout envoyer valser en prétendant que cette haine ne le transportait plus.

Les mains d'Yvette, lesquelles étaient occupées à le dépouiller frénétiquement de ses vêtements, le ramenèrent dans le présent.

— Tu es pressée de me détester ?

— Ferme-la, Haven. Et dépêche-toi avant que je ne change d'avis.

Il ne put réprimer un sourire. Elle ne changerait pas d'avis. L'odeur de son excitation était à présent si forte qu'il était persuadé que les autres vampires de la maison pouvaient la sentir également. Mais si elle se souciait peu qu'on pût l'entendre ou la sentir, il en était de même pour lui. Qu'ils sussent tous qu'il était assez viril pour posséder une femme comme Yvette. Une femme forte, indépendante et si passionnément débridée, qu'il savait qu'elle le tuerait s'il lui refusait quoi que ce fût. Ce qu'il ne ferait pas.

Haven s'empara de sa bouche, la stimulant à entrouvrir les lèvres afin que sa langue pût l'envahir. Son goût l'enivra immédiatement et le rendit fou de désir. Il s'y engouffra, à la conquête de sa langue. Cette dernière se battit en duel avec la sienne, témoignant d'une certaine force et d'une certaine puissance dans ses mouvements. Il gémit de plaisir, incapable de contenir son excitation. Aucune autre femme n'avait eu cet effet sur lui avec un simple baiser. Bon sang, le simple fait de la regarder l'excitait.

Haven passa sa langue sur les dents d'Yvette ; goûtant, explorant, étudiant sa bouche telle une carte géographique afin de toujours pouvoir la reconnaître. Longeant les dents du haut, il sentit une protubérance pointue. Il la lécha, poussant Yvette à gémir dans sa bouche. Son évidente excitation envoya comme un ruisseau de lave à travers le corps d'Haven. Sans réfléchir, il lécha la proéminence pointue et la sentit grossir.

Yvette se dégagea.

— Non, s'il te plaît. Non.

Il la dévisagea et réalisa que ses yeux étaient rouges. De la peur, il pouvait nettement la déceler. Elle avait peur des sentiments qu'il éveillait en elle. Il comprenait enfin : la sensation qu'il lui procurait en titillant ses canines était trop intense.

— Elles sont trop sensibles.

A ces mots, il eut l'impression d'être aux prises avec le diable. Lui lécher les canines l'excitait-elle donc ? Haven enroba son visage de sa large main et l'attira de nouveau vers lui.

— C'est bon.

Sans lui accorder ne fût-ce qu'une seconde pour protester, il replongea ses lèvres sur les siennes et envahit sa douce cavité. Sa langue alla immédiatement se frotter contre ses canines. Le frisson qui en résulta la parcourut et ricocha en lui jusqu'à atteindre l'extrémité de sa verge. Cette vague de plaisir fut si intense qu'il eut du mal à se contenir.

Yvette lui arracha la chemise et laissa ses mains sombrer sur son torse. Les mains d'Haven n'en demeurèrent toutefois pas oisives : il tira son top moulant vers le haut et ne relâcha ses lèvres que le temps de le lui passer par-dessus la tête. Une fois ses seins libérés, il les écrasa contre sa poitrine, alors qu'il attirait de nouveau Yvette vers lui pour poursuivre son sensuel assaut sur ses canines.

A chaque caresse, celles-ci s'allongeaient. Elles atteignirent dès lors leur taille maximale. A sa grande surprise, cela ne le répugna pas. Pas plus qu'il ne craignait qu'elle ne le blessât. Au contraire ! Le simple souvenir de l'effet produit par ces canines ne faisait qu'accroître son propre désir. Si elle voulait le mordre, il ne s'y opposerait pas.

— C'est fou, murmura-t-elle le souffle coupé.

— Oui, mais follement bon, dit-il en passant de nouveau sa langue sur ses canines. Tu aimes ça ?

— Haven, s'il te plaît...

Mais sa voix se brisa, tandis qu'elle se tortillait contre lui.

Il ne l'avait jamais vue perdre autant le contrôle ; il n'avait jamais vu aucune femme perdre le contrôle ! Et il aimait cela. Aussi continua-t-il à lui lécher les canines depuis la gencive jusqu'à la pointe, encore et encore. Il n'avait jamais entendu plus douce musique que les gémissements d'Yvette. Et le fait de savoir qu'il en était la cause amena sa verge à pulser violemment.

Comme si Yvette était consciente de l'effet qu'elle suscitait en lui, elle l'attrapa par la ceinture de son jean et déboutonna ce dernier. La braguette s'ouvrit presque d'elle-même, aidée par la pression de la verge. Elle libéra d'abord Haven de son pantalon, et ensuite de son boxer. Rapidement, il se défit de ses vêtements, heureux d'être déjà déchaussé et de ne pas avoir à se délacer.

Lorsqu'elle attrapa son érection, il s'immobilisa et mit fin au baiser.

— Bébé, fais gaffe. Il y a des chances pour que je ne tienne pas très longtemps.

— Alors il n'y a pas une seconde à perdre.

Il ne l'avait jamais vue faire usage de sa vitesse surnaturelle ailleurs que dans une bagarre, mais en quelques secondes, son pantalon se retrouva au sol, et elle se tint là, devant lui, entièrement nue. Exactement comme il l'aimait. Haven la serra dans ses bras, pressant son corps chaud contre le sien, appréciant le contact peau contre peau.

Cette fois, lorsqu'il captura sa bouche, son baiser se voulut consumant. Une main sur sa nuque et l'autre sur la chute de ses reins, il la maintint contre lui tout en lui dévorant les lèvres, on ne peut plus conscient du fait qu'elle pourrait le repousser à n'importe quel moment. Tout cela rendait sa possession encore plus douce.

Il ne put s'empêcher d'aller à nouveau à la rencontre de ses canines. Il y fit glisser sa langue, se délectant des frissons qui parcouraient le corps d'Yvette. Conscient de son aptitude à la faire fondre et à la pousser à un tel état de désir, il sentit sa verge s'allonger. Alors qu'il bandait déjà, sur le point d'exploser.

Obstinément têtu, il la guida vers le lit. Lorsqu'il s'allongea sur elle, Yvette écarta automatiquement les cuisses, ce qui lui permit de se positionner correctement tout en glissant sur les draps. Sans lui autoriser une seule seconde de répit, il s'enfonça au maximum en elle.

— Putain ! grommela-t-il.

Elle était si mouillée et étroite qu'il pensa être sur le point de perdre le contrôle.

Yvette sentit son érection la remplir d'un seul coup. Juste à temps. Elle n'aurait pu attendre plus longtemps pour le sentir en elle. Il l'avait excitée en quelques secondes, et il n'y avait aucune autre façon de combler le vide qu'il lui avait fait ressentir. A présent qu'il était en elle, elle se sentait enfin complète.

Lorsqu'Haven lui avait léché les canines, le plaisir ressenti avait été si intense qu'elle en avait presque perdu l'esprit. Elle savait que les canines d'un vampire représentaient une zone érogène, mais elle n'avait jamais éprouvé de telles sensations. Pas plus qu'elle ne l'avait imaginé ! Haven détestant les vampires, elle croyait qu'il aurait été le dernier homme sur terre capable de lui caresser les canines avec la langue. Et, même à présent qu'il était enfoui en elle, immobile, sa bouche rejoignit la sienne pour se diriger directement vers ses dents et les lécher, les caresser.

Respirant avec difficulté, Yvette arracha sa bouche de celle d'Haven.

— Tu essayes de me tuer.

Elle n'en pouvait plus de ces assauts sensuels.

Il lui lança un sourire diabolique.

— Si j'avais voulu te tuer, je l'aurais déjà fait.

— Alors, c'est quoi ton plan ?

Haven dégagea ses hanches, s'extirpant d'elle à moitié.

— Bébé, la seule chose à laquelle je pense, là, c'est espérer tenir plus de dix secondes, parce que je veux vraiment que mon sexe te fasse jouir…

Il enfonça de nouveau son membre dur en elle. D'un coup puissant.

Dès l'impact, les poumons d'Yvette expulsèrent un long souffle.

— Si tu continues comme ça, tu n'auras pas besoin de durer plus de dix secondes.

Son corps était chaud, et les battements de son cœur avaient presque triplé depuis qu'il l'avait attirée dans la chambre. Son clitoris pulsait de manière incontrôlable, bien qu'Haven ne l'eût pas touchée à cet endroit.

Elle accueillit son large membre, lequel glissait d'avant en arrière – ses lèvres contre les siennes, et sa langue suivant le même rythme que ses hanches. Et pour la première fois depuis longtemps, Yvette se permit de ressentir les choses, tout simplement. Elle autorisa son esprit à s'évader afin que son corps pût expérimenter toutes les sensations qu'Haven lui prodiguait et ce, sans avoir à les analyser.

Alors que sa respiration était aussi effrénée que celle d'Haven, elle pressa ses hanches contre les siennes. Il y répondit en changeant légèrement d'angle avant que sa main ne glissât entre leurs corps.

— Désolé, bébé, mais je ne peux pas tenir plus longtemps, dit-il en caressant son clitoris. Elle s'enflamma immédiatement.

— Maintenant, bébé, maintenant.

Il était inutile qu'il le lui demandât, car son orgasme était déjà en train de monter. Une seconde plus tard, il atteignit son apogée et déferla en elle.

— Haven !

Il grogna, et son corps eut un sursaut, tandis que son membre pulsait en elle. Elle sentit le jet chaud de sa semence la remplir, alors qu'il poursuivait ses mouvements, avant de laisser échapper un long soupir.

— Désolé, bébé, dit-il en l'embrassant doucement. La prochaine fois, je ferai mieux.

Il y avait tellement de choses qu'elle voulait dire : qu'elle aimait qu'il l'appellât bébé, la façon dont il lui léchait les canines et, par-dessus tout, ce qu'il lui faisait ressentir. Mais elle ne pouvait permettre aux mots de passer le portail de ses lèvres car, si elle se confiait à propos de ses émotions, elle se rendrait encore plus vulnérable.

— Bébé.

Elle tourna la tête vers lui et lut de la confusion dans ses yeux.

— A quoi penses-tu ?

Essayant de le distraire de ses pensées, elle plaisanta.

— Oh, à pas grand-chose !

— Yvette, la prévint-il, qu'est-ce que tu me caches ?

Tellement de choses, mais elle n'allait pas en confesser une seule. A commencer par le fait qu'elle était en train de tomber amoureuse de lui.

— Rien, Haven. Je t'assure.

Il secoua la tête et se dégagea. Alors qu'il s'écartait, elle éprouva comme une sensation d'abandon. Haven s'assit, les jambes pendantes en dehors du lit. Il lui tournait le dos.

— Tu es venue pour parler, alors vas-y.

Le ton résigné de sa voix la fit réfléchir. Regrettait-il ce qu'ils avaient fait ?

Yvette s'éclaircit la gorge et tira sur la couette, essayant de se couvrir un peu.

— Je crois qu'on sait tous les deux que ça ne marchera pas. C'est purement sexuel.

— Ah oui ? la défia-t-il d'une voix dure. L'homme doux de l'instant précédent s'était évaporé.

— Oui. Ou tu as déjà oublié ce que je suis ? Je suis cette créature que tu as détestée toute ta vie.

— Ça te fait peur ?

Yvette se redressa tandis qu'une vague de confusion l'envahissait.

— Me faire peur ?

La seule chose dont elle avait peur, c'était de se faire briser le cœur.

Haven regarda par-dessus son épaule.

— Ça te ferait peur de vivre quelque chose qui irait au-delà du sexe ?

Yvette tira sur la couette afin de recouvrir ses seins et tenter de cacher sa vulnérabilité.

— On n'a rien.

— Tu mens très mal, Yvette. Encore plus que moi.

— Non…

Mais sa protestation resta coincée au fond de sa gorge lorsque leurs regards se croisèrent.

— Tu as pleuré.

Le cœur d'Yvette s'arrêta.

— Qui te l'a dit ?

Un sentiment de trahison la traversa. Comment ses amis avaient-ils pu lui faire une telle chose ? La mettre ainsi à nu ?

Haven balaya la question d'un geste de la main.

— Ça n'a pas d'importance. Tu as pleuré quand tu as cru que Zane m'avait tué, ce qui veut dire que tu ressens quelque chose.

— Je ne suis pas faite de pierre ! rétorqua-t-elle.

Bien sûr qu'elle ressentait quelque chose.

— Tu crois peut-être que les vampires sont dénués de cœur et sont incapables de s'émouvoir ?

A présent, elle était en colère ! En colère parce qu'il croyait qu'elle était sans cœur.

Il se pencha vers elle, lui attrapa le bras et l'attira plus près.

— Tu m'as mal compris. Tu ressens quelque chose pour moi, et je veux que tu l'admettes.

Il plongea ses yeux dans les siens, et sa main enveloppant son biceps lui brûla la peau tel un fer rouge.

— Et pourquoi le devrais-je ?

— Parce que je veux être certain que je ne suis pas le seul à penser qu'il s'agit bien plus que d'une affaire de sexe.

Il l'attira vers lui jusqu'à ce qu'elle s'assît sur ses genoux. Il bandait toujours autant qu'avant. Puis, il pencha la tête vers la sienne.

— Parce que j'attends plus de toi.

29

Haven effleura les lèvres d'Yvette tout en sachant qu'il venait de se jeter dans la gueule du loup. Mais cela n'avait plus d'importance. Malgré tout ce qui leur était arrivé, lorsqu'Yvette se trouvait dans ses bras, le monde semblait juste. Il essayait toujours de digérer le choc auquel il avait été confronté plus tôt. Sa propre mère les avait utilisés, Wes, Kimberly et lui afin de devenir plus puissante. Et de plus, elle avait tué leur père ; ce père qu'il avait injustement détesté durant toutes ces années. Tout cela avait fait basculer son univers. S'il ne pouvait même plus faire confiance à l'amour d'une mère, alors vers quoi ou vers qui pouvait-il se tourner ?

Et c'était peut-être la raison pour laquelle il envoyait à présent tout valser. Pour ne plus se fier qu'à la seule chose qui ne l'eût jamais trompé : son instinct. Et celui-ci lui dictait qu'il avait besoin d'Yvette. Ce qu'elle était – une créature qu'il avait chassée durant toute sa vie – lui importait peu à présent. Car soudainement, le motif de sa chasse aux vampires ne lui semblait plus aussi légitime. Le vampire qui avait tué sa mère et kidnappé Katie l'avait fait pour protéger son espèce d'un pouvoir qui aurait pu le détruire. Pouvait-il vraiment l'en blâmer ? Mais plus important encore, pouvait-il pardonner à sa mère d'avoir fomenté des plans aussi machiavéliques ?

Malgré ce qu'il avait fait à leurs pairs, ni Samson ni aucun de ses collègues n'avait cherché à se venger de Wesley ou de lui, alors qu'ils auraient facilement pu le faire. N'était-il pas temps de faire preuve du même genre de pardon envers eux ? Etait-il tout simplement en train de chercher une raison qui lui permettrait d'être avec Yvette ?

— Haven, on ne peut pas faire ça, murmura-t-elle contre ses lèvres. On ne se fera que du mal.

— Non, pas mal. Au contraire, on s'aidera mutuellement à guérir.

Haven captura sa douce bouche, tirant sa lèvre supérieure entre les siennes tout en la léchant doucement.

— On peut s'aider à guérir.

— C'est dangereux.

— Je sais. Alors, dans ce cas, soyons courageux.

Il expira profondément, puis inhala son parfum.

— Laisse-moi te faire l'amour.

C'était la première fois qu'il osait dire ces mots. Jamais auparavant une femme ne les avait entendus de sa bouche. Mais c'était ce qu'il voulait avec Yvette. Il voulait lui faire l'amour, unir leurs corps ; ressentir.

Cette fois, lorsqu'il se glissa en elle, il le fit doucement, oubliant la précipitation frénétique qui le poussait vers l'orgasme, laissant les secondes se transformer en minutes. Il ne voulait pas se hâter, mais l'explorer afin d'en apprendre un peu plus sur ce qu'elle attendait de lui, sur la façon dont il pouvait lui donner du plaisir. Et de quelle manière ? Leurs corps unis – les yeux dans les yeux – Haven ne pouvait imaginer faire quoi que ce soit d'autre que l'amour à Yvette.

Son écrin chaud lui était familier, et ses mains sur son corps représentaient l'étreinte réconfortante qui lui avait tant manqué. Le mur autour de son cœur se fissurait peu à peu à chacun des sourires et gémissements qui glissaient sur les lèvres d'Yvette. Et cette lueur dans ses yeux. Le désir qui y brûlait à son égard ; qui cognait tel un bélier contre les portes de son cœur afin qu'il s'ouvrît. Il ne fit rien pour l'arrêter.

— Montre-moi tes canines, bébé, l'encouragea-t-il, voulant lui prouver une fois de plus qu'il n'était pas dégoûté par ce qu'elle était.

Yvette se repoussa quelque peu en signe de refus.

— Non, je ne peux pas...

— Si tu ne me les montres pas, je lécherai tes dents pour qu'elles s'allongent.

Choquée, elle écarquilla les yeux, puis entrouvrit doucement les lèvres. En apercevant le blanc de ses canines, Haven sentit sa verge gonfler.

— Bon sang, ce que tu es belle.

Haven n'aurait jamais cru dire un jour à une femme-vampire aux canines allongées qu'elle était belle. Et encore moins qu'il penserait ce qu'il disait. Mais c'était le cas.

— Tu me mordras cette fois quand je jouirai ?

— C'est ce que tu veux ?

Elle était manifestement surprise et on ne peut plus excitée à une telle suggestion.

— Je n'ai pu penser à quoi que ce soit d'autre depuis la dernière fois que tu m'as mordu.

— Moi non plus.

Sa confession réchauffa le cœur d'Haven.

— Tu aimes mon sang ?

— Oui.

— Est-ce que ça t'excite autant que moi ?

— Bien plus.

— Impossible.

— Les vampires ont des sens surdéveloppés.

Il n'y avait jamais pensé avant, mais cela semblait logique.

— Qu'est-ce que je donnerais pour ressentir tout ça comme toi ! Mais, puisque ce n'est pas le cas, promets-moi une chose.

Yvette lui lança un regard interrogateur.

— Ne te retiens pas. Je veux ressentir tout ce que tu ressens.

Haven accentua le rythme en glissant en elle d'avant en arrière.

— Promis ?

— Promis, répéta-t-elle.

Il captura ensuite ses lèvres en un baiser passionné, on ne peut plus conscient du tranchant des canines et du fait qu'elle les plongerait bientôt dans son cou. Et pourtant, il ne put s'empêcher d'essayer de lui faire perdre le contrôle en léchant, une fois de plus, ces dents aiguisées. Rien ne l'excitait plus que de savoir qu'elle en avait presque perdu l'esprit la dernière fois qu'il les avait léchées. Et rendre Yvette folle de désir était à présent sa mission première.

Haven but les gémissements que sa partenaire émettait et savoura la sensation des ongles enfoncés dans ses fesses, alors qu'elle le pressait de s'engouffrer plus profondément en elle. Sentant qu'elle était proche de l'orgasme, il inclina la tête et lui offrit son cou. Il ne savait trop pourquoi il lui faisait confiance, mais il était persuadé qu'elle ne lui ferait aucun mal.

Une boule de feu déferla en lui, alors que les dents tranchantes titillaient la peau sensible de son cou et, que d'une main, Yvette lui agrippait la nuque pour le maintenir tout près d'elle, comme si elle craignait qu'il ne changeât d'avis.

— Doucement, bébé, lui murmura-t-il à l'oreille. Je ne vais nulle part. Je suis tout à toi.

Et Dieu sait qu'il le pensait.

Lorsqu'Yvette perça la peau et lui planta ses canines dans le cou, toute pensée rationnelle abandonna son esprit. Son contrôle vola en éclats, son orgasme déferlant en lui sans prévenir, tel un tsunami détruisant tout sur son passage. Mais plutôt que de refluer et de battre en retraite, celui-ci le heurta à nouveau de plein fouet, telle une vague s'abattant sur lui. Et cette fois, l'impact fut encore plus puissant que précédemment : les muscles d'Yvette convulsant autour de sa verge, toutes les sensations s'intensifièrent, doublèrent, triplèrent, jusqu'à l'explosion ultime.

Haven expira. De toute sa vie, il n'avait jamais connu une expérience sexuelle aussi intense.

Yvette se blottit – oui, se blottit – contre le torse imposant d'Haven, satisfaite comme jamais auparavant.

— Ça va ?

Il grogna de manière théâtrale.

— Si ça va ?

Il déposa un baiser sur le sommet de son crâne.

— C'est le moins qu'on puisse dire.

Il la serra davantage encore contre lui, glissant une main au creux de ses reins, la caressant sans y penser.

— Si c'est comme ça que les vampires font l'amour, je me demande où tes collègues trouvent la force d'aller travailler ou de se battre.

Yvette sourit et leva la tête pour le regarder. Il ouvrit les yeux uniquement pour les plonger intensément dans les siens, ce qui raviva immédiatement son désir. Yvette sentit la verge de son amant gonfler sous sa cuisse, laquelle était enroulée autour de la taille de ce dernier.

— Ça n'a jamais été comme ça pour moi.

— Jamais ?

Yvette secoua la tête.

— Je veux dire... C'était bien, mais pas aussi bien.

— Est-ce que ça veut dire que tu m'attribues tout ce mérite ? demanda Haven en souriant à pleines dents.

— Peut-être.

— C'est parce que tu m'as mordu ?

— Je n'ai jamais mordu personne dans un moment pareil.

Elle n'avait jamais voulu perdre le contrôle avec quiconque. Le sexe avait toujours suffi. Mais ce qu'elle avait fait avec Haven allait bien au-delà. Et c'était beaucoup mieux.

Un signe d'approbation éclaira les yeux d'Haven.

— Bien.

Il lui souleva alors le menton afin qu'elle le regardât.

— Et à partir de maintenant, je veux que tu ne mordes que moi. Compris ?

Etait-ce de la jalousie qu'elle détectait dans son ton bourru ? Elle tenta le diable et le lui demanda.

— Pourquoi ?

Il serra les dents.

— Parce que ces lèvres et ces canines sexys n'appartiennent qu'à mon corps. Si tu fais ça à un autre homme, je le tuerai.

Avant qu'elle ne pût rétorquer, il pressa ses lèvres contre les siennes et l'embrassa avec force. Lorsqu'il relâcha son étreinte, elle était hors d'haleine. Lorsqu'elle lui sourit, Haven lui passa une main dans les cheveux et changea de sujet.

— Tu t'es encore coupé les cheveux.

Yvette haussa les épaules.

— Tu n'aimes pas ?

— Si, j'aime bien les deux.

Il lui passa à nouveau la main dans ses cheveux courts, comme pour lui prouver qu'il disait la vérité.

— Je me demande juste pourquoi tu fais ça.

— Aucune raison particulière.

Un instant plus tard, elle se retrouva sur le dos, Haven la coinçant sous son corps.

— Bébé, pourquoi faut-il que tu me mentes après ce qu'on vient de vivre tous les deux ? Je ne mérite pas mieux ?

Il n'y avait aucune colère dans sa voix, juste une dose de résignation. Yvette leva la main pour dégager une mèche de cheveux du front d'Haven.

— Je suis désolée. C'est que j'ai l'habitude...

— De repousser les autres ?

Elle ferma les yeux un instant, tentant de bannir les souvenirs de sa mémoire, mais cela ne fonctionna pas. Pas cette fois.

— J'ai l'habitude d'être forte.

Il la soulagea de son poids et s'appuya sur le côté en la prenant dans ses bras.

— Tu es forte, et il n'y a rien de mal à cela. Yvette ?

— Hum ?

— Tu as appris beaucoup de choses concernant mon passé aujourd'hui. Maintenant je me sens nu face à toi. Et tu essayes toujours de te cacher derrière ce mur. Laisse-moi entrer, s'il te plaît.

— Je ne sais pas comment.

Car le laisser entrer signifiait s'exposer à la douleur. Et s'il la blessait ? S'il n'aimait pas la femme qui était en elle ? Celle qui avait besoin d'être aimée, mais qui n'osait l'admettre ?

— Tu es en sécurité, avec moi.

En sécurité avec un chasseur de vampires ? Aussi étrange que cela pût paraître, plus elle passait de temps avec lui, plus il l'apaisait. Mais ses sentiments seraient-ils vraiment épargnés avec lui ?

— Je te fais assez confiance pour que tu me mordes sans me faire mal, alors fais-moi confiance en retour.

Yvette reconnut de la sincérité dans ses yeux et hocha la tête. Puis, elle regarda au loin, se concentrant sur une peinture accrochée au mur afin d'éviter le regard d'Haven pendant qu'elle lui parlait d'elle.

— Je n'ai pas toujours été comme ça. Avant, j'étais la parfaite petite épouse. Je cuisinais, je tenais la maison en ordre, un verre d'alcool attendait mon mari lorsqu'il rentrait du travail. Je le soutenais dans toutes ses initiatives. Ses amis nous enviaient en pensant qu'on menait une vie parfaite. Mais, ce n'était pas tout à fait le cas.

Elle laissa échapper un rire amer, incapable de regarder Haven pour observer sa réaction.

— *Je* n'étais pas parfaite. Je...

— Ne dis pas ça !

— Mais c'est vrai. Je n'étais pas la parfaite épouse parce que j'étais incapable de donner à Robert ce qu'il voulait vraiment. Après la première fausse-couche, il a été déçu, mais m'a quand-même soutenue. Après la deuxième... il m'a détestée. Il m'a détestée parce que j'avais tué notre enfant avant sa naissance.

— Les fausses-couches arrivent tout le temps. Ce n'est pas un meurtre.

— C'était comme si. *Il* m'a accusée de ne pas vouloir cet enfant, car si je l'avais vraiment voulu, alors j'aurais tout fait pour empêcher cette fausse couche. Mais mon corps l'a rejeté. Mon corps était déficient... Il est déficient. Je ne suis pas une vraie femme parce que je suis incapable de faire ce que les vraies femmes font : porter des enfants.

Haven laissa échapper un long soupir.

— C'est ridicule. J'espère que tu as demandé le divorce d'avec cet idiot !

Yvette soupira.

— Il a demandé le divorce.

— Il ne te méritait pas.

— Mais il avait raison. Je n'étais pas parfaite, et je ne le suis toujours pas.

— Mais il y a plein de femmes qui donnent naissance à un enfant en bonne santé après plusieurs fausses couches. Si tu en veux vraiment un, il n'est pas trop tard.

Elle secoua la tête. Il ne comprenait pas.

— Les vampires femelles sont stériles.

Yvette ressentit le corps d'Haven se contracter sous l'effet de surprise.

— Mais... La femme de Samson... Elle...

— Delilah est enceinte parce qu'elle est humaine. Et les vampires mâles peuvent s'accoupler avec les humaines. Les mâles peuvent procréer. Pas les femelles.

Haven lui caressa les cheveux.

— Je suis désolé, bébé.

Elle déglutit. A présent qu'il savait, il se rendrait compte que, quoi qu'il pût se passer entre eux, cela ne mènerait nulle part. Pourquoi un humain en bonne santé comme lui abandonnerait-il ses chances d'avoir des enfants, uniquement pour être avec elle ?

— Donc tu vois, je suis déficiente.

Soudain, il lui agrippa fortement le bras et l'obligea à se retourner.

— Ne dis pas ça ! Ce n'est pas vrai. Tu n'es pas déficiente. Il n'y a rien qui cloche chez toi. Au contraire, tu es la femme la plus parfaite que je connaisse. Tu es forte, intelligente et belle. Quand je suis en toi, je me sens entier. Bien plus encore. Et ça, c'est suffisant en soi. Mais quand tu plantes tes canines en moi et bois mon sang...

Haven ferma les yeux un instant, comme s'il cherchait les mots justes. Lorsqu'il les ouvrit de nouveau, une vague de chaleur flotta dans sa direction.

— Quand tu fais ça, tu bouleverses mon monde. Tu me fais tout oublier. La douleur que j'ai ressentie pendant toutes ces années durant lesquelles je cherchais Katie, la mort de ma mère, dit-il en déglutissant. Et même sa trahison !

Yvette lui toucha la joue, caressant sa barbe. Essayait-il vraiment de lui dire qu'il se souciait peu qu'elle pût avoir des enfants ou non ?

— Toutes ces années à chercher Katie et à chasser les vampires, toutes ces années ont été nourries d'un esprit de vengeance. Je ne veux pas avoir à revivre cette douleur. J'ai pratiquement élevé Wes. On nous a envoyés chez un grand-oncle après la mort de notre mère, mais Wes m'a toujours considéré comme son guide. Et maintenant, je ne sais pas si j'ai fait ce qu'il fallait. Je lui ai également transmis cette haine. J'ai fait en sorte qu'il n'oublie pas, qu'il garde cet esprit de vengeance en lui. Il m'a considéré comme un père. Voilà tout ce que j'ai eu. J'ai porté cette responsabilité paternelle sur mes épaules, et perdre Katie a été comme perdre mon enfant.

Il pressa sa main sur celle d'Yvette, la serrant plus fort contre sa joue.

— Je ne veux plus de cette responsabilité. Parce que je ne supporterais pas de perdre un autre enfant.

Yvette eut besoin de plusieurs secondes pour comprendre ce qu'il voulait dire. Il ne voulait pas d'enfants ?

— Mais, tu ne peux savoir une telle chose. Personne ne peut...

Haven plaça un doigt sur ses lèvres.

— Il n'y a personne de mieux que toi pour moi, dit-il en souriant. Et pour ce qui est de tes cheveux courts... Si tu essayais de cacher ta féminité, je vais te dire un secret : ça ne marche pas. Tu ne pourras jamais cacher le fait que tu es une femme magnifique, passionnée, au sang chaud...

Mais avant qu'il n'eût le temps de sortir le dernier mot qui lui brûlait les lèvres, elle lui captura la bouche de la sienne.

30

Zane répondit dès la première sonnerie de son téléphone portable.

— On attaque, hurla Gabriel à l'autre bout du fil. Elle essaye de capturer Wesley.

— On arrive.

Il raccrocha et forma le numéro d'Amaury tout en se dirigeant vers les chambres.

— Ouais ? répondit Amaury.

— Gabriel est passé à l'attaque. On est en route, mais tu es plus près. Zane traversa le couloir, et d'un pas décidé, frappa à la porte de la chambre de Thomas avant de l'ouvrir.

— C'est bon je m'en occupe, répondit Amaury en raccrochant.

Zane s'adressa alors à Thomas, lequel sortait de la salle de bain en courant, une serviette autour de la taille.

— La sorcière s'en prend à Wesley !

— Merde ! jura Thomas. Je ne m'attendais pas à ce qu'elle passe aussi vite à l'attaque.

Eddie leva la tête de l'oreiller.

— Bon sang !

Il bondit hors du lit en t-shirt et boxer.

— Préparez-vous !

Zane se retourna ensuite et cogna furtivement contre la porte de la chambre d'Yvette. Sans attendre de réponse, il l'ouvrit. La pièce était vide.

— Ah merde !

Pas besoin d'être neurologue pour comprendre où elle se trouvait. Cette femme n'avait-elle donc aucun sens de l'autoconservation ? Devait-elle vraiment devenir intime avec un sorcier ?

Enervé, il se dirigea vers la chambre d'amis et ouvrit la porte sans frapper.

Il aurait tout donné pour oublier la scène qui s'offrait à lui ! Yvette, nue, se tenait allongée sur le dos, la tête d'Haven entre les jambes. Non seulement il la léchait comme un champion du monde, mais de surcroît, leurs mains entremêlées laissaient transparaître une connexion qui allait bien au-delà du sexe.

Par chance, Haven avait entendu la porte s'ouvrir et Zane ne fut confronté à la scène que l'espace d'une seconde. Dès qu'il avait tourné la tête, Haven s'était rué pour recouvrir le corps d'Yvette avec la couette afin de soustraire sa nudité à la vue de Zane.

— Putain ! grogna Haven. Dégage !

— Zane ! cria Yvette à l'unisson. Un peu d'intimité, ça te dérangerait ?

— Oui, mais pas maintenant. Gabriel est passé à l'attaque. La sorcière a essayé d'attraper Wesley.

Haven jura. Merde ! Alors qu'il n'avait pensé qu'à lui-même et à faire l'amour à Yvette, son frère était en danger. Il aurait dû se douter que se séparer d'eux n'était pas une bonne idée. Ils auraient dû rester tous ensemble.

— Prépare-toi, Yvette. Eddie reste ici avec Haven, annonça Zane.

— Non, je viens avec vous.

Mais Zane claqua la porte avant même que le dernier mot d'Haven n'eût le temps de franchir sa gorge.

— Non, tu es plus en sécurité ici, avec Eddie. Elle ne peut attaquer à deux endroits en même temps.

Toujours sous Haven, Yvette se glissa hors du lit et parcourut la pièce à la recherche de ses vêtements. Dès l'instant où Zane avait ouvert la porte, elle s'était crispée – ce qui était plutôt compréhensible – mais la froideur du ton de sa voix avait toutefois surpris Haven.

— Je ne vais pas vous laisser y aller et vous battre pour moi, lança Haven.

Il bondit du lit juste après elle et attrapa son jean, enfin celui d'Amaury, qui à présent, était le sien. Yvette s'habillait plus vite qu'il n'avait vu aucune autre femme le faire. S'adapterait-il un jour à sa vitesse surnaturelle ? Cela lui importait-il ? Non.

— Oublie ta fierté. Ça n'a rien à voir avec toi. On est plus forts que toi, rétorqua Yvette.

Malgré tout ce qui s'était passé entre eux – ou peut-être à cause de cela – les mots qu'elle prononça lui provoquèrent un pincement au cœur. Pouvait-il vivre avec l'idée qu'Yvette était plus forte que lui ? Y-aurait-il toujours cette bataille pour la quête du pouvoir entre eux ?

Il se passa la main dans ses cheveux en bataille. Bon sang, depuis quand raisonnait-il de la sorte ? Comment avait-il atterri dans cette... relation ? Parce qu'il s'agissait exactement de cela : une relation. Il attendit que cette sensation de claustrophobie le frappât en plein ventre, mais rien ne se passa. Le sentiment d'être pris au piège ne l'envahit pas. La crainte de faire ce qu'il ne fallait pas n'apparut pas.

Seul le sentiment d'accomplir le bien s'immisça en lui.

— Bébé, je déteste avoir à te dire ça, mais tu ne vas pas te débarrasser de moi aussi facilement.

Main sur la poignée, elle tourna la tête et lui jeta un regard surpris.

— Qui a dit que j'essayais de me débarrasser de toi ?

Haven enfila son t-shirt et fit deux pas vers elle.

— Tu as de nouveau érigé ce mur quand Zane est entré dans la chambre. Très bien. Tu n'as pas à dire à tes amis ce qui se passe entre nous. Pas encore. Mais tu ne me renieras pas !

Il captura alors ses lèvres en un baiser vigoureux, comme pour revendiquer ce droit. Bon sang, qu'il la désirait ! Elle, un vampire.

— Maintenant, allons-y.

Les lèvres rouges d'Yvette semblaient contusionnées et encore plus dignes d'être embrassées qu'elles ne l'étaient auparavant. Une fois que tout serait fini, Haven s'emparerait d'elles à nouveau, mais pour le moment, il devait combattre la sorcière.

Il enfila ses bottes et tendit la main vers celle d'Yvette. A sa surprise, elle la lui glissa dans la sienne.

— Ensemble, nous sommes plus forts, murmura-t-il.

Elle hocha la tête.

~ ~ ~

Le temps d'atteindre la maison de Gabriel, le combat était fini, et Bess était partie.

— Merde, qu'est-ce qui s'est passé ? demanda Haven tout en contemplant les dégâts dans l'entrée de la maison victorienne de Gabriel.

Maya était agenouillée auprès d'Oliver dont le bras était bandé. Nerveusement, Haven scruta la pièce, à la recherche de son frère.

— Où est Wes ?

La voix de Gabriel se fit entendre depuis les escaliers menant au garage.

— Il va bien. J'ai réussi à l'enfermer en bas, dans la pièce capitonnée, avant que la sorcière n'ait le temps de s'approcher.

Gabriel apparut dans le couloir. Derrière lui, Wesley émergea, l'air hagard.

Une vague de soulagement envahit Haven, alors qu'il prenait son frère contre lui. Il se tourna ensuite vers Gabriel.

— Vous ne pouvez plus nous séparer. Je ne le permettrai pas. Nous ne sommes manifestement pas plus en sécurité si vous nous séparez. Au contraire, elle aura moins de monde à combattre. Et on voit ce qui arrive.

Il désigna Oliver et Maya en train de soigner ce dernier.

Gabriel se redressa.

— Je vais appeler Samson. C'est lui qui décide.

Il ouvrit son téléphone portable et composa le numéro. Plusieurs secondes s'écoulèrent. Haven remarqua soudain combien les autres vampires – Amaury, Zane, Thomas, Eddie et même Yvette – se tenaient immobiles. Un instant plus tard, il put même entendre que l'appel était renvoyé vers la messagerie. Samson ne répondait pas.

— Merde ! cria Amaury, alors qu'un voile de panique s'emparait de ses traits. La sorcière attaque la maison de Samson.

Son visage se tordit de douleur.

— Nina ! Oh bon Dieu, elle est blessée.

Confus, en réalisant la manière dont Amaury pouvait avoir connaissance des blessures de sa femme, Haven se concentra uniquement sur ce qu'il savait en ce moment précis : il s'agissait d'un piège, d'une diversion. Une réelle peur le submergea.

— Elle veut Kimberly.

Et il était aisé d'en deviner la raison : si la sorcière retenait Kimberly, alors Wes et Haven iraient la chercher. C'était aussi simple que cela. Et ils seraient de retour au point de départ.

31

La porte de la maison de Samson était grande ouverte. Mauvais signe. Amaury dépassa Haven et avala les marches en courant, comme si une horde d'hommes armés de pieux le pourchassaient. Derrière lui, Gabriel proférait ses ordres pour sécuriser le périmètre.

— Kimberly ! hurla Haven en se ruant à l'intérieur.

Rien ne bougeait au premier étage. Il suivit donc l'exemple d'Amaury et se précipita en haut. Il déboula dans une des chambres, à quelques pas d'Amaury, et s'arrêta net.

Delilah était allongée sur un large lit à baldaquin, le visage tordu de douleur, les jambes écartées et les pieds à plat sur le matelas. Elle respirait à un rythme effréné.

— Maya ! cria Samson, dont le visage et le torse étaient entachés de brûlures. Malgré ses blessures, il serrait les mains de son épouse.

— On a besoin de toi, ici. Le bébé arrive !

Maya se précipita dans la chambre en moins d'une seconde et s'installa auprès du lit.

— Je suis ici.

Elle jeta un œil à l'angle opposé de la pièce. Haven suivit son regard.

Amaury s'était précipité sur Nina et l'avait prise sur ses genoux. Le torse de celle-ci, couvert de brûlures et de coupures, saignait abondamment.

— Non, Maya, dit Delilah. Occupe-toi d'abord de Nina.

— Amaury s'en occupe. Ne t'inquiète pas, lui assura Maya. Maintenant, sortons ce bébé.

Haven observa à nouveau Amaury et la femme qu'il tenait dans ses bras.

— Je n'aurais pas dû te laisser seule, *chérie*.

Il remarqua que les canines d'Amaury s'étaient allongées pour, sans prévenir, percer son propre son poignet. Du sang s'écoula de l'incision.

Nina lui adressa un faible sourire.

— Il fallait que je botte les fesses de cette sorcière.

— Bien sûr, répondit-il en portant son poignet aux lèvres de sa femme. Bois, maintenant.

Fasciné, Haven observa la scène, se souvenant qu'à peine deux jours plus tôt, Yvette avait procédé de la sorte pour le guérir.

Lorsque Samson s'approcha, Haven se détourna et le regarda. Avant que le vampire ne prononçât le moindre mot, Haven savait déjà à quoi s'attendre.

— Je suis désolé. Je n'ai pas pu empêcher la sorcière d'emmener Kimberly. Elle s'en prenait à Nina. On l'a combattue de notre mieux mais, quand elle s'en est prise à ma femme... Je suis désolé, elle était trop forte pour nous seuls.

Un véritable regret se refléta dans ses yeux.

— Kimberly était sous ma responsabilité, dit Haven, tandis qu'un sentiment d'échec le poignardait.

Il ne pouvait blâmer Samson. Il avait dû protéger sa femme et celle d'Amaury. Là étaient ses priorités, et Kimberly n'en faisait pas partie.

Une douce main glissa contre la paume de la sienne. Il se retourna et vit qu'Yvette se tenait près de lui.

— On la retrouvera, je te le promets, dit-elle.

Ses mots le consolèrent à peine du chagrin qu'il ressentait de nouveau. Ayant probablement perçu sa mine découragée, elle fit quelque chose d'inattendu.

Devant tous ses collègues et amis, Yvette l'étreignit et l'embrassa. Lorsqu'elle recula pour le regarder, il se sentit étranglé par l'émotion au point de ne pouvoir exprimer les mots qui lui pendaient au bord des lèvres. Aussi ne put-il émettre qu'un simple « merci » avant de la serrer dans ses bras.

Alors qu'il la relâchait, il surprit le regard de Wesley sur eux. Pour une fois, son frère n'avait pas l'air renfrogné. Il haussa simplement les épaules, attestant de la sorte qu'il ne pouvait rien changer à ce qui se passait. Son petit frère avait peut-être enfin compris qu'on ne pouvait parfois pas lutter contre le destin, encore moins l'ignorer.

— Est-ce qu'on pourrait avoir un peu d'intimité pour Delilah, ici ? demanda Maya en faisant signe de les chasser.

— On a un bébé à aider à venir au monde, alors, de l'air !

Bien que Nina semblât déjà aller bien mieux après avoir bu le sang de son vampire de mari, Amaury la prit dans ses bras et l'emmena hors de la pièce.

— Je peux marcher, tu sais, protesta-t-elle.

Amaury grogna simplement.

— Laisse tomber, Nina. Cette fois, tu ne gagneras pas.

Seuls Samson et Maya étaient restés dans la chambre avec Delilah, après que tous les autres fussent descendus pour se rassembler dans le salon. Un sentiment de déjà-vu s'empara d'Haven, alors qu'il observait la scène. Tout semblait identique et pourtant si différent à la fois depuis qu'ils s'étaient regroupés dans cette même pièce moins de vingt-quatre heures plus tôt.

Haven attira Yvette plus près.

— Comment Amaury savait-il que sa femme était blessée ? demanda-t-il d'une voix basse, ne voulant pas que les autres pussent l'entendre.

— Ils sont unis par le mélange des sangs. Ils peuvent communiquer par télépathie.

Les mots murmurés par Yvette aiguisèrent sa curiosité.

— Comment ?

— C'est juste comme ça que ça marche. Un couple uni par le mélange des sangs est profondément connecté.

— Mais Nina est humaine.

Les pouvoirs surnaturels des vampires ne le surprenaient pas, mais Samson avait clairement stipulé que la femme d'Amaury était humaine.

— Peu importe. Après avoir mêlé son sang à celui d'Amaury, elle s'est connectée à lui. Ça a toujours été comme ça, pour eux. Ils sont plus proches que n'importe quel couple d'humains.

Elle en avait le regard empreint de convoitise.

— Mais, si elle est humaine, et qu'il est un vampire, elle va vieillir et mourir. Et elle devra rester là, à observer l'éternelle jeunesse de son mari, alors qu'elle se flétrira.

Haven secoua la tête. Aucune justice. Non, une relation entre un humain et un vampire ou – en ce qui le concernait – entre un sorcier et un vampire, était peine perdue dès le départ.

Un doux sourire retroussa les lèvres pulpeuses d'Yvette.

— Ils sont unis par le sang. Elle ne vieillira pas tant qu'il vivra. C'est là toute la beauté de l'union par le sang. Il n'aura jamais à faire d'elle un vampire. Elle peut demeurer humaine tout en restant avec lui.

Bouche bée, Haven contempla de nouveau Amaury, lequel était à présent assis sur l'un des fauteuils, Nina sur ses genoux, en train de lui caresser doucement les boucles blondes. Le geste tendre de cet imposant vampire l'étonna. Leurs émotions étaient évidentes, à travers chaque sourire et chaque geste. Il l'aimait, et elle ne semblait éprouver la moindre frayeur, alors qu'Amaury aurait pu la réduire en bouillie d'une seule main.

Alors qu'il regardait le couple, toutes les croyances d'Haven s'écroulèrent. A présent, rien de ce qu'il avait cru savoir à propos des vampires n'avait de sens. Ce qu'il avait déjà vécu avec Yvette, la façon dont elle l'avait guéri et avec laquelle, plus tard, elle lui avait fait l'amour, avait déjà révélé les signes d'une réalité qu'il n'avait voulu voir. Et Amaury ne faisait que cimenter ces idées : les vampires étaient des créatures qui vivaient, respiraient et avaient un cœur. Elles étaient capables d'aimer et d'éprouver de la compassion, tels des humains.

Haven fut tout retourné lorsqu'il pensa à tous les vampires qu'il avait tués. Avait-il dérobé l'épouse d'un homme, la femme d'un amant, l'enfant d'un père ? Et, bien que sachant ce qu'il avait fait, les vampires à présent assemblés autour de lui le laissaient vivre. Autant dire qu'ils valaient mieux que lui.

— Qu'est-ce qui ne va pas ? murmura Yvette à ses côtés.

Pouvait-elle ressentir son désarroi, la culpabilité qui l'envahissait ? Haven lui serra la main.

— Il faut qu'on trouve Kat... Kimberly.

Les voix autour de lui se turent lorsque Gabriel demanda le silence.

— On a fait des erreurs. Je suis le premier à l'admettre.

Personne ne le contredit.

— Cette fois, nos méthodes traditionnelles pour faire face à la menace n'ont pas fonctionné. On ne peut pas se battre contre une sorcière avec nos pouvoirs habituels, elle est trop forte. Il faut qu'on agisse rapidement. La pleine lune est pour demain, donc on peut être sûrs que la sorcière essayera de s'emparer d'Haven et de Wes sous notre nez pour pratiquer le rituel. On ne doit pas la laisser faire.

Haven lâcha la main d'Yvette et fit un pas en avant.

— Je ne suis pas d'accord.

Plusieurs paires d'yeux se tournèrent vers lui.

— Elle nous veut, Wes et moi. Alors on va lui donner ce qu'elle attend.

— Pas question ! rétorqua Yvette. Tu ne...

Haven agrippa son poignet et l'arrêta.

— Je sais que tu crains pour ma sécurité, mais c'est la seule façon de récupérer Kimberly. Il faut que tu me fasses confiance. J'ai une idée.

Il détestait leur mentir, à elle et à ses collègues, mais il savait que, s'il lui exposait son plan, Yvette serait la première à le traiter de fou ; juste après que son frère l'eût frappé sur la tête avec un objet contondant.

— Quelle idée ? demanda Yvette, inquiète que sa suggestion pût le mettre en danger.

Quoiqu'il n'eût jamais reculé devant le danger.

A présent qu'elle avait admis qu'Haven était la personne la plus importante dans sa vie, elle ne pouvait permettre que quoi que ce soit ne lui arrivât. Elle devait le protéger, même si cela signifiait devoir le protéger de lui-même et de ses idées héroïques.

Un sentiment d'inconfort s'empara de sa nuque lorsque, finalement, Haven parla.

— Je ne sais pas si vous savez comment je gagne ma vie, mais je suis doué pour ça. Je suis un chasseur de primes. Je sais comment débusquer les gens qui ne veulent pas sortir de leur trou. Il suffit de trouver le bon appât.

Aucun des mots qu'il prononçait n'était réellement au goût d'Yvette.

« Appât » était synonyme de « suicide ».

— On ne sait pas où se cache la sorcière, d'accord ?

Gabriel tenta de protester.

— On est toujours à sa recherche. Nos équipes sont dehors à passer la ville au peigne fin. Malheureusement, sans objet portant une trace de son ADN, Francine n'est pas en mesure de la retrouver. Sinon, on aurait déjà essayé cette piste.

— C'est bien ce que je me disais. On sait qu'elle va essayer de nous attraper, Wes et moi, avant la pleine lune de demain. Dans le cas contraire, elle devra attendre un mois de plus pour avoir l'opportunité de pratiquer le rituel. Puisqu'on ne peut pas partir à sa recherche, alors essayons de contrôler ce qu'on peut. La prochaine fois qu'elle s'emparera de nous, ce sera selon nos règles à nous.

— Continue, l'encouragea Gabriel.

— Wes et moi, on va retourner à mon appartement et attendre...

— Non ! Tu ne peux pas te soustraire à notre protection ! l'interrompit Yvette.

Si elle et ses collègues ne restaient pas près de lui, comment pourraient-ils empêcher le kidnapping ?

— Il le faut. Parce que cette fois, elle va nous attaquer pendant la journée. De cette manière, elle sera certaine que vous ne pourrez la suivre si vous n'y êtes pas bien préparés. C'est justement pour ça qu'il faudra que vous soyez tous prêts. Une fois qu'elle nous attrapera, elle nous mènera à Kimberly et vous devrez nous suivre. Il faut que vous restiez suffisamment loin pour qu'elle ne vous sente pas, mais en même temps assez proches pour que vous puissiez intervenir quand on aura besoin de vous.

Yvette savait que ce qu'il suggérait était trop risqué. Et s'ils perdaient leur trace ?

— On a besoin d'un moyen pour vous pister, rétorqua Gabriel.

Thomas hocha la tête.

— Je peux placer un mouchard dans leurs chaussures respectives. C'est minuscule, elle sera incapable de le trouver.

— Bien, approuva Gabriel. Faites ce qu'il faut.

Thomas se leva et fit signe à Eddie.

— Eddie, on va chercher les puces. Je te montrerai comment les programmer.

Il s'adressa ensuite à Haven et Wes.

— On revient dans une heure.

Lorsque la porte se referma derrière eux, Yvette sentit la décision irrévocable d'Haven s'abattre sur elle. Il voulait se sacrifier pour sauver Kimberly. Et si quelque chose tournait mal ?

— On n'a pas été capables de la combattre la dernière fois. Qu'est-ce qui te fait croire qu'on le pourra cette fois ?

Haven lui prit la main et la serra.

— Je crois que, maintenant, on connaît la nature de ses pouvoirs. Nous sommes prêts. Si on l'affronte avec plus d'hommes, on pourra l'affaiblir.

D'un regard, elle tenta de lui faire comprendre qu'il commettait une erreur.

— Savoir de quoi elle est capable et être capable de la combattre sont deux choses différentes.

— On demandera l'aide de Francine. Elle semblait heureuse de nous aider la dernière fois. Elle pourra tenir Bess à distance grâce à sa sorcellerie pendant qu'une douzaine de vampires essayeront de l'affaiblir avec des armes traditionnelles. Pendant ce temps, certains d'entre vous pourront nous libérer, Kimberly, Wes et moi, suggéra Haven.

Gabriel adressa un demi-sourire confiant à Yvette.

— Et cette fois, on va doubler le nombre de vampires qui la combattront.

Il regarda Zane.

— Fais la liste de nos meilleurs hommes et demande-leur de se tenir prêts.

Les cris d'un bébé interrompirent les ordres de Gabriel. Il leva la tête. Un instant plus tard, il sourit.

— Maya veut que je vous dise qu'elle vient d'accoucher une petite fille en parfaite santé.

~ ~ ~

Après avoir félicité Delilah et Samson pour leur beau bébé, Yvette referma la porte de la suite parentale et se dirigea vers les escaliers pour laisser le reste de ses collègues s'extasier devant le nouveau-né.

— Yvette.

La voix d'Haven l'amena à se retourner. Sans autre mot, il l'attira dans la chambre d'amis et ferma la porte derrière eux.

— Je sais que tu n'aimes pas mon plan, mais j'ai besoin que tu me fasses confiance. Tout se passera bien.

Yvette se dégagea de ses bras.

C'est du suicide.

N'avait-il aucun sens de l'autoconservation ?

Haven l'attrapa par les épaules et l'attira vers lui.

— Non, ce n'est pas vrai. N'as-tu pas dit toi-même que tes amis étaient les meilleurs gardes du corps et combattants qu'on puisse trouver ?

— Donc, maintenant, tu utilises mes propres mots contre moi. Bien...

Il mit un doigt sous son menton pour la forcer à le regarder, à plonger ses yeux dans son regard perçant.

— Bébé, je n'ai aucun intérêt à mettre ma vie en danger, mais je ne peux plus perdre Katie. Elle est ma famille. Tu comprends ça, hein ?

Bien sûr, sa famille était sa priorité. Yvette n'en faisait pas partie. Se souciait-il même d'elle ?

— Donc, tout ce que tu as dit plus tôt, tu ne le pensais pas.

— Je pensais chaque mot que j'ai prononcé.

Il l'attira contre son torse. Elle ne put s'empêcher d'inhaler son parfum et de s'y perdre.

— Quand tout ça sera terminé, toi et moi, on prendra rendez-vous, lui murmura-t-il à l'oreille.

— Tu as déjà dit ça.

— Et j'ai tenu ma promesse. On a eu un rendez-vous. La prochaine fois, ça durera plus longtemps.

Elle leva la tête pour le regarder. L'espoir la gagnait à nouveau.

— Beaucoup, beaucoup plus longtemps, et c'est une promesse que je pense bien tenir, ajouta-t-il avant de capturer ses lèvres en un baiser affamé.

Elle le lui rendit, s'agrippant à Haven dans l'espoir que ce baiser ne se terminât jamais.

32

Haven ferma la porte de son appartement et suivit son frère dans le salon où il se laissa tomber sur le canapé usé. Wes se passa la main dans les cheveux et commença à faire les cent pas.

— Tu es sûr que c'est une bonne idée ?

Haven hocha la tête.

— Personne n'avait rien de mieux à proposer.

Malgré le calme dans sa voix, il était on ne peut plus nerveux. Le dernier baiser qu'il avait échangé avec Yvette, lorsqu'ils s'étaient dit au revoir, l'avait perturbé. C'était un baiser mêlé de peur et de désespoir. Il espérait avoir correctement interprété les sentiments de la jeune femme ; qu'elle ferait ce qu'il fallait, lorsqu'elle le devrait. Même s'il voulait plus que tout lui confier son plan, il s'était gardé de le faire. C'était une solution de dernier recours. Même si, au fond de lui, il savait qu'il s'agissait là de la seule façon d'être sûr que le Pouvoir des Trois ne fût jamais utilisé. Il devait faire ce pas.

— Qu'est-ce qui va se passer, Hav ?

Haven haussa les épaules.

— Je ne sais pas. Elle va nous kidnapper et nous emmener...

Wesley s'arrêta devant lui.

— Non, pas avec la sorcière, mais avec Yvette. Elle et toi, c'est quoi ? Un truc qui te démangeait ?

Wes avait les yeux hagards.

Haven se détourna de son frère et regarda par la fenêtre.

— Je ne sais pas où ça va mener.

Comment pouvait-il dire à son frère ce qu'il ressentait réellement, alors qu'il n'en avait même pas parlé à l'intéressée ? Il avait été une véritable poule mouillée avec Yvette : il ne lui avait rien dit des mots qu'elle avait besoin d'entendre. Ça lui paraissait donc injuste de se confier à Wes à ce propos.

— Tu l'aimes ?

Haven bondit du canapé et se dirigea vers la fenêtre.

— Bon sang, Wes. Je la connais à peine.

— Et après !

— Qu'est-ce que ça peut te faire ?

Wes le rejoignit à la fenêtre pour observer ce qui se passait dans la rue en ce milieu de matinée.

— J'ai bien vu que tu avais remarqué que deux vampires sont mariés à des humaines.

— Et alors ?

Haven n'aimait pas le tour que prenait la conversation. Son frère était sur le point de le piéger.

— Eh bien, ça veut dire que les relations entre nos deux espèces sont possibles. Ne fais pas semblant de ne pas comprendre. Je sais que tu y penses.

Haven ne répondant pas immédiatement, Wes insista davantage encore.

— Bon sang, tu lui tenais la main !

— Et qu'est-ce que ça veut dire, putain ?

— Tu as déjà tenu la main d'une femme ?

— Plein de fois ! mentit Haven.

Il ne pouvait se souvenir d'avoir posé ce geste ne fût-ce qu'une seule fois. Ce n'était pas son genre, et il n'était pas friand de relations sérieuses. Il préférait les coups d'une nuit.

— Tu sais, Hav... J'ai toujours cru que ma belle-sœur serait une tête brûlée, chasseur de primes comme toi, que tu aurais rencontrée lors de l'une de tes missions ; peut-être même un ancien escroc. Par-contre, que tu ramènerais un vampire, ça, je ne m'y attendais pas.

— Je ne la ramène pas à la maison...

Une main sur son épaule l'arrêta.

— Non. Ne le fais pas. Je crois que tu ne ferais qu'empirer les choses. Yvette ne semble pas aussi mauvaise que ça. Enfin, en tout cas, c'est clair que tu comptes pour elle.

Haven regarda son frère dans les yeux.

— Désolé, Wes. Je sais que c'est comme trahir la mémoire de maman, mais il y a des choses contre lesquelles je ne peux pas me battre.

En pensant à sa mère, il sentit de nouveau ce coup de poignard dans sa poitrine. Et manifestement, il n'était pas le seul à être bouleversé par les révélations que Francine leur avait faites la nuit précédente, chez Samson. Si seulement son frère savait ce que la sorcière lui avait confié, l'horrible crime que sa mère avait commis... Mais Haven savait qu'il ne l'avouerait jamais à son frère. Il emporterait ce secret dans la tombe.

— Je ne veux pas parler de maman, là.

Avant que Wes ne pût se retourner, Haven lui attrapa le bras.

— Je crois qu'on doit en parler. Si Francine a dit la vérité, et je crois que c'est le cas, alors, cette fois, on s'est trompés. *Je* me suis trompé. Et *je* t'ai entraîné dans tout ça, alors que tu étais assez jeune pour oublier.

Wes expira longuement.

— Tu crois vraiment que j'aurais oublié ce qui s'est passé cette nuit-là, même si tu ne me l'avais pas constamment rappelé ? Hav, je suis celui qui l'a laissé prendre Katie ! Je n'ai pas couru ! Je ne l'ai pas protégée.

Pour la première fois, Haven se rendit compte que Wes se sentait aussi coupable que lui. Il était temps de lâcher prise, de pardonner et d'oublier. Ils retrouveraient Katie et, cette fois, ils la protégeraient. Haven ferait en sorte que cela arrivât, même s'il devait se sacrifier pour empêcher la prophétie de se réaliser.

Il attrapa Wes par les épaules et le secoua.

— Arrête, Wes ! Ce n'était pas ta faute. Et ce n'était pas la mienne. On était des gamins, on a fait ce qu'on a pu. Ce qui est arrivé, c'est à cause de maman. C'est elle qui a tout déclenché.

Leur mère leur avait volé leur père. Mais il ne pouvait le dire à Wes. Si ce dernier le savait, cela l'achèverait.

— On a perdu Katie à cause d'elle, à cause de ce qu'elle voulait.

Il vit les larmes embuer les yeux de son frère et le prit dans ses bras.

— Le passé est derrière nous.

— Comment a-t-elle pu nous faire ça ? Elle ne nous aimait pas ?

Aimer ? Leur mère les avait-elle aimés ? Haven soupesa la question de son frère en se remémorant les derniers mots que leur mère avait prononcés. Ils parlaient d'amour. Cela avait-il une quelconque signification ?

— Je ne sais pas. Je crois qu'on ne saura jamais.

Quelque chose faisait-il plus mal que la trahison d'une mère ?

— Mais maintenant, on va faire en sorte de tout faire comme il faut. Je te le promets.

Wes hocha la tête.

— Oui, on fera les choses correctement.

Haven libéra son frère de son étreinte.

— On doit annihiler le Pouvoir des Trois. Il a déjà fait bien trop de mal à tous ceux qui sont concernés. Je n'en veux pas.

— Moi non plus.

— Bien, alors on est d'accord. Mais j'ai besoin de ton aide. Mon plan comporte une seconde phase dont je n'ai parlé à personne. Pas même à Yvette.

33

Yvette se rongeait les ongles, ce qui ne lui était plus arrivé depuis sa transformation. Mais, dans ce van, elle angoissait à attendre la moindre nouvelle de ce qui se passait dans l'appartement d'Haven. A côté d'elle, Zane se tenait figé comme une statue de pierre. Il ne faisait aucun geste, aucun bruit et certainement aucun de ces petits mouvements frénétiques auxquels elle s'adonnait. Comme si rien ne le troublait. Ce qui était probablement le cas.

— Tu as faim ? demanda-t-il soudainement en extirpant une bouteille de sang de la glacière placée à ses côtés.

Elle secoua la tête.

— Ah, je crois qu'Haven t'a déjà servi de repas. Ça a quel goût, le sang d'un sorcier ?

La patience d'Yvette atteignit ses limites. Ses doigts s'enroulèrent autour du cou de Zane et le pressèrent contre l'appui-tête.

— Ferme-la ou je t'enfonce un pieu dans le cœur.

Il lui attrapa le poignet, se libéra et inclina la tête des deux côtés, faisant craquer ses vertèbres. Le craquement fit frissonner Yvette.

— Quelle susceptibilité. Je crois que ça m'apprendra à ne pas vous interrompre la prochaine fois qu'il te fera un cunni...

Zane ne captait pas qu'il devait se taire.

— Ne t'occupe pas de ma vie privée !

Elle arracha sa main de son emprise et plissa les yeux.

— Tu sais quoi, Zane... Si j'avais droit à un souhait, tu sais ce que ce serait ? Hein ? Que tu tombes amoureux de l'ennemi public numéro un. Et tu sais ce que je ferais, après ? Je me ferais péter de rire !

Elle croisa les bras sur sa poitrine et regarda par les vitres teintées.

— Alors, bordel, fous-moi la paix !

— Je ne donne pas dans l'*amour* ! rétorqua Zane.

— Ah ouais ? Ben moi non plus, mais parfois des trucs merdiques nous tombent dessus.

Yvette se sentit un peu mieux d'avoir fait enrager Zane. Au moins cela le faisait-il taire. C'était toujours mieux que de le voir fourrer son nez dans ses affaires. Ce qu'elle ressentait pour Haven était d'ordre privé. Personne n'avait besoin de le savoir. Elle devait d'abord l'accepter elle-même avant que les autres ne pussent y ajouter leur grain de sel.

Et elle n'avait pas l'intention de laisser l'opinion de ses amis la dissuader. Quoi qu'elle déciderait de faire ne relèverait que de sa décision, et uniquement de sa décision. Ce que les autres pouvaient penser de son amour pour un homme qui n'était ni humain ni vampire, mais bien sorcier, lui importait peu. N'y avait-il jamais eu d'union fructueuse entre un vampire et un sorcier ? Ah ça, elle était certaine que non. Mais en fait, Haven n'était pas vraiment un sorcier. En ce moment, il n'avait aucun pouvoir Est-ce que cela changeait la donne ?

Yvette expira en essayant de relâcher la tension de son corps. Ce qu'Haven était n'avait aucune importance, car il était juste... Haven. Un homme qui lui avait fait oublier la douleur liée à son passé. Un homme qui pouvait peut-être l'accepter telle qu'elle était : abîmée, pas une vraie femme. Et si le sort en avait décidé ainsi, que pouvait-elle bien y faire ?

Un beep la sortit de ses contemplations. Son regard se porta sur le moniteur face à elle. Deux points verts clignotaient, et des points rouges les encerclaient.

— Ils bougent.

— Allons-y, ordonna Zane au chauffeur humain. Suis-la. Voyons où elle les emmène.

Yvette regarda le moniteur et la façon dont les points verts se déplaçaient à travers la ville. Les points rouges représentaient les vans aux vitres teintées de chez Scanguards qui, tout en maintenant une distance d'au moins trois pâtés de maisons, bougeaient à la même allure que le véhicule de Bess. Il était indispensable que celle-ci ne réalisât pas qu'elle était suivie, et ce, même si elle le soupçonnait. Le soleil s'étant levé, elle se croyait probablement débarrassée des vampires, mais c'était une erreur.

Les yeux rivés sur le moniteur projetant la carte de San Francisco, Yvette suivait le mouvement des points verts. Se dirigeant vers l'Ouest à la même vitesse que leur van, l'autre véhicule ralentit à cause de la densité du trafic en ce milieu de journée. Il avança doucement sur l'une des artères principales, avant de tourner vers le Nord et de prendre la route qui menait au Golden Gate Bridge. La sorcière se dirigeait vers la campagne.

Yvette se pencha sur la question un instant. Si l'idée de Francine s'avérait juste, alors le rituel devait se pratiquer en extérieur, sous la lune. Le Comté de Marin, juste au nord du Golden Gate Bridge, offrait nombre d'espaces boisés et isolés où de tels rituels pouvaient passer inaperçus. En outre, la zone était bondée de junkies *new-age,* et une sorcière dansant nue sous la pleine lune n'éveillerait aucun soupçon. Quoique Francine n'eût jamais parlé d'une danse en tenue d'Eve.

Alors qu'ils traversaient le Golden Gate Bridge à environ six kilomètres de distance du véhicule de la sorcière, Yvette jeta un œil par la vitre teintée. La vue sur la ville était splendide. Mais il ne s'agissait pas d'une visite touristique. Si tout se passait bien, elle reviendrait ici, un soir, avec Haven, pour regarder les lumières de la ville. Et partager une étreinte. Un baiser.

— Ils se dirigent vers le Mont Tam.

Le trafic se fluidifiant sur la route à deux voies qui menait au Mont Tamalpais, ils durent ralentir afin de ne pas se faire repérer. La nervosité s'empara de l'estomac d'Yvette avant de s'installer dans sa gorge. Et s'ils les perdaient ?

Elle ne s'était pas rendu compte qu'elle avait recommencé à se trémousser jusqu'à ce que Zane lui posât une main sur son bras.

— Ne t'inquiète pas, elle ne s'échappera pas.

Sa voix était si douce – si loin du personnage – qu'elle ne put que lui lancer un regard ahuri.

Il haussa les épaules, comme s'il devinait sa surprise.

— Malgré ce qu'on peut croire, je ne suis pas complètement sans cœur.

Elle hocha la tête, incapable de répliquer quoi que ce soit face à cette manifestation inattendue de compassion. Le van ralentit, et elle tourna de nouveau la tête vers le moniteur. Les deux points verts clignotaient à présent sans bouger.

— Ils se sont arrêtés.

— Arrête-toi là, ordonna Zane au conducteur. Il ne faut pas qu'elle entende le moteur ou qu'elle nous voie.

Le conducteur arrêta la voiture et coupa le moteur. Puis, il se tourna vers eux.

— Je vais jeter un œil.

Il tira un rideau entre les sièges avant et les sièges arrière et ouvrit la porte du van. Avant d'en descendre, il s'assura que la lumière du jour ne pénétrât pas dans l'espace occupé par Zane et Yvette.

Même si elle savait que leur conducteur était un des meilleurs gardes du corps humains, tout aussi entraîné que Zane et elle-même à se cacher et à se fondre dans la masse, Yvette ne put s'empêcher de s'inquiéter.

— Et si la sorcière le repère ?

— Il est humain. Ça ne va pas éveiller ses soupçons. Il y a des randonneurs durant la journée, et il est habillé comme l'un d'eux.

Se sentant idiote, elle ne répondit pas. Zane avait raison, bien entendu. Mais devoir attendre le coucher du soleil n'avait jamais été aussi pénible.

34

Le chalet où Bess les avait conduits était rudimentaire : une grande pièce avec un coin cuisine et une petite salle de bain à l'autre bout. L'ensemble sentait le renfermé, et il y faisait froid. Haven n'avait pas remarqué qu'ils avaient été suivis, mais il espérait que les vampires ne fussent pas trop loin. Il ferait encore jour durant plusieurs heures. Et même si peu de lumière filtrait à travers l'aire boisée, on ne viendrait pas les secourir avant le coucher du soleil.

Lorsqu'il entra dans le chalet accompagné de Wes – la sorcière derrière eux – il chercha immédiatement Kimberly et la trouva recroquevillée en boule sur l'unique lit de la pièce. Elle bondit lorsqu'elle les vit.

— Haven, Wesley ! Vous n'auriez pas dû venir ! Maintenant, elle nous a tous, regretta Kimberly.

Wesley la prit dans ses bras.

— Ça va aller, sœurette.

— Au moins tu vas bien, dit Haven avec soulagement, en lui donnant une petite tape sur l'épaule.

— Ouais, ouais, ouais, rétorqua la sorcière derrière lui. Qu'est-ce que je peux détester les réunions de famille à l'eau de rose.

Bess ne portait pas d'arme, hormis la dague attachée à sa hanche. Haven regarda l'objet attentivement. Il l'attraperait plus tard.

— Maintenant, asseyez-vous et ne me dérangez pas, ordonna-t-elle avant de souffler sur lui. Haven en perdit l'équilibre un instant et se ressaisit. Avec ses pouvoirs, la sorcière n'avait besoin d'aucune arme pour les maintenir sous contrôle. Il se souvint de la conversation qu'il avait eue avec Wesley juste avant qu'ils ne fussent capturés par Bess, et il espérait bien ne pas s'être trompé quant à la façon de la combattre.

~ ~ ~

La nuit tombée, Zane et Yvette rejoignirent Gabriel dans un bosquet. Francine se trouvait avec lui. Les gardes du corps humains avaient surveillé le chalet, et les autres vampires s'étaient dispersés afin de l'encercler.

Yvette glissa un écouteur dans son oreille droite. Cela permettrait à l'équipe de communiquer avec chaque membre afin de coordonner l'attaque.

— Il nous faut dix minutes pour monter jusqu'au chalet, et cinq de plus pour atteindre la clairière où on pense que le rituel aura lieu, expliqua Gabriel.

Francine hocha la tête.

— Haven, Wes et Katie devront se tenir debout en demi-cercle autour de l'autel. On devra attendre que Bess commence les incantations traditionnelles. Elle sera concentrée sur le rituel et ses sens s'en trouveront perturbés. C'est le seul moment où elle sera plus vulnérable que d'ordinaire.

— Francine utilisera ses pouvoirs pour neutraliser la sorcière, continua Gabriel. Une fois que ce sera fait, les champs de protection qu'elle aura érigés tomberont tous, et on pourra récupérer les trois otages en toute sécurité.

— Compris, confirma Zane.

Yvette déglutit. Ça semblait simple, mais pourtant, elle savait qu'une multitude de choses pouvaient mal tourner. Et ce, même avec l'aide de Francine.

— Merci pour ton aide, Francine. Je suis sûre que ce n'est pas facile de te battre contre l'une de tes pairs.

Un sourire crispé arbora les lèvres de la sorcière en guise de confirmation.

— Parfois, on n'a pas le choix. Certaines choses sont plus fortes que nous.

A ce commentaire, la vision d'Haven apparut à Yvette. Tout comme ressurgirent les sentiments qu'elle éprouvait pour lui. Oui, certaines choses étaient plus fortes que ne l'était Yvette. Une fois que tout cela serait terminé, elle dirait à Haven qu'elle l'aimait, même si cela signifiait mettre son cœur à nu et se rendre vulnérable. S'il ne l'aimait pas en retour, cela lui ferait mal. Mais s'il l'aimait, elle avait tout à y gagner.

Ils grimpèrent en silence, marchant prudemment afin de ne pas faire de bruit à mesure qu'ils approchaient. La lune se leva, éclairant davantage encore leur chemin. Quoiqu'ils eussent aisément pu s'en passer. La vision nocturne d'un vampire était aussi bonne que la vision d'un humain en pleine journée. Tout était clair et net. Yvette se concentra sur la mission qui les attendait, sur l'importance de ce qu'ils avaient à faire. Et il ne s'agissait pas seulement de détruire la sorcière qui pouvait bouleverser l'équilibre des forces dans leur monde fragile ; mais plus important encore, il lui fallait sauver l'homme qui représentait tout pour elle. Et préserver la famille qu'il avait vaillamment tenté de préserver lui-même.

A présent, elle comprenait ses peurs car, tandis qu'elle grimpait la montagne pour atteindre leur destination, elle marchait sur les pas d'Haven. Pendant des années, il avait cherché cette sœur qu'il avait perdue tout en protégeant le frère qu'il aimait. Yvette réalisait ainsi que la notion de famille ne voulait pas nécessairement dire donner un enfant à l'homme qu'on aimait. La famille était un ensemble : un frère, une sœur, des amis, des collègues à qui on pouvait faire confiance. Elle avait déjà une famille elle-même. Elle se battait pour elle en les protégeant, quand il le fallait, tout comme ils la protégeaient. Ils lui sauvaient même la vie. Zane l'avait fait quelques mois auparavant. Et à présent, ils se trouvaient à ses côtés pour sauver ce qu'elle avait de plus cher.

— Je l'aime, murmura-t-elle.

A côté d'elle, Zane tourna la tête et la regarda dans les yeux.

— Je sais.

Et bon sang, n'était-ce pas là un sourire chaleureux qui s'amusait avec ses lèvres ?

Alors qu'ils atteignaient le petit chalet en bois, ils savaient déjà que celui-ci était vide. Yvette alluma son oreillette afin de s'assurer qu'elle était bien connectée avec le reste de l'équipe. Un par un, ses collègues confirmèrent leur présence en donnant leur nom. Le seul qui n'avait pas rejoint le combat était Samson, lequel était resté avec Delilah, déchiré entre son devoir en tant que leader et son amour pour sa femme et son enfant. Il se devait de les protéger également.

Pour la première fois depuis qu'Yvette avait appris la grossesse de Delilah, elle se sentait véritablement heureuse pour le couple. Sa jalousie s'était dissipée. Elle parlerait à Maya pour lui dire qu'elle ne voulait plus continuer ces futiles recherches pour tomber enceinte. Cela lui importait peu à présent. En fait, cela n'avait jamais été important. Tout ce qu'elle avait toujours voulu, c'était quelqu'un qui l'aimerait. Et si Haven était cette personne, alors cela suffirait. Elle n'aurait pas à lui donner un enfant pour qu'il l'aimât. Elle seule lui suffirait.

Lorsque Gabriel ralentit avant de s'arrêter, Yvette se plaça à ses côtés et suivit son regard vers le lointain. Au milieu d'une clairière, au-delà de la canopée protectrice des arbres qui les abritait, ses collègues et elle, le clair de lune illuminait une large pierre plate, suffisamment large pour qu'une personne s'y allongeât. Sur trois côtés, cet espace était entouré d'arbres dans lesquels se cachaient ses collègues. Mais de l'autre côté, derrière le large autel de pierre, un ensemble de roches formait un mur presque vertical, invalidant toute tentative d'approche par l'arrière.

Sur l'autel, divers objets étaient disposés : des bougies allumées, une dague et un chaudron. La sorcière se tenait debout derrière ce dernier et regardait le ciel, comme si elle attendait que la lune bouge dans la direction convoitée. Autour de l'autel se tenaient les trois frères et sœur. Ils n'étaient pas attachés. Remarquant qu'ils ne bougeaient presque pas, Yvette réalisa qu'ils étaient probablement maintenus par un champ ou un sortilège qui les empêchait de se mouvoir. Mais ils pouvaient cependant toujours bouger leurs jambes et leurs bras.

Refusant de perdre sa concentration, Yvette balaya son inquiétude pour Haven, son frère et sa sœur. Elle allait devoir se battre, et pour cela, elle avait besoin d'avoir les idées claires.

Francine suivit le regard de la sorcière vers le ciel étoilé.

— C'est l'heure, murmura-t-elle. On s'en approche tellement que je peux le sentir.

Dans son oreillette, Yvette entendit ses collègues confirmer leur position. Gabriel avait fait appel à trois douzaines de vampires et de gardes du corps humains. Ce soir, la sorcière ne pourrait leur échapper.

Les incantations brisèrent soudainement le silence de la nuit, reléguant les bruits de la forêt au second plan. Des mots étranges provenant d'une langue ancienne, murmurés dans les airs, suscitaient le vent à éteindre les bougies. A présent, seul le clair de lune illuminait la scène. Les bras tendus vers les étoiles, la sorcière éleva la voix et répéta les mêmes incantations. Mais plus fort cette fois. Un coup de vent souffla sur l'autel, faisant trembler le chaudron et la dague.

— Maintenant, Francine, pressa Gabriel.

La douleur et l'horreur s'emparèrent du visage de Francine avant qu'elle ne s'avançât dans la clairière, les mains tendues vers la terre sous ses pieds.

— Je commande la Terre... murmura-t-elle en levant les bras.

Ses lèvres tremblaient en prononçant des mots qu'Yvette ne pouvait entendre malgré sa fine ouïe.

Des petites lumières semblables à de petits éclairs étincelaient au bout des doigts de Francine. Un instant plus tard, le sol trembla sous les pieds d'Yvette, telles les secousses d'un tremblement de terre. Cela ne dura qu'une seconde, mais quoi que Francine eût tenté, cela suffisait.

Des éclairs puissants s'échappaient à présent de ses doigts, alors qu'elle chargeait l'autre sorcière en la visant. Son adversaire tourna la tête. Ayant perdu sa concentration, elle stoppa les incantations. Rassemblant sa force pour la contre-attaque, Bess tendit les bras vers Francine.

L'ordre de Gabriel fusa dans l'oreillette d'Yvette.

— A l'attaque !

De tous côtés, des ombres émergèrent clandestinement des arbres, descendant avec célérité vers la clairière, tandis que les premiers éclairs de riposte de Bess illuminaient la nuit.

Yvette se précipita en avant tout en faisant attention de ne pas se mettre sur le chemin de Francine. Alors que les deux sorcières s'envoyaient des éclairs, Francine se rapprochait de son adversaire. Prise de court par Francine, mais également par les nombreux vampires qui l'encerclaient des trois côtés, Bess envoyait des décharges dans tous les sens, tout en empêchant apparemment les frères et sœur de bouger.

Yvette aperçut un flash de lumière intense lancé dans sa direction. Elle roula au sol, évitant de peu la flamme brûlante. Au moment où elle rebondit sur ses pieds, elle aperçut trois vampires sur le côté : ils attaquaient Bess. Dès que l'un d'entre eux lui attrapa le bras et le lui retourna dans le dos, sa force de combat s'en trouva diminuée de moitié. En quelques secondes, les deux autres vampires la tenaient fermement, l'empêchant de projeter davantage d'éclairs.

Soulagée, Yvette se précipita vers la scène. Du coin de l'œil, elle remarqua un flash qui la dépassait. Une demi-seconde plus tard, la boule d'énergie toucha Bess en pleine poitrine. Les vampires qui la retenaient furent propulsés dans les airs avant d'atterrir plusieurs mètres plus loin.

L'odeur de chair et de cheveux brûlés traversa l'air, alors que Bess s'écroulait au sol, le corps en flammes, ses cris résonnant dans la nuit fraîche comme la plainte d'un enfant à l'agonie.

Yvette tourna la tête vers l'endroit d'où provenait la boule de feu et regarda Francine.

— On la tenait !

L'incrédulité renversa Yvette alors qu'elle s'écriait :

— Qu'est-ce que...

Mais un éclair s'échappa des mains de Francine et vint s'écraser aux pieds d'Yvette, la faisant instinctivement bondir en arrière.

— N'avance pas plus loin ! cria Francine.

Choquée par le ton tranchant avec lequel Francine l'interpellait, Yvette s'immobilisa instantanément. Lorsqu'elle regarda la sorcière dans les yeux, tandis que celle-ci s'approchait de l'autel, les bras écartés tel un bouclier, Yvette perçut une lueur dans son regard qui ne pouvait signifier qu'une seule chose : Francine s'était retournée contre eux.

— Non, Francine ! cria Gabriel en courant vers elle.

Elle lui lança un éclair, l'immobilisant immédiatement.

— Bougez ! murmura Gabriel dans son oreillette. Neutralisez-la !

Mais il était trop tard. Alors qu'Yvette et ses collègues avançaient vers elle, ils rebondirent soudainement contre un mur invisible qui les séparait d'elle et de l'autel où se tenaient les frères et sœur.

Elle venait d'ériger un bouclier.

Des cris de colère fusèrent de tous côtés.

— Francine, tu n'as pas à faire ça ! cria Gabriel.

L'air hagard que Francine arborait était terrifiant, mais les mots qu'elle prononça ensuite furent le pire de tout.

— J'ai essayé de résister bien trop longtemps. Maintenant, c'est fini.

Elle regarda ensuite les membres de la fratrie et leva la main vers eux.

— Vous ne voyez donc pas ? J'ai tout essayé pour ne pas succomber à la tentation. Mais le pouvoir est trop fort. Je l'ai combattu. Vraiment.

Yvette projeta le poids de son corps contre le bouclier invisible, mais le champ resta en place. Pourquoi Francine les avait-elle trahis ? Comment le pouvait-elle, après tout ce qu'elle avait fait pour eux ? Depuis combien de temps avait-elle planifié cela ? Et pourquoi ne s'en étaient-ils pas rendu compte plus tôt ?

— Francine, répliqua Gabriel en regardant Yvette et en tendant le bras comme pour lui dire de se calmer. Laisse tomber. Tu peux y résister. Tu es plus forte.

Francine secoua la tête, le regard attristé.

— Non, c'est trop tard. Le pouvoir est trop près, trop réel. J'ai tout fait pour empêcher que ça arrive, tout ! J'ai essayé d'arrêter Jennifer, mais elle ne s'est pas laissé convaincre. Même quand j'ai fait kidnapper Kimberly lorsqu'elle était bébé, ça n'a pas suffi. Je voulais faire en sorte que la prophétie ne se réalise pas. Je lui ai même fait me promettre de ne pas me dire où il l'avait abandonnée. Tout ça pour que je ne puisse pas la retrouver.

— Tu as kidnappé Katie ? cria Haven en serrant les poings, essayant manifestement d'aller vers elle, quoique toujours retenu par une force invisible.

— Oh bon Dieu ! J'aurais dû m'en douter. Toi et maman... Vous vous êtes battues ! Tu l'as trahie !

— Il le fallait. Je ne pouvais pas la laisser s'emparer du Pouvoir des Trois. Je devais l'arrêter. Alors j'ai envoyé un vampire prendre Katie. J'ai envoyé Drake la prendre...

Ce nom familier fit réagir Yvette. Drake ? Parlait-elle du psy que plusieurs de ses collègues consultaient ?

— Le *docteur* Drake ? demanda Gabriel, la voix serrée.

— A l'époque, il n'était pas encore médecin. Il a pris Katie parce que je lui ai dit de le faire. Je lui ai parlé de la prophétie et lui ai dit qu'il devait protéger l'équilibre des forces. Alors, il l'a fait. Et il m'a protégée de la tentation, par la même occasion. Katie ayant disparu, j'ai pu résister. Je n'y ai pas pensé pendant des années. Je croyais avoir surmonté tout ça, mais...

Elle s'arrêta, puis regarda les deux frères et la sœur.

— J'ai besoin de ce pouvoir. J'y ai renoncé pendant trop longtemps. Vous ne voyez donc pas que je ne peux rien y faire ?

Ses yeux fusèrent ensuite en direction de Gabriel. Ils étaient furieux et accusateurs.

— Tu n'aurais jamais dû m'impliquer dans cette affaire. Tu n'aurais jamais dû me demander de l'aide. C'est de ta faute. Tu n'aurais jamais dû me faire confiance.

Francine leva alors la dague au-dessus de l'autel et commença les incantations.

35

Haven échangea un regard avec Wesley, lui remémorant silencieusement leur plan. Rien n'avait vraiment changé : c'était bien une sorcière qui pratiquait le rituel, à la seule différence près qu'il s'agissait de Francine et non pas de Bess. Pour lui, cela ne faisait aucune différence. Il ne l'avait jamais soupçonnée, n'avait jamais pensé qu'elle se retournerait contre eux, mais au moment où Bess avait été immolée par le feu et avait péri, il avait vu la lueur dans les yeux de Francine. Une lueur qui ne signifiait qu'une seule chose : l'ivresse du pouvoir.

Maintenant que les vampires avaient perdu leur alliée et ne pouvaient se battre qu'avec des armes, en lieu et place de la sorcellerie combattant la sorcellerie, Haven s'arma de courage pour faire ce qu'il avait à faire. Il jeta un œil en direction d'Yvette et la vit lutter, tentant de combattre le bouclier invisible que Francine avait érigé autour d'eux pour empêcher les vampires d'approcher.

Haven savait avec certitude qu'il aimait Yvette, et il ne voulait pas lui faire de mal, mais le temps manquait pour lui faire part de son plan. Il espérait qu'avec le temps, elle comprendrait.

Alors que les incantations allèrent crescendo, Francine fit le tour de l'autel et s'approcha d'eux. Elle attrapa la main de Kimberly, lui ouvrant la paume. Elle prit ensuite la dague et lui trancha la peau dans le creux, laissant le sang s'échapper. Kimberly cria de douleur. Haven en eut le cœur brisé, mais il ne bougea pas pour l'aider.

Il se concentra plutôt sur les derniers mots de sa mère, « souviens-toi d'aimer ». A présent, Haven comprenait. En mourant, elle lui avait donné la clé. Seul l'amour pouvait lui permettre de faire appel à ses pouvoirs originels et rassembler suffisamment de force pour mettre son plan à exécution.

Lorsque Francine se dirigea vers Wesley, celui-ci ouvrit consciencieusement la paume de sa main afin de se laisser couper. Alors que le sang se répandait sur sa main, il ne se battit pas contre la sorcière, tout comme ils l'avaient prévu au préalable.

Francine fit un pas vers Haven, la main maintenant toujours la dague souillée du sang de son frère et de sa sœur. Seul le sang d'Haven lui manquait encore. Alors qu'elle se préparait à lui ouvrir la paume de la main, il ferma les yeux un instant pour permettre à l'amour de le submerger : l'amour qu'il portait à son frère et à sa sœur et, plus important encore, l'amour qu'il vouait à Yvette. Alors que l'intensité de cet amour grimpait en flèche, il sentit une décharge le parcourir, des pieds à la tête, telle une force étrangère qui s'emparait de son corps.

Son premier instinct fut de la combattre, mais il réprima ce besoin, laissant son amour pour Yvette le guider afin d'accueillir cette invasion. Alors que la sensation se répandait en lui, il ouvrit les yeux, et soudain, tout lui apparut plus clair. Il comprit que son pouvoir originel était de retour. Certes, celui-ci était encore faible, mais il serait suffisant pour réagir avec ruse et furtivité.

Alors que Francine portait la dague à sa paume, il lui arracha l'arme de sa main confiante. Au même moment, Wesley leva la jambe et cogna l'arrière des genoux de la sorcière pour la faire vaciller. Elle laissa échapper un cri et s'écroula au sol. Mais elle tenta immédiatement de se relever.

C'était tout le temps dont Haven avait besoin. De ses deux mains, il leva la dague et serra les dents. Puisant dans son courage et cet amour qu'il portait à présent dans son cœur, il s'enfonça la lame dans l'estomac, aussi profondément que possible. Une chaleur incandescente s'échappa de ses tripes, lui arrachant un cri d'agonie. Un liquide chaud recouvrit ses mains et la dague. Il baissa les yeux et observa le sang s'échapper de son corps, réalisant toute l'ampleur de ses actes.

— NOOOOOOOON !

Il ne put dire qui cria. Il sentit simplement des bras forts autour de lui, alors qu'il s'écroulait au sol. Le corps de Wesley amortit sa chute. Une vague de froid s'empara de lui. L'humidité de la nuit l'enveloppa. Sa vision se brouilla, et ses oreilles se bouchèrent, comme bourrées de coton.

Il allait mourir afin que le Pouvoir des Trois fût détruit à tout jamais.

Les pieds d'Yvette la guidèrent simplement vers l'avant, la propulsant en direction d'Haven. Elle remarqua à peine la disparition du bouclier. Ce qu'Haven venait d'accomplir en était probablement la raison. Même si Francine se redressait, chancelante, il était parvenu à la déconcentrer.

Mais, peu importe la raison pour laquelle le bouclier avait disparu, Yvette devait se rendre auprès d'Haven. Son corps bougeait indépendamment de son esprit. Elle ne pouvait se concentrer que sur le coup de poignard qu'il s'était infligé pour empêcher le rituel de se produire.

Du coin de l'œil, elle vit les autres vampires se rapprocher. Zane était à ses côtés, la main sur le couteau, alors qu'il se précipitait vers l'avant, un poil plus rapidement qu'Yvette. Lorsqu'il se trouva à quelques mètres à peine de la sorcière, laquelle s'apprêtait à projeter de nouveaux éclairs, Zane leva son bras droit, tourna le poignet et lança le couteau.

Ce dernier se logea en plein milieu du front de Francine. Elle s'écroula comme un arbre mort.

Yvette ne tira aucune satisfaction de sa mort et jeta à peine un regard sur son cadavre. Elle ne pouvait s'arrêter dans sa course folle vers Haven. Lorsqu'elle s'agenouilla à ses côtés, elle le dégagea des bras de son frère et plaça sa tête sur ses genoux.

Il ouvrit les yeux.

— Je savais que tu viendrais... dit-il faiblement, à voix basse.

— Haven, s'il te plaît. Il faut que tu tiennes le coup.

Elle lui pressa la main contre sa blessure à l'estomac afin d'empêcher le sang de couler, mais l'hémorragie était trop importante. L'hémoglobine coulait à flots.

— Je t'aime, murmura-t-il de manière à peine audible, toute force abandonnant son corps.

Son visage était pâle et exsangue, mais ses yeux reflétaient toujours cette même passion.

— Noooon ! N'abandonne pas ! *Ne me laisse pas* !

Sa fierté lui importait bien peu, à présent. Tout ce qu'elle savait, c'est qu'elle ne pouvait vivre sans lui.

Une main sur son épaule la fit se retourner. Wesley. Le visage en larmes, les lèvres tremblantes, il lui jeta un regard suppliant.

— Transforme-le.

Un sanglot lui échappa. Le transformer en vampire ? En faire une de ces créatures qu'il détestait tant ?

— Je ne peux pas faire ça. Il va me détester.

Et elle ne survivrait jamais à sa haine, car tout ce qu'elle voulait, c'était son amour.

Wesley sourit à travers ses larmes.

— Non, il ne te détestera jamais. Regarde.

Il désigna Haven du doigt, et elle baissa son regard vers lui. Les yeux toujours ouverts, s'accrochant quelques secondes encore, il bougea de nouveau les lèvres.

Yvette pencha la tête pour tenter de comprendre ses mots.

— Transforme-moi... Comme toi...

Il la chercha du regard.

— Aime-moi.

— Bon Dieu... Pardonne-moi pour ce que je m'apprête à faire.

Elle lui caressa alors le visage, sentant la froideur moite de sa peau. Il ne lui restait que peu de temps.

— Je t'aime.

Ses canines s'allongèrent et franchirent la commissure de ses lèvres. Un instant plus tard, elle abaissa la tête vers son cou et lui perça la peau, plongeant ses dents pointues profondément dans la chair. Le corps d'Haven trembla et tenta de combattre cette intrusion pendant quelques secondes, avant de s'immobiliser contre elle. Alors qu'elle buvait à même la veine et engloutissait ce sang riche, elle serra fortement le corps d'Haven contre sa poitrine et écouta les battements de son cœur faiblir jusqu'à l'arrêt complet.

~ ~ ~

Zane extirpa le couteau de la tête de Francine et essuya le sang sur son pantalon avant de replacer l'arme dans la gaine attachée à sa hanche. Il n'avait jamais fait confiance à cette salope et, apparemment, il était bien le seul à ne pas s'être fait avoir. Il était donc logique que ce fût lui qui l'eût tuée. Et pourtant, seul un soupçon de satisfaction envahit sa poitrine. Le discours de la sorcière lui avait glacé le sang. Elle avait été attirée par le pouvoir. Et il savait mieux que quiconque combien il était difficile de se battre contre ce genre de tentation. De ne pas simplement déchaîner le pouvoir pour tout chambouler. De s'asseoir et d'attendre. Il connaissait cela également.

Tandis que Wesley se levait pour consoler sa sœur qui sanglotait et qu'Yvette nourrissait Haven, toujours à l'agonie, de son propre sang, Zane s'approcha. Pour une raison inconnue, il ressentait le besoin de rassurer le frère et la sœur.

— Il s'en sortira.

Wesley hocha la tête.

— C'est ce qu'il voulait.

— Devenir vampire ?

Zane ne pouvait être plus surpris par une telle révélation. Le chasseur de vampires voulait devenir un vampire ? Alors qu'il les détestait tant ?

— Non, enfin oui. Mais, non. Ce n'était pas son but premier. Mais il savait que s'il abandonnait sa vie humaine, alors il détruirait le Pouvoir des Trois une bonne fois pour toutes. C'est pour ça qu'il l'a fait.

Haven venait juste de monter en grade dans l'estime de Zane d'environ mille pour cent.

— Il s'est sacrifié.

— Pour nous, pour nous tous, dit Wesley en baissant les yeux vers son frère. Bon sang, j'espère qu'il ne va pas le regretter.

— Nous l'accueillerons comme il se doit. Je suis fier d'avoir un nouveau frère aussi courageux, répliqua Zane.

Il s'essuya la main sur sa chemise et la tendit à Wesley.

— Deux nouveaux frères et une sœur.

Hésitant, Wesley posa sa main dans celle de Zane. Ce dernier la serra.

— Vous serez toujours sous notre protection.

Kimberly se dégagea des bras de son frère et fit un pas vers Zane. Regardant Yvette du coin de l'œil, elle sourit tout en pleurant.

— Ils s'aiment, ces deux-là.

Zane se sentit obligé de remplacer son frisson habituel par un sourire chaleureux.

— C'est pour ça qu'il ne le regrettera pas.

36

La tête d'Haven flottait. Ses rêves se déroulaient en couleur. Des couleurs on ne peut plus vives, d'une manière on ne peut plus vivante. Une multitude d'odeurs firent intrusion dans son cerveau, lequel fonctionnait comme un ordinateur en les analysant, les comparant et les traitant. Une de ces senteurs lui semblait familière : la senteur d'oranges. A la maison. Il était finalement à la maison.

Il se força à ouvrir les yeux. Les images qui se projetaient dans son esprit devinrent réelles. Malgré la pénombre, il n'avait aucun problème à distinguer le moindre détail. Une chambre dans laquelle il ne s'était jamais trouvé. Décorée par une femme, les petites touches féminines ne laissaient aucun doute à ce propos. La douceur d'un lit sous son corps. Des draps en coton, doux, qui effleuraient sa peau nue.

Avec fluidité, Haven s'assit. La légère couette retomba sur son ventre, et cela lui rappela quelque chose. Loin, comme dans une autre vie, il se souvenait de la douleur. Une lame. Du sang. Il observa son estomac, à la recherche du fantôme d'un tel souvenir, mais rien n'entachait sa peau parfaite.

Alors qu'il se touchait le ventre, nombre de souvenirs lui revinrent à l'esprit. Il vit Francine pratiquer le rituel. Ensuite, il se vit, lui, la dague à la main. La douleur s'était fait ressentir une seconde plus tard, alors que ses mains avaient plongé la lame dans son estomac. Après ça, il ne se souvint plus que d'une chose : Yvette, ses bras qui l'entouraient, et ses canines dans son cou pendant qu'elle buvait son sang.

Instinctivement, il porta la main à son cou, mais là aussi, sa peau ne portait aucune trace de morsure.

Et pourtant, il savait ce qui s'était passé. Il était l'un d'entre *eux* à présent. Il le sentait dans son corps et son cœur. Chaque fibre de son nouveau corps était en alerte; chaque pore de sa peau s'imprégnait des impressions, des sensations et des stimuli. Pas même dans ses rêves les plus fous n'avait-il imaginé se sentir aussi vivant.

En toute conscience, Haven prit sa première respiration en tant que vampire et huma une odeur enivrante qu'il avait connue dans sa précédente vie. Mais cette fois, elle était plus prononcée, plus intense et absolument irrésistible. Sous la couette, son corps réagit. Il rejeta les couvertures et se leva, son érection ne le surprenant pas le moins du monde.

Il entendit le bruit de l'eau qui coule : une douche. Déterminé, il traversa la pièce et suivit le son. La porte de la salle de bain était entrouverte. Il la poussa sans faire le moindre bruit et entra dans la pièce embuée. La grande baignoire sur sa droite était vide, mais à côté de celle-ci se trouvait la porte vitrée de la douche. Yvette se dressait sous le jet, lui tournant le dos.

Le cœur d'Haven accéléra lorsqu'il ouvrit la porte vitrée et se glissa à l'intérieur de la cabine. Surprise, Yvette se retourna au même moment.

— Tu es réveillé.

— Je suis vivant.

Vivant et affamé. La soif lui brûlait la gorge, telle une fournaise.

Elle le dévisagea.

— Tu te souviens de ce qui s'est passé ?

Il hocha la tête.

— Dans les moindres détails.

Puis, il regarda la chair pâle de son cou.

— J'ai faim.

— Je t'ai laissé une bouteille de sang sur la table de nuit.

D'instinct, il savait qu'il avait besoin du sang qu'elle lui avait laissé, mais tout d'abord, il voulait quelque chose d'autre, quelque chose qui apaiserait une autre faim.

— Plus tard.

— Haven... Je... Je n'avais pas le choix.

Il déposa un doigt sur ses lèvres pour l'empêcher d'en dire plus.

— C'était la seule façon.

Le souffle d'Yvette effleura son doigt lorsqu'elle entrouvrit les lèvres.

— Je ne pouvais pas te laisser mourir.

— J'ai bien peur de devoir te punir. Tu vois, Yvette, tu as fait de moi un vampire, et donc maintenant, tu es coincée avec moi.

Il baissa son regard et contempla son corps nu. Elle était encore plus belle que dans ses souvenirs.

— Pourquoi as-tu fait ça ?

Le ton angoissé de sa voix l'incita à faire une pause.

— C'était la seule façon de détruire le pouvoir. La sorcellerie ne survit pas dans le corps d'un vampire. Francine l'a dit elle-même.

— Tu aurais dû m'en parler.

— Pour que tu m'arrêtes ? demanda-t-il en secouant la tête. Non, bébé. Tu aurais essayé de m'en dissuader.

— Mais si je n'étais pas venue à ta rescousse assez vite ?

Des larmes contenues embuèrent les yeux d'Yvette. Haven lui caressa la joue.

— Mais tu l'as fait, et je suis vivant. Je ne me suis jamais aussi bien senti de toute ma vie.

— Mais tu as toujours détesté les vampires. Comment as-tu pu…

— Tu m'as appris que les vampires avaient un cœur. Qu'ils ne sont pas des créatures dépourvues de sentiments.

Il baissa alors les yeux et remarqua qu'elle suivait son regard.

— Et apparemment, les vampires ont une forte libido.

Ou était-ce dû à la présence d'Yvette à ses côtés ?

La respiration d'Yvette devint plus difficile.

— Je t'aime.

Les mots qu'elle prononça donnèrent un sens à sa vie. Il l'attira vers son corps nu et sentit sa peau frissonner à son contact. Les sensations peau contre peau étaient plus intenses que lorsqu'il était humain.

— J'espérais que tu dises ça.

Il effleura doucement ses lèvres.

— Parce que je ne te laisserai jamais partir. Tu comprends, hein ? Rien ne nous séparera plus.

— Et comment peux-tu en être certain ?

Le sourire espiègle qu'elle arborait lui fit comprendre qu'elle avait envie de jouer.

— Eh bien, il n'y a qu'une façon de s'en assurer.

Haven plongea la tête vers elle et captura ses lèvres des siennes, inhalant son parfum par la même occasion.

— Bon sang, tu sens encore meilleur que dans mes souvenirs.

— Tout sera différent, à présent, murmura-t-elle contre ses lèvres.

— Différent, dans le bon sens ?

— Encore mieux. Plus intense.

Haven glissa une main le long de son dos, jusqu'au creux de ses reins. Il l'attira ensuite contre son membre gonflé à bloc.

Face à un tel contact, Yvette retint son souffle.

— Et plus gros !

Il ne put réprimer le sourire qui se dessinait sur ses lèvres.

— Si j'avais su, j'aurais envisagé cette transformation bien plus tôt.

— Tu ne devrais pas plaisanter à ce propos.

— Et pourquoi pas ?

Elle le repoussa et lui cogna l'épaule du poignet.

— Parce que tu m'as fait une peur bleue quand tu t'es poignardé ! N'essaye jamais de recommencer une telle chose !

— Et comment peux-tu être certaine que je ne recommencerai jamais ?

Haven lui renvoya ses propres mots en ricanant.

— Il y a un moyen pour que je sache toujours ce que tu as en tête, avança Yvette en baissant les yeux, comme incertaine de la manière dont elle allait poursuivre.

Haven n'avait pas besoin de lui demander à quoi elle pensait. Il se remémora deux scènes de la veille : celle d'Amaury comprenant que Nina était blessée, et celle de Maya informant Gabriel, par télépathie, que Delilah venait d'avoir une petite fille. Il comprenait.

— Tu veux un mélange des sangs.

Yvette s'écarta légèrement, tentant de se dégager de son étreinte.

— Il est trop tôt pour parler de ça. De plus, tu veux peut-être autre chose.

Haven ne la relâcha pas. Et, à présent qu'il était un vampire, il était aussi fort qu'elle. Elle ne pourrait plus lui échapper.

— Trop tôt, hein ?

— Je plaisantais, vraiment.

— Hum hum...

De sa main, il lui releva la tête, agrippant son menton entre le pouce et l'index.

— Je croyais qu'on avait franchi cette étape.

— Quelle étape ?

— Celle où tu me mens, et que je te le fais remarquer.

— Je n'étais pas...

Il la fit taire.

— Bébé, je te le demande à nouveau... Tu veux un mélange des sangs ?

Elle évita son regard, mais il la força de nouveau à le regarder.

— Parce que moi, je le veux. Et je serais vraiment déçu si tu me le refusais.

Les yeux d'Yvette s'illuminèrent comme un arbre de Noël. Tout contre son torse, il sentit les battements de son cœur accélérer.

— Oh, Haven, tu en es certain ? Parce que si on s'unit... C'est pour toujours.

Pour toujours, c'était bien ce qu'il avait en tête. Il lui caressa la joue.

— Bébé, je ne te le demanderais pas si je n'en étais pas sûr. Tu veux peut-être que je refasse ma demande à genoux ? Dans une douche c'est peu orthodoxe, mais je...

Elle secoua la tête et lui coupa la parole.

— Je t'aime.

Elle l'entoura ensuite de ses bras et le serra contre elle.

— Je vais prendre ça comme un oui.

— Oui.

La respiration d'Yvette caressa l'oreille d'Haven et le fit frissonner. L'onde de choc se répercuta jusqu'à son sexe.

Impatient de la faire sienne pour toujours, il demanda.

— Quand ?

— Maintenant.

Maintenant ne pouvait arriver assez vite.

— Tu dois me dire quoi faire.

Elle s'extirpa de ses bras et le regarda.

— On va faire l'amour, et au moment du coït, on boira le sang de l'autre.

Haven grogna. C'était encore mieux que ce qu'il avait imaginé. Au mieux, il avait pensé à une sorte de cérémonie proche du mariage, où d'autres vampires seraient présents, tandis qu'ils mélangeraient leur sang en se coupant la main, comme le voulait la tradition des Indiens d'Amérique. Mais bon, là... Tout allait bien plus loin. Il réalisa que c'était tout ce dont il avait rêvé depuis qu'il avait rencontré Yvette, mais sans même comprendre ce que cela signifiait. Depuis qu'il avait goûté son sang, la toute première fois.

Au moment où il captura ses lèvres, il réalisa qu'il avait enfin trouvé la paix. Il était finalement libre d'aimer la femme qu'il tenait dans ses bras, et ce, pour l'éternité. Elle l'avait libéré du joug de la vengeance et de la haine et lui avait démontré que tout le monde avait droit à l'amour.

Haven inclina la tête et glissa sa langue entre les lèvres entrouvertes de sa bien-aimée, se familiarisant de nouveau à son goût enivrant. Mais cette fois, tout était plus intense, plus réel. Et malgré cette intensité, il lui semblait impossible d'être rassasié d'elle.

Sans effort, il la plaqua contre le mur carrelé et dévora sa bouche comme s'il n'avait pas mangé depuis une semaine. Il lécha et mordilla, plongea et suça, caressa et donna des à-coups. Son corps contre le sien, Yvette faisait écho à chacun de ses gestes. Le jet chaud de la douche laissait leurs corps glisser l'un contre l'autre avec fluidité.

A chaque caresse, Haven avait de plus en plus de mal à se contrôler. Ses gencives le démangeaient comme si quelqu'un y pressait un fer à marquer. Il s'écarta d'Yvette et amena instantanément les doigts sur ses dents. Choqué, il recula.

Ça y était ! Elles étaient là : ses canines. Elles s'allongeaient doucement, mais sûrement. Pointues, aiguisées et dangereuses.

Il regarda Yvette qui l'observait, fascinée. Doucement, elle porta la main à sa joue, puis traça un chemin jusqu'à ses lèvres. Elle s'y arrêta.

— Montre-moi, murmura-t-elle.

Il hésita, appréhendant quelque peu de devoir dévoiler sa nouvelle identité. Mais il réalisa que c'était stupide. Elle était comme lui, et il se souvint à quel point il l'avait trouvée belle lorsqu'il l'avait regardée avec ses canines allongées.

Haven ouvrit la bouche et sentit le doigt d'Yvette glisser le long de ses dents. Un moment plus tard, un flux d'énergie le parcourut. Sa verge réagit instantanément.

— Putain ! rétorqua-t-il.

Il n'avait jamais ressenti quoi que ce soit d'aussi intense que son doigt sur ses canines.

Elle lui répondit par un sourire malicieux.

— C'était comme ça quand j'ai léché tes canines ?

Yvette hocha la tête.

— Oui. Tu comprends maintenant pourquoi j'ai essayé de t'arrêter ?

— Bon sang, non !

Il lui prit la main et la repoussa. Il l'étreignit ensuite davantage ; son pénis gonflé creusant l'estomac d'Yvette.

— Lèche-les, bébé.

Juste avant de capturer à nouveau ses lèvres, il nota une lueur de plaisir dans les yeux de la jeune femme. Lorsqu'elle plongea sa langue dans sa bouche et la laissa glisser le long de ses dents, Haven fut sur le point de perdre le contrôle. Il ne pourrait jamais attendre d'être au lit ! Il devait la prendre, là. Tout de suite.

Il la souleva et la plaqua contre le mur, tout en lui écartant les jambes. Alors qu'elle lui léchait une canine, il plongea en elle, d'un coup. L'écrin chaud qui l'accueillit l'enveloppa de sa chaleur humide. Hors d'haleine, Yvette décolla ses lèvres de celles d'Haven.

— N'arrête pas maintenant, bébé, pressa-t-il.

— Tu me tues, Haven.

Sa réponse ressemblait davantage à des gémissements qu'à des mots.

— Tout ça est nouveau pour toi. On devrait y aller doucement afin que tu ne te sentes pas submergé par tout ce qui t'arrive.

— On dirait plutôt que c'est toi qui ne peux suivre la cadence. Crois-moi, je ne cherche pas à y aller doucement.

Haven se retira pour mieux replonger en elle, ses bourses cognant contre la chair de sa partenaire.

— Les mots que je recherche sont « dur », « rapide » et « profond ».

Et à chaque mot, il plongeait davantage en elle…

A chaque pénétration, Yvette fermait les yeux. Dès qu'il se retirait, elle les ouvrait.

— Oh, bon Dieu !

— Ouais, bébé, comme ça...

Il baissa la tête vers la sienne.

— Alors, n'étais-tu pas sur le point de me lécher les canines ?

Ils se regardèrent. Dans les yeux verts d'Yvette, se reflétaient le désir et la joie.

— Je n'aurais jamais cru que tu t'y ferais aussi naturellement. Je craignais que tu ne combattes davantage ta nature. Que tu combattes ce que tu es, à présent.

De ses lèvres, Haven effleura les siennes. Ce frôlement lui envoya des frissons à travers tout le corps.

— Je me suis battu toute ma vie. Maintenant je veux aimer parce que, finalement, c'est tout ce qui compte. Je veux t'aimer et te faire mienne.

— Je suis déjà tienne.

Yvette écarta les lèvres, l'invitant à entrer. Même s'il voulait en apprendre davantage et poser maintes questions, il ne put résister à son offre : au bonheur absolu que ses bras lui promettaient. Rien d'autre n'avait d'importance. Il trouverait le temps, plus tard, pour poser ses questions et s'imaginer à quoi sa nouvelle vie ressemblerait.

Leurs corps se mouvaient harmonieusement, tandis qu'ils faisaient l'amour. Le dos pressé contre le carrelage, Yvette avait les jambes enroulées autour de la taille d'Haven. Ce dernier avait à peine conscience du poids de sa partenaire, sa nouvelle force de vampire lui permettant de faire des choses qu'il aurait trouvées éreintantes en tant qu'humain. Mais tout ce à quoi il pouvait penser, c'était la façon dont leurs corps se complétaient; la façon dont les muscles de son vagin se contractaient autour de lui, le serrant, le retenant. La façon qu'avaient ses seins de rebondir à chaque mouvement. Tout comme la façon dont ses tétons durcissaient à chaque frôlement contre son torse.

Il n'avait jamais ressenti une telle intensité en faisant l'amour. Chaque sensation était décuplée – non, centuplée. Il savait également qu'il pouvait tenir plus longtemps, afin de l'amener à l'extase en la faisant jouir plus fort qu'il ne l'aurait fait en tant qu'humain. L'idée de procurer encore plus de plaisir à sa compagne ne faisait qu'accroître son propre plaisir. Tous les doutes qui l'avaient assailli, quant à son potentiel à satisfaire Yvette, s'étaient évaporés. A la manière dont elle réagissait, dont elle soutenait son regard et dont elle l'inondait de tout son amour, il comprit à quoi ressemblerait sa nouvelle vie : au bonheur et à l'amour. Aucune haine. Aucune douleur.

La respiration d'Yvette changea, et Haven perçut clairement l'accélération de ses battements de cœur. Réalisant qu'elle était on ne peut plus proche de l'orgasme, il sentit ses bourses se contracter. Yvette ouvrit alors la bouche.

— Maintenant, mords-moi.

Il contempla son cou et la veine qui pulsait sous sa peau. Il baissa la tête, attiré par une force invisible. Alors qu'il embrassait la chair tendre, il la sentit frissonner à son contact. Il se retira et replongea en elle, alors que ses canines transperçaient la peau et s'y logeaient fermement.

Lorsque la première goutte de sang toucha sa langue, le goût s'y répandit comme un feu de forêt, et sa verge explosa. Un instant plus tard, il sentit les lèvres d'Yvette sur son épaule. Elle l'égratigna avec ses dents, juste avant d'ouvrir la bouche et de plonger ses canines aiguisées dans la chair d'Haven.

Il perdit le contrôle et son orgasme déferla en lui de manière encore plus intense qu'un tremblement de terre, ou qu'une tornade, ou qu'un tsunami. Chaque cellule de son corps explosait et, à chaque gorgée du sang d'Yvette qu'il buvait, son plaisir n'en était qu'amplifié.

C'est alors qu'il le sentit.

Qu'il la sentit.

Yvette.

Il pouvait la ressentir, éprouver ce qu'elle éprouvait. Ressentir son amour de manière encore plus intense. Il entra mentalement en contact avec elle.

Yvette, bébé. Je suis à toi, maintenant.

Mon amour. La voix d'Yvette parvint à son esprit. Et pourtant, elle pressait toujours ses lèvres contre son épaule, buvant son sang. Tout comme lui.

Un instant plus tard, il sentit l'orgasme d'Yvette monter, et il s'y prépara. Lorsque les muscles d'Yvette se contractèrent autour de sa verge en pleine action, une autre vague de plaisir le heurta de plein fouet – venant de nulle part – l'envoyant de nouveau au septième ciel.

Je ne te laisserai jamais partir, bébé.

Qu'est-ce que tu vas faire pour en être sûr ?

Il continua ses coups de reins, sa verge toujours aussi dure malgré ses orgasmes successifs.

— Comme ça, bébé. Comme ça.

Epilogue

Une semaine plus tard

Retenant son souffle, Yvette attendait la réponse d'Haven. Elle savait toutefois quelle décision il prendrait. Tous deux étaient assis dans le bureau de Samson, lui faisant face, alors que ce dernier était confortablement installé sur le canapé de style ancien.

Haven lança un regard oblique à Yvette, lui serra la main et sourit.

Pas la peine de t'inquiéter, bébé.

Il fixa alors Samson, droit dans les yeux.

— Je ne cherche pas à me venger. Drake a fait ce qu'il a fait pour protéger son espèce... Je crois que, vu les circonstances, j'aurais fait pareil. Il ne devrait pas être puni pour cela. Ma mère s'est égarée.

Yvette ressentit la douleur d'Haven à l'évocation de sa mère. Et, à présent qu'elle était connectée à lui, elle comprit également ce que sa mère avait fait d'autre ; qu'elle avait tué le père d'Haven parce qu'il avait essayé de contrecarrer ses plans.

— Elle a eu tort de vouloir s'emparer du Pouvoir des Trois. Personne ne devrait avoir accès à un tel pouvoir.

Samson hocha la tête, cette résolution le rendant manifestement heureux.

— Je suis content que tu aies pris cette décision. J'en ferai part à Drake.

Haven eut un geste impatient de la main.

— Samson, mettons les choses au clair, ce n'est pas de la générosité. C'est seulement une sorte de pénitence. Je suis sûr que tu n'as pas oublié le nombre de vampires que j'ai tués. C'est moi qui devrais être puni.

Yvette bondit de son siège.

— Non ! Je ne peux le permettre. Samson, tu ne peux admettre ça !

Samson lui fit signe de se taire.

— Yvette, je n'ai nullement l'intention de punir ton partenaire. Alors, calme-toi. Cependant, j'ai une proposition à vous faire.

Yvette autorisa Haven à la rasseoir sur le canapé. Il la prit dans ses bras et l'attira vers lui, la chaleur de son corps la réconfortant immédiatement.

— A quoi penses-tu ? demanda Haven en regardant Samson dans les yeux.

— Tu as détruit le Pouvoir des Trois en sacrifiant ta vie humaine. Nous t'en sommes reconnaissants. Personne ne t'aurait jamais forcé à le faire.

— Je l'ai fait pour Wes et Katie... Euh, Kimberly. Je crois que je ne me ferai jamais à son prénom.

— Peu importe les raisons, nous t'en sommes redevables. Tu es un bon combattant, et tu as fait preuve d'un certain potentiel en tant que leader. Je me demandais si tu voulais rejoindre Scanguards.

— Tu me proposes un *boulot* ?

Samson hocha la tête.

— Tu ne peux manifestement pas reprendre du service en tant que chasseur de primes. Mais on pourrait bien louer tes services.

Yvette se sentit fière. Proposer à Haven de rejoindre Scanguards voulait dire que Samson vouait une totale confiance à Haven. Cela signifiait qu'il serait vraiment l'un d'entre eux. Un membre de la famille.

— Prends le temps d'y penser, durant les prochains jours.

Puis, Samson se leva, marquant la fin de la conversation.

Alors qu'Yvette et Haven marchaient en silence dans la nuit, la jeune femme prit la main de son homme dans la sienne. Seuls leurs pas résonnaient. Yvette se repassa la scène. Le temps qu'Haven se décidât finalement à parler, ils avaient déjà grimpé les collines pentues de Telegraph Hill et ne se trouvaient plus qu'à quelques pâtés de maisons de chez elle.

— Je ne crois pas que je puisse accepter. Pas encore.

— Pourquoi ?

— Je ne suis pas prêt et je ne le mérite pas.

— Samson le pense.

Dans l'obscurité, Haven lui sourit.

— Je dois d'abord y croire. Yvette, j'ai tué des vampires innocents. Je dois d'abord me pardonner mes propres actes.

Au fond d'elle, elle comprenait. Son honneur lui interdisait d'accepter quelque chose qu'il ne méritait pas.

— Je t'aiderai.

Il lui pressa la main et l'attira vers l'intérieur de la maison, leur maison.

— Et grâce à toi, j'y arriverai, un jour.

Il l'embrassa, puis la relâcha pour ouvrir la porte.

Un son provenant de l'intérieur mit les sens d'Yvette en alerte. Elle inspira. Un instant plus tard, elle dépassa Haven et entra dans la maison plongée dans le noir.

— Chien !

Un léger aboiement provint de la cuisine. Lorsqu'elle entra dans la pièce, elle scanna les alentours. Là, sur son coussin, se tenait le chien. Mais il n'était pas seul.

Haven pénétra dans la cuisine derrière elle et alluma, inondant la pièce de lumière.

— Des chiots ! s'exclama Yvette en s'agenouillant près de son chien, lequel lui lécha le cou allègrement.

— Elle a eu des chiots.

Haven s'assit près d'elle et caressa le chien.

— C'est une gentille chienne que tu as là, bébé. C'est quoi, son nom ?

Elle cligna des yeux, à travers ses larmes.

— Elle n'a pas de nom.

Les vannes s'ouvrirent alors, le stress et la tension des deux dernières semaines s'évacuant enfin. Haven serra Yvette dans ses bras, tout contre lui, alors qu'il l'aidait à s'asseoir sur ses genoux, et que le chien lui léchait la cheville.

— Alors il va falloir qu'on en choisisse un, non ?

Il lui caressa la joue et lui souleva la tête, déposant un baiser sur son front.

— Et pour les chiots aussi.

Haven prit l'un des chiots dans sa large main. Il avait les yeux fermés et couina quelque peu.

— Regarda celui-là. La couleur sur sa tête, on dirait qu'il est chauve. Je crois que j'ai un nom parfait pour lui.

Il lui fit un clin d'œil espiègle. Ce qui la fit rire, à travers ses larmes.

— Zane va te tuer s'il t'entend.

Haven caressa la tête du chiot et s'adressa à lui.

— Qu'est-ce que tu en penses, Zane ? Tu n'auras pas peur d'un gros vampire tout chauve, si ?

~ ~ ~

À propos de l'Auteur

De nationalité allemande, Tina Folsom vit depuis plus de 25 ans dans des pays anglophones. Elle a d'ailleurs épousé un Américain et s'est établie en Californie en 2002.

Tina a toujours été un peu globe-trotter et a vécu dans nombre de différentes contrées.

En 2010, elle a rédigé son premier roman d'amour.

Elle a toujours été attirée par les vampires. Depuis 2008, elle a publié plus de 38 livres en anglais et des douzaines dans d'autres langues (français, allemand et espagnol). De plus, elle fait actuellement traduire l'ensemble de ses livres en français.

Tina apprécie recevoir des commentaires de ses lecteurs. Pour cela, vous pouvez lui écrire à l'adresse électronique suivante: tina@tinawritesromance.com.

Vous pouvez également la contacter via Facebook: facebook.com/TinaFolsomFans.

Enfin, vous pouvez visiter son site Internet tinawritesromance.com afin de vous tenir au courant des nouveautés.